Fils de personne

Du même auteur
chez le même éditeur

Un cœur de mère
Les Fous de Palerme
Mat à l'étouffé

Roberto Alajmo

Fils de personne

Traduit de l'italien
par Danièle Valin

Rivages

Retrouvez l'ensemble des parutions
des Éditions Payot & Rivages sur

www.payot-rivages.fr

Titre original : *È stato il figlio*
Arnoldo Mondadori Editore S.p.A., Milan, 2005

106, bd Saint-Germain – 75006 Paris

ISBN : 978-2-7436-2077-6

Tancredi éteint le téléphone et s'approche de la porte pour entendre ce qui se passe de l'autre côté. La porte est très épaisse et il met un moment à comprendre qu'il doit coller son oreille contre le bois pour distinguer quelque chose. Tentative qu'il exécute avec le plus grand soin. Son oreille finit par faire ventouse avec la surface vernie de la porte. Et il arrive à saisir la fin d'une conversation entre ses grands-parents. Sa grand-mère dit :

« … Fonzio : tu as tout compris ? »

Et le grand-père répond, docile comme toujours :

« Moi, je me mets là bien sagement… »

Un murmure lui parvient ensuite, d'elle ou de lui, auquel Tancredi ne comprend rien. Encore quelques instants et à travers la porte la voix de mémé Rosa reprend :

« Bravo… comme ça, c'est bien… »

Puis la voix s'évanouit de nouveau. Sa grand-mère n'est jamais tendre avec son mari. Mais ce n'est pas le moment de penser à ça, Tancredi a trop de problèmes personnels pour s'occuper aussi de défendre la dignité bafouée de son grand-père. Avec tout le respect et l'affection qu'il lui doit : on s'en fout pas mal du grand-père, surtout dans un moment pareil. Entre les pensées qui l'assaillent et l'acoustique imparfaite, il perd toute la suite du dialogue du plus grand intérêt pour lui. S'il avait réussi à saisir quelque chose, il aurait pu en savoir plus sur ce que sa famille pense vraiment de lui, surtout après ce qui s'est passé dans la dernière demi-heure. Peut-être même pas une demi-heure du reste : tout est arrivé en l'espace d'un quart d'heure, ou moins. Ce qui est sûr, c'est qu'il y a une demi-heure Tancredi dormait sans le moindre rêve prémonitoire, rien qui soit susceptible de laisser présager la suite des événements. Il essaie de se souvenir, mais aucun rêve ne lui revient qui pourrait rétrospectivement faire charnière entre sa vie précédente et l'actuelle, la vie avec laquelle, que ça lui plaise ou non, il devra compter désormais.

Plus il y pense et moins il arrive à y croire. Il n'est pas exclu non plus qu'il soit victime d'un cauchemar. Il l'espère même. Il espère qu'il va se réveiller et trouver sa mère souriante, une tasse de café à la main, pour lui rendre moins traumatisante sa sortie du sommeil. Il espère surtout se réveiller et voir aussi son père, derrière elle, qui la gronde parce qu'elle le gâte trop, lui apportant même son café jusqu'au divan où il a passé la nuit.

Il accepterait que son père élève la voix, qu'il se défoule, s'en prenne à lui et gâche son réveil comme c'est arrivé si souvent dans le passé. Il accepterait même qu'il le maltraite, comme toujours, et il serait disposé cette fois-ci à subir en silence toutes sortes de vexations ; éventuellement des claques, enfin tout. Car, s'il pouvait se réveiller, si sa mère pouvait encore lui apporter son café, si surtout son père pouvait se fâcher à cause du café que sa mère lui apporte, cela voudrait dire une seule chose : que son père est encore vivant.

En réalité non, Tancredi le sait très bien : tout ça ne peut plus arriver, parce que son père se trouve de l'autre côté de la porte. Au milieu de la salle de séjour. Par terre. Mort. Pour être exact : mort assassiné. La formule le blesse, c'est une déchirure intérieure qui lui fait mal. Mais il est juste qu'il s'habitue aussi aux aspects les plus cruels de la nouvelle situation. La belle époque de la famille Ciraulo est finie.

À présent, derrière la porte de la salle de bains, il n'entend que des bredouillements, les pleurs de sa mère et de sa grand-mère, des bouts de phrases. Il lui semble même entendre le silence de son grand-père. Tancredi est sûr que son grand-père est là, et qu'il ne parle pas, lui aussi anéanti par ce qui vient de se passer sous ses yeux. Il se rend compte seulement maintenant qu'il n'a même pas eu le temps de lui parler. Tout est allé trop vite. Dommage. Au fond, il n'aurait peut-être rien trouvé de significatif à lui dire, mais entre eux il y a toujours eu un lien silencieux. Ils se seraient regardés, ils auraient baissé les yeux tous les deux et cela aurait suffi. D'autre part, il n'y avait rien à faire.

Tancredi décolle son oreille de la porte, de toute façon il n'y a pas grand-chose à écouter en ce moment. Il tourne les yeux et cherche une consolation dans ce qui se révèle être maintenant son univers. Des limbes en quelque sorte, où il restera enfermé, jusqu'à quand, on n'en sait rien. Il y a bien une petite fenêtre. Une des deux vitres est fendue dans un angle, mais le verre opaque n'est pas cassé. La fenêtre pourrait devenir une ouverture sur le monde extérieur, mais elle est tout en haut et le mur est très épais ; pour arriver à l'ouvrir, il faudrait monter sur le rebord de la cuvette des W.-C. et se pencher. Ça ne vaut pas la peine et ce ne serait pas une bonne idée, car il a intérêt à se montrer le moins possible. S'il doit rester enfermé, mieux vaut que ce soit complètement, sans la moindre vue sur la réalité extérieure qui lui donnerait de quoi regretter ou changer d'avis.

Il se rend compte qu'il a encore son téléphone portable dans les mains. Il représente son seul lien avec le reste du monde. En attendant la suite des événements, il pourrait appeler quelqu'un. Mariantonia, non. Il l'a déjà fait. Ils se sont dit ce qu'il y avait à dire. Pas grand-chose, en vérité : après avoir appris ce qui s'était passé, elle n'avait rien trouvé de mieux que d'amener la conversation sur les conséquences que l'assassinat de son père aurait sur leur relation. Elle s'était mise à pleurer comme toujours, et comme toujours il n'avait pas su quoi opposer à ses larmes. Il s'était replié sur sa douleur et n'avait rien ajouté. Elle avait essayé de le faire réagir, mais en cette circonstance du moins il lui semblait être dans le vrai : il avait autre chose à penser.

Avant l'arrivée de la police, Tancredi calcule qu'il a le temps d'avertir quelqu'un par téléphone de ce qui vient d'arriver. Cette idée lui pèse. Ce n'est pas à lui de raconter partout ce qui s'est passé. Et puis, en admettant qu'il soit en veine de bavardage, il ne saurait à qui s'adresser. Tancredi n'a pas d'amis assez proches à appeler en ce moment précis. Il se contente donc de regarder le téléphone et de se demander à quoi il pourrait bien lui servir dans une situation de ce genre. Et il lui faut bien constater que maintenant le téléphone est un accessoire inutile. Il pourrait éventuellement le rendre aux autres. Sa famille a peut-être des coups de fil à donner. Peut-être se disent-ils justement qu'ils en ont besoin, et qu'ils doivent le récupérer. Tancredi est tenté de sortir pour le leur remettre. Il se lève, arrive à la porte et, sur le point de frapper, s'arrête au dernier instant. Il se rend compte à quel point il serait ridicule de frapper de l'intérieur pour demander à sortir. Par ailleurs, il n'a pas le courage non plus d'ouvrir la porte à l'improviste. Il ne sait même pas quelle situation il trouverait de l'autre côté. Il y a sûrement son père mort au milieu de la pièce, et cette vision suffit à le faire renoncer à toute sortie. À l'idée de retourner de l'autre côté, il lui semble qu'on n'est pas si mal que ça, enfermé à l'intérieur. Dehors, il y a le cauchemar auquel il essaie de se soustraire. Mieux vaut rester où il est. Il approche de nouveau son oreille de la porte, il entend la voix de son grand-père qui tente de rassurer sa mère :

« Loredana, calme-toi… »

Non, tout compte fait, Tancredi préfère ne pas écouter. Il s'éloigne de la porte et cherche quelque chose à faire ou à penser. Mais il n'y a vraiment rien ici sur quoi s'attarder. Par exemple : la lunette des W.-C. Elle est en plastique, de couleur rose. Le seul détail notable, c'est qu'elle a toujours eu un défaut : la partie supérieure ne peut pas rester levée. Si on essaie, elle reste immobile un instant, puis elle retombe. De temps en temps, on dirait qu'elle tient, mais en fait elle retombe toujours. Donc, quand on pisse, il faut avoir une main libre pour tenir l'abattant relevé.

Soudain, quand il est presque sur le point de s'habituer à ne penser à rien, une information lui arrive par la fenêtre. Elle est inévitable à la lumière de la situation, mais il espérait inconsciemment y échapper : le bruit des sirènes de la police. Ou bien des gendarmes, c'est pareil. Mais ce doit être la police. Tancredi croit reconnaître le son. D'abord dans le lointain, puis de plus en plus proche. Ils arrivent. Les sirènes s'éteignent et il comprend que la police est arrivée : les autos se sont arrêtées dans un crissement de pneus juste sous la petite fenêtre des toilettes.

Une minute s'écoule encore peut-être, pendant laquelle Tancredi se concentre, attendant que les policiers gravissent l'escalier. Il essaie de les imaginer et se les représente armés, montant les marches deux par deux. Mais seulement au début, parce qu'après le premier étage la lumière de l'escalier ne marche pas. Une fois la première rampe montée avec assurance, les policiers ont dû ralentir. Ils ont dû essayer de s'appuyer aux murs pour continuer leur ascension. Mais les murs sont dégoûtants, ils sont écaillés, ils laissent une poudre humide au bout des doigts. Pendant quelques secondes, les flics ont dû être obligés d'avancer à l'aveuglette, tâtant une marche à la fois, en proie à une sensation de nausée accentuée par les odeurs de pisse et de vieille bouffe qui flottent dans l'escalier. Tant pis pour eux.

En effet, il s'écoule un bon bout de temps avant qu'ils fassent irruption dans l'appartement. Tancredi regarde sa montre. À partir du moment où il est arrivé ce qui est arrivé, il ne s'est même pas écoulé vingt minutes. On entend des voix excitées, des ordres, quelqu'un crie. Mais il ne perçoit qu'un écho de tout ça. Deux voix se détachent des autres. L'une est celle d'un policier, l'autre de sa mère. Pauvre maman : son mari mort et elle, obligée de subir un interrogatoire. Tancredi appuie de nouveau son oreille contre la porte pour écouter. Ce sont des questions que sa mère aurait préféré ne pas entendre, et auxquelles elle répond de façon hachée :

« On me l'a tué.

– Courage, m'dame.

– On me l'a tué !

– Je sais, madame.

– Vous le comprenez, qu'on me l'a tué ?

– Je comprends, m'dame.

– Vous comprenez ? Vous comprenez ? »

Non, évidemment le policier ne comprend pas. Elle glisse un dernier :

« Vous comprenez ? » qui tombe dans le vide.

Dans tout ce raffut, Tancredi n'arrive plus à entendre que la voix du policier qui dit, inquiet :

« Aidez-moi, aidez-moi. »

Il imagine ce qui se passe. Sa mère s'est évanouie. Elle est en train de s'évanouir. C'est comme s'il voyait la scène, elle porte une main à ses yeux et puis :

« Je vais tomber dans les pommes. Je vous dis que je vais tomber dans les pommes. »

En ce moment, sa mère doit être dans le fauteuil, sa place préférée quand il s'agit de perdre connaissance. Il lui arrive d'avoir ce genre d'évanouissements. Mais ce ne sont pas vraiment des évanouissements, car bien qu'évanouie elle arrive à parler. Elle répète :

« Je vais tomber dans les pommes. Je vous dis que je vais tomber dans les pommes. »

Tancredi sait que ses deux grands-parents, les seuls qui pourraient lui prêter secours en la circonstance, ne s'inquiètent jamais de ces malaises. L'expérience leur conseille d'attendre que ça passe. C'est le seul remède. Malgré tout, Tancredi n'a pas la conscience tranquille : sa mère souffre et lui, son fils unique, n'est pas en mesure de l'aider.

C'est une femme frêle, et accablée maintenant par la douleur. Ce matin, elle a mis une robe avec des cercles jaunes et des carrés rouges aux couleurs passées. Mais comme elle était trop légère pour l'hiver, elle a mis sur ses épaules une sorte de mantelet en laine qu'elle a fait elle-même, au crochet, d'une couleur jaune presque identique, mais pas tout à fait, à celle des cercles de sa robe. Tancredi voudrait l'aider, mais il ne peut pas sortir. Désormais, il est conscient que sa place est là, pour paradoxal que cela puisse paraître : enfermé dans la salle de bains, pendant que dans la pièce voisine se joue le destin de sa famille.

D'habitude, quand elle a ses évanouissements, sa

mère reste longtemps les yeux fermés et la bouche entrouverte. Après quoi, elle se met à émettre un gémissement redoublé :

« Aïeaïe… Aïeaïe… Aïeaïe… »

Cette fois, apparemment, tout le monde s'en moque, parce que l'*aïeaïe* de sa mère n'est qu'une basse continue sous les voix des policiers. C'est d'eux que Tancredi apprend formellement la nouvelle de la mort de son père. C'est au moment où quelqu'un dit :

« … Ciraulo Nicola, quarante-deux ans… »

Cette inversion, nom et prénom, réveille en sursaut la conscience de Tancredi. C'est le détachement bureaucratique qui le frappe. Ça pourrait paraître absurde, après ce qui s'est passé, et pourtant c'est comme ça : maintenant la blessure de la mort de son père est officiellement ouverte pour le reste du monde aussi. Il s'assied sur le bord de la baignoire et couvre sa bouche d'une main pour ne pas faire entendre d'éventuels sanglots. Mais les sanglots n'arrivent pas. Il attend encore, mais ils n'arrivent toujours pas. C'est comme toutes les fois où l'on a envie de vomir, on se prépare à vomir, mais le vomissement n'arrive pas. Dans son cas, c'est la curiosité d'écouter ce qui se passe dans l'autre pièce qui l'emporte sur l'instinct de pleurer. Il revient à son poste, d'où il saisit un dialogue entre celui qui semble être le Chef et celui qui semble être son adjoint :

« … Carollo n'est pas là ?

– Il est en maladie.

– Encore en maladie ? Et laquelle ?

– Avant il était absent pour son mariage, maintenant il est malade.

– Et alors, qui va s'occuper de cette enquête ?

– Moi, ça c'est sûr. »

Les deux hommes ne doivent pas avoir de bons rapports. Le Chef est distant, on comprend qu'il se passerait bien de l'autre, mais il doit se résigner. Ou du moins, Tancredi le voit ainsi. Les deux flics sont tout près de la porte de la salle de bains et, de l'intérieur, il arrive donc à entendre presque parfaitement.

« Du Bureau central des opérations, on signale qu'à son nom on ne trouve qu'un petit antécédent à charge pour dégradation du patrimoine culturel : il y a cinq ans, au cours d'une manifestation de chômeurs, Ciraulo est monté sur le toit de la cathédrale avec une dizaine d'autres personnes et ils se sont mis à lancer des tuiles. À la suite de cet épisode, il a été dénoncé et condamné à une amende qui n'a jamais été payée d'après le Central. C'est tout ce qu'on sait de Ciraulo, à part le fait qu'il est mort. »

Cette phrase le blesse. Tancredi devrait être le premier à le savoir et à en avoir pris acte. Mais la nuance d'arrogance qu'il saisit dans la voix du flic lui semble insultante, et l'indignation lui fait perdre un bout de dialogue. Quand il arrive à capter de nouveau, une voix est en train de dire :

« … trois coups, c'est le minimum pour tuer un homme comme ça : vivant, il pesait au moins cent kilos. »

Il était gros son père. Grand et gros.

« La famille sait qui l'a tué ?

– Je ne crois pas.

– On l'a tué dans le séjour et ils ne le savent pas ?

– Bof ! Je crois qu'ils ne savent rien.

– Vous le leur avez demandé ?

– Pas encore.

– Comment “pas encore” ?

– Ils sont toujours bouleversés… »

Tancredi ne fait plus attention. Ces bribes de procédures policières qu'il parvient à saisir ne l'intéressent que jusqu'à un certain point. Ça devrait l'intéresser, bien sûr. Mais lui, il est ainsi. À un certain moment, c'est comme si les choses qui lui arrivent, même graves, arrivaient à quelqu'un d'autre. Pour se distraire, il se remet à observer les détails autour de lui. Les petits objets, les brosses à dents : celle qui appartenait à son père est rouge vif comme le caractère de feu son propriétaire. Ses poils sont écartés pour avoir trop servi. Il faudrait la changer, mais c'est trop tard maintenant. Son inutilité la lui fait paraître encore plus vieille. Tancredi sent qu'il est de nouveau sur le point de s'émouvoir. La vue de la brosse à dents lui cause une douleur bénéfique.

L'observer en souffrant lui cause de la peine, mais c'est aussi une sorte de bienfait qui l'apaise. Une peine et un bienfait. En regardant la brosse à dents, il éprouve une quantité de sentiments contradictoires, des sentiments qui coïncident avec ceux qu'il éprouvait envers son père jusqu'à hier. Donc, s'il devait synthétiser au maximum cet embrouillamini sentimental, Tancredi ne trouverait rien de mieux qu'une formule sans doute banale, mais qui rend parfaitement l'idée : cette brosse à dents lui rappelle son père.

Il reprend rapidement ses esprits car, en ce moment, quelqu'un essaie d'ouvrir la porte. Il était tellement plongé dans ses pensées qu'il ne sait pas combien de fois la poignée a été secouée. Il s'agit d'un policier, il suffit de voir la brusquerie avec laquelle il s'y prend. Il entend une voix qui demande :

« Qui est enfermé là ? »

Il retient son souffle. La question s'adresse à lui qui est à l'intérieur, mais aussi aux autres flics. Tancredi est à deux doigts d'être découvert, et il n'a aucune intention de faciliter la tâche de ceux qui vont le découvrir. Quelques instants passent. La tentative d'ouverture de la porte devrait se renouveler avec encore plus d'insistance. Mais rien. La voix de l'autre côté reste pourtant très proche. C'est le Chef. Le Chef qui demande :

« Les beaux-parents, quels beaux-parents ?

– Dans quel sens ?

– De lui ou d'elle ?

– Ah ! De lui. C'est-à-dire non, d'elle. Père et mère du mari. »

Chef et Adjoint sont vraiment à un pas de la porte. À deux pas de lui, et ils ne le savent pas. Lui le sait, il les entend très bien :

« Bien proprette, cette maison ! »

Tancredi croit savoir ce que veut dire le Chef. La maison Ciraulo est extrêmement propre. La première chose qui frappe les visiteurs en entrant, c'est la différence criante entre la dégradation de l'escalier et l'entretien soigné de l'appartement. Sa mère tient à se distinguer : autant dehors tout est puanteur, saleté et obscurité, autant dedans toute mauvaise odeur est bannie, noyée sous un désodorisant à la lavande fraîchement et abondamment vaporisé. La maison doit toujours apparaître nette et en ordre, même si un crime a été commis dans le séjour. Le seul défaut irrémédiable de l'appartement est le manque de lumière : il n'y a qu'une seule fenêtre qui donne sur la petite rue Tamburinai, et même le matin il faut laisser la lumière électrique allumée. Il y a un lustre dans le séjour, douze lampes dont l'effet est multiplié par de nombreuses gouttes de cristal. Sa mère en est très fière.

Ce n'est pas un appartement cossu, au contraire. Mais il donne l'impression d'être tenu avec soin. La glace d'une penderie couvrant tout un mur double le volume de la pièce principale. En face de la fenêtre, on a placé un petit meuble vitré en bois clair où sont exposés quelques objets : une poupée vêtue d'organdi, des verres, des petites tasses, un vieux modèle de radio en fausse ronce, des statuettes de pastoureaux et de pêcheurs. Plus un unique livre qui fait partie du paysage de la maison, posé sur l'étagère de façon à montrer sa couverture rouge et blanc, avec le visage tordu de Totò : *Le Niveau d'eau* dans l'édition populaire.

À côté, les relevés de la police continuent. Tancredi perçoit des bouts de phrases, parfois des mots.

« … Des douilles ?

– Hein ?

– Tu veux les voir ? »

Le Chef ne semble vraiment pas patient avec l'Adjoint. On peut supposer que leurs rapports sont devenus difficiles à la suite d'un différend. Tancredi rêvasse à partir de ce que les voix lui évoquent. Mais ce sont leurs affaires. Ce qui l'intéresse surtout, c'est d'entendre les questions qu'on pose à sa mère. Il n'est pas en mesure de savoir qui mène l'interrogatoire. S'ils recommencent, c'est qu'elle doit aller mieux. Quel manque de délicatesse, tout de même :

« Je me rends compte… Mais vous devez comprendre que ce sont les heures les plus précieuses pour nous…

– Aïeaïe…

– … C'est pour ça que je me permets d'insister : s'il y a quelque chose que vous avez vu, une chose que vous avez cru entendre, une impression, une chose quelconque ?

– Aïeaïe…

– Avant de mourir, votre mari ne vous a rien dit ? Vous pensez que quelqu'un vous veut du mal ?

– Quel malheur ! Quel malheur !

– … Quelqu'un qui a pu faire une chose pareille ?

– Qu'est-ce que je vais faire, maintenant ? Qu'est-ce que je vais faire ? »

Sous pression, sa mère a tendance à répéter tout ce qu'elle dit :

« C'est fini, c'est fini… »

Tancredi a le temps de noter ce détail, et aussitôt son attention doit se concentrer de nouveau sur la porte de la salle de bains. D'autres voix : cette fois-ci elles parlent bien de lui. Il ne sait pas depuis combien de temps, exactement, mais elles sont en train de parler de lui :

« … Il s'est enfermé dans les toilettes avant notre arrivée.

– Et maintenant où est-il ?

– Toujours enfermé dans les toilettes.

– Encore dans les toilettes ? »

Le ton de la voix montre une patience presque à bout. Et la question suivante est adressée à Tancredi, directement :

« Qui est là-dedans ? »

C'est le Chef. Tout en criant, il essaie d'ouvrir la porte avec insistance. On secoue la poignée, mais aucune réponse ne vient de l'intérieur.

« Il n'y a personne ? »

Tancredi se borne à regarder la poignée qui remue. La seule chose qui bouge dans toute la pièce. La voix menace :

« Maintenant nous allons abattre la porte. »

Tancredi ne comprend pas bien. Il pourrait s'agir d'un ordre adressé à ses agents. Mais la phrase a été prononcée bien distinctement, comme pour se faire entendre de lui. En effet, de l'autre côté on dirait qu'il ne se passe rien, les policiers n'interviennent pas.

« Alors ? »

Tancredi se garde bien de répondre. Il se garde même de respirer. Jusqu'à ce qu'il entende l'ordre de l'autre côté, cette fois-ci à voix plus basse :

« C'est bon, allez-y. »

Aussitôt quelqu'un s'attaque à la serrure pour voir s'il est possible d'ouvrir sans tout casser. Tancredi se demande combien de temps ils mettront avant de le déloger. Au bruit qu'ils font, ils doivent être deux. Lui se tient loin de la porte, de peur d'être renversé sous le choc. Mais la curiosité l'emporte, et malgré la présence des policiers, il ose s'approcher pour coller son oreille contre la porte.

« Vous êtes le père ?

– Père de qui ?

– De la victime. Vous êtes le père de la victime ?
– À ce qu'il paraît... »

Expression typique de son grand-père. Elle pourrait sembler ironique, mais elle veut seulement être vague. Justement, pépé Fonzio ne veut s'avancer sur rien. Mais l'Adjoint lui demande carrément :

« Vous l'avez-vu, vous, celui qui... ? »

Il allait dire : l'a tué. Tancredi a comme l'impression d'entendre les points de suspension qui veulent bien dire ça. Le policier essaie de convaincre pépé Fonzio de remplir ces points de suspension, mais lui ne saisit pas l'occasion et reste silencieux. Commence alors un duel de silences, peut-être de regards, dont Tancredi perçoit seulement la tension. Ce sont de longs instants où personne ne dit rien. Il y a fort à parier que son grand-père regarde ses ongles et que l'Adjoint le regarde fixement. Tout autour, les autres se taisent. Même la poignée, de son côté, cesse son mouvement frénétique de haut en bas. Les agents chargés de la serrure de la salle de bains s'arrêtent un moment. Depuis quelques secondes, l'*aïeaïe* de sa mère a même cessé. Le silence se prolonge jusqu'au moment où l'Adjoint se décide à le rompre. Sa fierté lui interdit de répéter la question :

« Alors ?
– Alors quoi ?
– Alors, vous n'entendez pas ?
– Je n'ai pas entendu. Je suis un peu sourd.

– J'ai dit : vous, où étiez-vous quand il a été… ?
– Moi, où j'étais ?
– Eh !
– Moi, où j'étais ? Aux toilettes.
– Vous aussi aux toilettes ?
– Pourquoi, qui y avait-il aussi aux toilettes ?
– Votre petit-fils y est, maintenant, aux toilettes.
– Maintenant, d'accord. Avant, il n'y avait personne d'autre. J'étais tout seul.
– Et des toilettes, qu'avez-vous entendu ?
– Qu'est-ce que j'aurais dû entendre ? Moi qui n'entends pas d'habitude, alors vous pensez, quand je suis aux toilettes, si j'arrive à entendre ce qui se passe ici.
– Vous n'avez pas entendu des voix ?
– Quelles voix ?
– Des voix, des gens qui parlaient, votre fils, des coups de feu, des gens qui criaient…
– Qui est-ce qui criait ?
– Monsieur Ciraulo : on a tué votre fils, vous vous en rendez compte ?
– Le pauvre…
– Eh, le pauvre, le pauvre… Alors, nous voulons découvrir qui l'a tué ? Nous voulons oui ou non ?
– Et bien sûr que nous voulons. Je dirais même : nous devons.
– Et si vous autres, vous ne nous aidez pas, comment allons-nous faire pour le découvrir ?

C'est moi qui dois vous le dire qui vous l'a tué ? C'est peut-être moi qui l'ai assassiné ?

– Non, monsieur, qu'avez-vous à voir là-dedans ? »

Il se débrouille bien le grand-père. Il faut résister. Tout, du moment qu'on résiste. La voix du flic semble découragée maintenant :

« Vous vous foutez de moi, vous. Vous ne voulez pas m'aider.

– Non, monsieur, pour l'amour du ciel. Je veux vous aider. Mais c'est juste que j'étais aux toilettes quand c'est arrivé. Donc, moi, ça c'est vrai, je ne sais rien. Et à ma femme, vous lui avez demandé à elle ?

– Non.

– Et à elle, pourquoi vous ne lui demandez pas ? Elle a peut-être bien vu quelque chose, elle. »

Il a ça de bien, pépé Fonzio : parfois on ne comprend pas s'il fait l'idiot ou s'il l'est vraiment. Tancredi ne sait pas quelle tête fait l'Adjoint pour mettre fin à l'interrogatoire, mais il peut bien l'imaginer.

Entre-temps, derrière la porte, les deux flics ont recommencé à s'occuper de la serrure. Plusieurs minutes se sont écoulées et ils n'ont pas encore réussi à la forcer. Tancredi finit par croire qu'ils n'y arriveront jamais. À moins qu'ils se décident à casser la porte. En y réfléchissant, ils pourraient le faire d'un moment à l'autre. Et quand ils cessent un instant de bricoler, craignant qu'ils se décident, il s'écarte pour éviter d'être renversé. Il va s'asseoir sur les W.-C. De là, il arrive à contrôler la situation sans danger physique immédiat. Mais avant qu'une fois de plus, en dépit de la gravité du moment, son attention recommence à s'égarer, il perçoit la voix de sa grand-mère. Il la reconnaît aussitôt à son ton dur et expéditif. Le contraire de celui de sa mère. Elle dit :

« Asseyez-vous. »

Du peu qu'il parvient à distinguer de l'endroit où il se trouve, Tancredi n'a pas l'impression que la voix de sa grand-mère ait eu la moindre inflexion de politesse. Plus qu'une invitation, c'était un ordre. D'ailleurs, son imposante grand-mère n'a pas que la voix, mais aussi le physique du rôle.

« Ne vous inquiétez pas, je reste debout. »

Pour l'instant, il s'agit de civilités, mais Tancredi sait que ce dialogue est important. Il ne veut rien perdre. Il se rapproche pour mieux entendre. La voix de mémé Rosa précise avec une fausse politesse :

« Excusez-moi, mais moi je suis assise. Aujourd'hui, je n'ai pas la force de me lever.

– Je peux vous comprendre. Vous êtes la mère, n'est-ce pas ?

– Ciraulo Rosa.

– La mère…

– Eh ! La mère. »

Tancredi la connaît et il le sait : son ton impatient signifie qu'elle a l'intention de collaborer dans les limites de l'indispensable. Pas un mot qui ne soit essentiel. Ça fait partie de son caractère, elle est comme ça, mémé Rosa : elle en veut au monde entier. Elle est amère. Arrivée au moment du bilan, elle a découvert que la vie était en dette avec elle, et ne pouvant plus passer à la caisse, elle a décidé de se venger en rendant l'existence plus difficile au reste de l'humanité. Peu importe qui l'interroge, il s'en rendra vite compte.

« Je peux vous demander où vous étiez quand… ?

– Au salon. »

La réponse est arrivée, sèche, directe. Dans la pause qui suit, il est facile de deviner les calculs que fait le policier : si elle se trouvait sur le lieu du crime, elle a tout vu. Mais la question suivante n'est pas encore cruciale :

« Dans le séjour ?

– Au salon.

– C'est le séjour, le salon ?

– Il y a trois pièces en tout. Là, il y a une chambre à coucher, à côté l'autre chambre à coucher, et celle-ci est forcément le salon. Qu'est-ce que c'est que ce séjour ?

– J'ai essayé de parler d'abord avec votre belle-fille…

– Tsst.

– … Elle n'est pas en état de nous aider…

– Vous savez, ma belle-fille, il vaut mieux ne pas vous en occuper.

– Elle vit un moment difficile.

– Nous sommes tous dans un moment difficile. Elle, on a tué son mari, et moi, on a tué mon fils. »

C'est le Chef en personne qui l'interroge. Tancredi vient de reconnaître le timbre de sa voix. Il ne doit pas être sicilien. Un homme du Sud, peut-être napolitain, mais pas sicilien. Il semble intimidé par l'attitude de la grand-mère. Il tousse pour avoir le temps de changer de sujet. La question suivante n'est pas une question. On dirait presque une imploration :

« Bref, il s'est écoulé presque une heure depuis que nous sommes ici et nous ne savons encore rien.

– Eh ! Qu'est-ce que vous attendez de moi ?

– Nous voulons savoir ce que vous avez vu. Vous étiez sur place ?

– Eh !

– Vous avez vu l'assassin ?

– Bien sûr que je l'ai vu.

– Et vous le connaissiez ?

– Monsieur, est-ce que moi je peux vous poser une question maintenant ? »

En écoutant les dernières répliques, Tancredi a retenu son souffle. Il sent qu'ils arrivent au fait. Il brûle d'entendre les paroles de sa grand-mère. Les paroles qu'elle va bientôt prononcer, qu'elle devra forcément prononcer. Tancredi sait qu'il ne peut pas espérer autre chose. Ce n'est qu'une question de secondes.

« Dites.

– Mais vous, vous n'avez pas encore compris qui a tué mon fils ? »

La voix de la grand-mère a pris une inflexion moins dialectale et plus sardonique. Le flic a besoin de retrouver son autorité, et il décide de répondre à sa question par une autre question :

« Je devrais le savoir ?

– Je ne sais pas. Je ne peux pas faire votre métier à votre place… »

S'il ne se trouvait pas dans la situation où il est, Tancredi aurait envie de sourire. Avant de le satisfaire et de lui dire ce qu'elle devra lui dire, mémé Rosa est en train de se moquer du flic. Elle l'a mis en position d'infériorité : il est trop faible pour réagir. Il ne peut pas non plus oublier qu'il se trouve devant une dame d'un certain âge, dont on vient juste de tuer le fils. Même si le flic est sur le point de perdre patience, mémé Rosa est capable de le coiffer sur le fil en ajoutant presque aussitôt :

« Vous n'avez pas encore compris que c'était mon petit-fils ? »

Tancredi a vingt ans désormais. Il se regarde dans le miroir au-dessus du lavabo et essaie de faire une sorte de bilan. Il ressemble vraiment à sa mère, dont il a pris la maigreur, alors qu'il a la même taille que son père. Il porte les cheveux courts, avec une petite crête raidie par la dose de gel passée la veille et qui fait encore son effet. Sa chemise grise et son pantalon noir remontent aussi au soir précédent. Il a une barbe d'un jour, ce genre de barbe qui pousse un peu sur le menton, un peu sur les joues, mais pas partout. Il la touche du bout des doigts : une barbe immature. L'aspect général est chiffonné, sa chemise pend à moitié hors de son pantalon. Forcément : il a dormi avec ces vêtements-là. Mais ce n'est pas ça qui compte. Il s'efforce de se regarder avec objectivité. Il est grand. Il sait quels sont ses devoirs et maintenant il a décidé de ne plus s'y dérober. La réalité qu'il a à vivre est ce qu'elle est, il n'y a rien d'autre à attendre.

Ses proches l'ont couvert tant qu'ils ont pu, mais

ils ne pouvaient pas aller au-delà d'une certaine limite. Ça il le sait. Maintenant que sa grand-mère l'a dit à la police, Tancredi éprouve un pincement au cœur qu'il ne devrait pas avoir. Le ressentiment qui l'a gagné n'a pas du tout lieu d'être. Il doit se montrer à la hauteur. Maintenant, il sait ce qui va se passer. Il sait ce qui est en train de se passer de l'autre côté de cette porte qui brusquement est devenue un rempart trop facile à franchir. Aux cris qui lui parviennent, il comprend que le Chef s'en prend aux policiers qui auraient dû le déloger de là :

« Vous l'avez ouverte, cette porte ? »

Les agents ne trouvent pas de mots pour se défendre. Ils cessent même d'essayer de la forcer, dans l'attente de nouveaux ordres.

« Abattez-la et n'en parlons plus. Il est toujours dedans ? »

L'un des deux répond :

« Il n'est pas sorti de là…

– Vous l'avez entendu bouger ? Il a parlé ?

– Depuis que nous sommes là non, à vrai dire. »

Le premier coup qui arrive doit être un coup de pied donné avec la semelle d'un soulier. Geste plus cinématographique qu'efficace, qui ne parvient qu'à ébranler la porte. Le deuxième coup au contraire est plus sourd et massif. La technique semble être celle du coup d'épaule, mais le résultat est le même : la porte ne bouge pas. Aussitôt après, on entend la voix de sa mère qui gémit pour défendre les chambranles de la maison :

« C'est du bois massif… »

L'Adjoint essaie de prendre la situation en main :

« Il faut un pied-de-biche. Une barre, un morceau de fer… »

Mais il faut d'abord trouver l'objet. Tancredi décide d'attendre son destin assis sur l'abattant des W.-C. Du reste, les choses ne pourraient aller plus mal. Et lui ne peut rien faire pour changer le cours du destin.

L'Adjoint doit être tout près maintenant, car sa voix résonne presque. Le bois de la porte sert peut-être d'amplificateur. En plus, le flic se défoule en frappant dessus à coups redoublés :

« Sors, ça vaut mieux ! De toute façon, on arrive ! Question de secondes ! »

La série de coups ne s'interrompt que lorsque la voix du Chef se glisse entre deux coups de poing pour demander :

« Comment s'appelle-t-il ? »

L'Adjoint répond :

« Tancredi, paraît-il.

– Tancredi ?

– Eh…

– Putain de nom… »

C'est le Chef qui parle maintenant. La bouche presque collée au montant de la porte, il dit, le plus calmement possible :

« Tancredi, écoute-moi : si tu sors maintenant, on fait un brin de causette et tu m'expliques ce qui s'est passé. Je veux entendre ta version. Rien de plus. Je te dis une chose : n'aggrave pas la situation. Ta mère est là, fais-le pour elle. Madame, dites-le-lui... »

Sa mère se tait. Elle s'est remise à pleurer, Tancredi l'entend renifler en fond sonore. C'est assez pour comprendre qu'elle n'a pas l'intention de collaborer : en ce qui la concerne, son fils peut rester enfermé dans la salle de bains tout le temps qu'il veut.

Entre-temps, le pied-de-biche ou quelque chose du même genre a été trouvé, parce qu'ils ont recommencé à s'affairer autour de la porte. Et cette fois-ci, à en juger par le bruit et la détermination qu'ils y mettent, ils vont réussir à l'ouvrir. Ils frappent, font levier, raclent, forcent, font sauter la serrure, sortent la porte de ses gonds. Ils ouvrent.

Dans un premier temps, ils ouvrent, c'est tout. Personne n'entre. Personne ne se risque, et Tancredi sent que c'est de peur d'être surpris, peut-être par une sortie désespérée de sa part. En un éclair il comprend : ils croient qu'il est armé. Ce qui veut dire qu'il est en danger. Il ne sait pas comment faire pour les rassurer, pour leur prouver qu'il n'a pas de pistolet. Mais, avant d'ouvrir la bouche, il se rend compte qu'il suffit qu'ils le voient là, assis sur la cuvette des W.-C. Il a son pantalon sur lui, mais la partie supérieure du couvercle est baissée, et on dirait qu'il est assis comme si. Il regarde par terre aussi comme si : gêné comme si. Quelques secondes s'écoulent encore durant lesquelles une pensée traverse son esprit : il vaudrait mieux qu'ils tirent. Maintenant, tout de suite. Une douleur concentrée au lieu de la douleur diluée qui l'attend pour le reste de sa vie. Mais la pensée n'arrive pas à prendre une forme achevée.

À la fin, très prudemment, deux policiers s'avancent, peut-être ceux qui ont défoncé la porte. Ils ont leurs pistolets à la main, ce qui l'effraie encore un peu. Il espère seulement qu'ils seront assez intelligents pour évaluer la situation. Inutile de le chercher derrière la porte ou dans les coins : il est là, assis sur les W.-C. Et il est désarmé.

Sans baisser leurs armes, les flics font signe aux autres qu'ils peuvent entrer. Tancredi ne réagit pas, il reste immobile, assis où il est. L'un des premiers à entrer est celui qui doit être le Chef. On le comprend tout de suite, à la déférence des autres policiers. Il est grand comme il se l'était imaginé, mais il a une moustache, et ça il ne s'y attendait pas. Il n'avait pas la voix de quelqu'un qui porte une moustache et il ne l'a pas plus maintenant qu'il dit d'un ton sarcastique :

« Bonjour ! »

Tancredi ne répond pas, il baisse à nouveau les yeux. À un geste du Chef, trois policiers foncent, le tirent hors de la salle de bains et le font asseoir sur une des chaises du séjour. Du coin de l'œil, il aperçoit le corps de son père couché par terre, mais il ne se retourne pas, il ne veut pas le voir. Il croise un instant le regard de sa grand-mère. Il le cherche même. Mais les yeux de sa grand-mère ne lui disent rien. Ils ne l'encouragent ni ne le dédaignent. Ils lui disent que le temps où la famille était toujours de son côté est fini, maintenant il doit s'en sortir seul. Pour la première fois de sa vie, il doit s'en sortir seul.

Le Chef prend une autre chaise, il la tourne et l'enfourche en sens contraire. Quand ses agents cessent de rudoyer comme il se doit le présumé coupable, il commence :

« Alors, jeune homme : à ce qu'il paraît, tu n'avais pas envie de parler avec moi... »

Le Chef s'adresse au garçon avec beaucoup plus de mansuétude qu'il ne pouvait s'y attendre, étant donné les circonstances :

« Je dois te dire une chose, Tancredi. Tu t'appelles bien Tancredi ? Tout ce que je sais, ce sont les tiens qui me l'ont dit, c'est ta grand-mère qui me l'a dit. Donc, si je me trompe, dis-le-moi, et on en parle. Ça va ? Ça va ? Si ça va, fais-moi un signe. »

Ce n'est pas en essayant d'être amical qu'il parviendra à le convaincre de parler. Lui ne bouge pas.

Le flic lui en donne le temps, mais rien : il regarde toujours fixement par terre. Le Chef en prend acte :

« Qui ne dit mot, consent. En attendant dis-moi une chose : tu es marié ? Fiancé ? »

Tout bien pesé, il peut quand même répondre à des questions innocentes. Quelle importance qu'il soit fiancé ou pas ? Il y a probablement une astuce. Mais avant de comprendre en quoi elle consiste, Tancredi s'entend répondre :

« Fiancé. »

Au moment même où il ouvre la bouche, il s'en veut déjà. C'est le premier mot qu'il prononce en présence des forces de l'ordre. Il ne fallait pas. Ou bien, il aurait peut-être dû réfléchir et trouver quelque chose de plus significatif à dire. Mais il a parlé d'un seul jet, et aucune phrase mémorable ne lui est venue. Reste à savoir s'il a bien fait. Il se rend compte qu'il a créé des attentes chez celui qui l'interroge. Attentes qu'il n'a pas l'intention de satisfaire. Ça, il en est sûr. Il ferme la bouche, avec l'intention de ne pas la rouvrir si facilement. Le Chef attend que viennent d'autres mots, mais ils ne viennent pas, et il se lance alors dans une série de questions en vrac :

« Et qui est cette jeune fille ?

– Elle habite près d'ici ?

– Elle sait ce qui s'est passé ?

– Tu le lui as dit ?

– C'est elle qui a téléphoné ?

– Comment s'appelle-t-elle ?
– Depuis combien de temps êtes-vous ensemble ?
– Vous voulez vous marier ?
– Ton père était d'accord ?
– C'est pour ça que vous vous êtes disputés ?
– Qu'est-ce qu'il t'a fait ?
– C'était quelque chose que tu avais fait toi ?
– Quand tu l'as vu, qu'est-ce que vous vous êtes dit ?
– Il y avait eu des discussions, dernièrement ?
– Quel métier fais-tu ?
– Le pistolet, où tu l'as mis ? »

Après chaque question, le Chef lui laisse à peine quelques secondes. Même s'il le voulait, Tancredi n'aurait pas le temps de répondre. Il écoute les questions, mais il se trouble. Dans sa tête, les choses ont commencé à aller trop vite. Il n'arrive pas à entendre certaines questions, les autres il ne les comprend pas ou il ne voit pas leur rapport avec ce qui s'est passé. Une ou deux l'inquiètent car, même s'il le voulait, il ne saurait vraiment pas quoi répondre. Une raison de plus pour se taire.

Après la question sur le pistolet, le Chef fait une longue pause. Peut-être a-t-il terminé. Peut-être est-il fatigué lui aussi. Non, il reprend :

« Tu as faim ?
– Tu as soif ?
– Tu veux parler à ta mère ? »

Et comme Tancredi continue à se taire, le Chef,

exaspéré, fait semblant de lui donner une gifle. Il lève le bras, mais ne laisse pas partir sa main. Il la baisse au contraire et se contente de secouer la tête. Il laisse passer encore quelques secondes, puis arrive au point crucial :

« C'est toi qui as fait ça, oui ou non ? »

À présent, il s'attendrait même à une confession. Il peut toujours courir.

« Aie au moins le courage de dire : ce n'est pas moi qui ai fait ça. »

Le flic aimerait qu'il prenne au moins la responsabilité de nier. Mais rien : pas un mot. Le Chef soupire et cherche un soutien parmi ceux qui assistent à l'interrogatoire. Tancredi aussi lève la tête et trouve deux sortes de regards : hostiles envers lui, de la part des agents, et vaguement compréhensifs, au contraire, de la part de ses proches. Il est évident que son attitude contribue à frustrer le Chef. Mais Tancredi ne s'en soucie pas, il ne doit pas s'en soucier. Il doit se soucier uniquement de sa famille. Sa mère et ses grands-parents n'ont rien perdu des questions, et ils ont regardé avec condescendance les réponses ratées. À un certain moment, Tancredi a cru reconnaître dans un gémissement de sa mère de la désapprobation envers l'interrogatoire pressant. Personne ne s'est risqué à dire un mot, personne n'a protesté. Mais c'est une question de sensation : Tancredi a l'impression que cette situation lui vaut l'appui de sa famille. Et c'est une impression qui compte. Ils ne peuvent pas l'aider, mais ils sont avec lui. Peu leur importe de se montrer de son côté, du côté de celui qui est coupable du meurtre de son père devant la loi. Tancredi se demande plutôt ce que la police pense de cette attitude. Ce qu'en pense le Chef ? Lui, qui vient de l'extérieur, est-il capable de se placer dans l'optique familiale ? L'absolution morale de ses proches devrait lui sembler, si ce n'est défendable, du moins compréhensible. Et cela même si le flic ignore que son père était un homme violent. Une certaine ambivalence des sentiments de la famille à l'égard de Tancredi est due à la double identité qu'il assume en ce moment. Quoi qu'il ait fait, il reste un fils malgré tout. Il faut découvrir quelle identité prévaudra en définitive : fils ou assassin. Au fond, le Chef est lui aussi un homme du Sud. L'expérience devrait lui suggérer qu'à la fin le cocon affectif de la famille se refermera sur le fils, et paix à l'âme du mort. Les autres policiers le comprennent sûrement mieux car, à leur accent, ils lui semblent presque tous siciliens. Eux acceptent le silence de Tancredi avec bien plus d'indifférence. Ils s'y attendaient. Le Chef non. Il s'entête à lui poser des questions. Mais comme, face à toutes ces pressions, Tancredi continue à fixer le sol et à se taire, il a un mouvement d'impatience :

« Au moins dis-le : j'use de la possibilité de ne pas répondre, et n'en parlons plus. »

Tancredi se décide enfin à le regarder, ne serait-ce que pour voir s'il se moque de lui. Et comme le Chef reste impénétrable, l'idée de profiter de cette possibilité ou du moins de le défier sur le plan de l'impudence fait son chemin dans sa tête. Il rassemble tout son courage pour dire :

« J'use de la possibilité de ne pas répondre. »

Mais évidemment ce n'est pas ce que le Chef espérait obtenir par sa provocation : il fait une grimace. Tant pis pour lui. Tancredi éprouve l'amère satisfaction d'avoir découvert le bluff du flic, qui est maintenant contraint de faire marche arrière :

« Tu le sais qu'il vaudrait mieux pour toi collaborer, au point où nous en sommes… »

Au point où il en est, Tancredi se sent autorisé à reprendre son attitude réticente, et il se sent même vexé de les voir mettre en doute ses droits. Il est vexé. Pas vraiment, mais presque. Il devrait l'être pourtant. Et eux devraient en tenir compte, avant de continuer à l'interroger. Il voudrait trouver les mots pour exprimer son indignation, mais il n'en a pas le temps, car le Chef décide de le laisser tranquille et d'approfondir la dynamique des faits avec un autre membre de la famille. Tancredi le regarde se lever et s'en aller. Un policier demande :

« Que fait-on, on l'emmène ? »

Tancredi ne peut s'empêcher de regarder lui aussi le Chef avec anxiété. L'idée qu'ils veulent l'emmener, peu importe où d'ailleurs, est inquiétante. Du regard, il demande la grâce d'un sursis chez lui, avant de partir. La grâce n'est ni accordée ni rejetée : elle reste simplement en souffrance, comme la question posée par l'agent qui était prêt à l'entraîner avec lui, et qui, faute d'ordres, revient se mettre près de lui les bras croisés. Le Chef est déjà en train de penser à autre chose, à trouver un autre témoin à interpeller. Au bout d'un moment, il se dirige vers la grand-mère, qui est toujours assise dans son fauteuil préféré :

« Madame… »

Mais il est aussitôt interrompu :

« Qu'est-ce que vous voulez, maintenant ? »

Le policier est interdit. Tancredi comprend qu'il s'agit seulement d'un moyen d'agacer son interlocuteur et de le mettre mal à l'aise. Peut-être que ça ne sert à rien, mais c'est quand même un avantage dans la partie qui se joue entre famille et police.

« Je ne me sens pas bien. Je me sens mal.

– Restez assise, madame.

– Je me sens vraiment mal.

– Restez tranquille…

– Je ne peux pas bouger.

– Et ne bougez pas. Restez là. »

La conversation traîne et Tancredi a le temps d'observer sa grand-mère. Elle est vraiment énorme. Maintenant qu'il y pense, c'est sûrement la grand-mère la plus grosse qu'il ait jamais vue. Et c'est bien sa grand-mère, la mère de son père. Cette pensée le surprend, il ne sait pas au juste pourquoi.

Peut-être à cause de la fierté qui se dégage d'elle, alors que la mort de son fils devrait l'accabler. Peut-être parce que Tancredi sait qu'il est responsable de la mort de son fils. Peut-être parce que le fait d'être responsable de cette mort est une idée qu'il ne parvient pas encore à accepter. Mais il doit l'accepter.

Le Chef ne perd pas plus de temps :

« J'ai besoin de savoir comment les choses se sont passées.

– Et c'est précisément moi qui dois vous le dire ? »

Le ton a changé par rapport à tout à l'heure. Les mots sonnent plus disponibles. Tancredi perçoit la douleur que lui coûte de reparcourir les faits de ce matin, mais aussi la résignation de devoir affronter cette douleur. Tandis que le Chef est en train de chercher la formule pour l'encourager à parler, mémé Rosa déclare avec assurance :

« Moi, je suis du genre à faire les choses quand il faut les faire. Donc, débarrassons-nous de ce souci. »

Et à ce moment-là, elle s'arrête pour que son préambule fasse l'effet nécessaire. Le Chef acquiesce d'un signe de tête pour montrer qu'il a compris et l'inciter à poursuivre. Peut-être craint-il qu'elle puisse s'arrêter juste au moment où elle va lui révéler la vérité. Il semble sur le point d'intervenir pour lui donner l'encouragement décisif, mais c'est inutile car sa grand-mère reprend :

« Tout est arrivé parce qu'hier soir il est sorti… »

Pourtant, c'est le Chef qui la coupe à présent. Il souhaite faire les choses dans les formes. Il s'assied aussi sur une chaise. Avant tout, il veut connaître le sujet :

« Qui est sorti ? »

Mémé Rosa trouve néanmoins inutile de préciser de qui elle parle, et elle continue son bonhomme de chemin :

« … Ils sont jeunes, que peuvent-ils faire ? Ils sortent. Ils vont s'amuser. Et lui, c'est un garçon étrange. Je suis bien contente qu'il aille se distraire un peu, lui qui est toujours triste, toujours sombre. Maintenant vous le voyez ainsi : vous croyez que c'est parce qu'il est arrivé ce qui est arrivé ? Mais pensez donc ! Il est toujours ainsi. Toujours triste, toujours sauvage. Alors, s'il sort de temps en temps, quel mal y a-t-il à ça ? Un peu de distraction… »

Tancredi est frappé par cette soudaine abondance de paroles. Il a suffi de faire sauter le bouchon et sa grand-mère n'est plus qu'un fleuve d'informations en crue. Il essaie vainement de se reconnaître dans le portrait que mémé Rosa trace de lui : il trouve qu'elle exagère. Elle le fait probablement pour adoucir la position de son petit-fils face à la justice. Ce doit être ça. Si c'est ça, Tancredi est d'accord. Et même, à partir de maintenant il s'efforcera d'apparaître tel que sa grand-mère le dépeint. En espérant que tout se termine rapidement.

Avant de poursuivre, elle ne laisse pas le temps au policier de dire autre chose que :

« Donc…

– Donc, il est allé danser, avec ses amis, est-ce que je sais ? Où vont-ils, ces jeunes, quand ils sortent ? Vous le savez, vous ? Nous autres vieux nous ne pouvons pas le savoir. Au début, son père le questionnait, mais rien. Si bien qu'à la fin il a cessé de le questionner. Le petit est grand maintenant, il peut faire ce qu'il veut. C'est tout.

– Et alors ?

– Et alors, et alors… Alors le problème, hier soir, est de savoir comment il est sorti…

– Comment ?

– Avec la voiture. »

Mémé Rosa prononce ces mots avec une certaine gravité, s'attendant à voir son interlocuteur saisir la portée de la révélation qu'elle est en train de faire. Mais le Chef attend toujours la suite. Tancredi sourit intérieurement : le flic ne peut pas comprendre. Elle, voyant que le policier ne comprend pas, le regarde fixement et précise :

« Avec la Volvo. »

Tancredi sait ce que le Chef pense en ce moment. Il se demande ce que vient faire une Volvo dans une famille de pauvres diables qui vivent dans un taudis rue Tamburinai, à la Kalsa. Lisant le doute dans le regard du policier, la grand-mère lui fait l'aumône d'une explication supplémentaire :

« La Volvo de son père. »

Enfin, peut-être, une lueur commence à poindre dans la tête du flic :

« La voiture, c'est la cause de tout ? »

Mémé Rosa ne l'écoute pas, elle suit le fil de son raisonnement et n'a pas l'intention de se laisser distraire. Mais elle va plus loin dans sa réponse :

« Non seulement il ne devait pas la prendre, mais après il va la lui cogner...

– Un accident ?

– Qu'est-ce que j'en sais moi ? Un accident, une collision, quelque chose de ce genre-là.

– Et la voiture ?

– La voiture... Ce matin, quand mon fils s'en est aperçu, le pauvre, il a perdu la tête.

– Ils se sont disputés.

– Disputés ? Ils se sont battus. Nicola ne lui laissait jamais rien passer. Alors vous pensez, pour la voiture, qui était la prunelle de ses yeux.

– Et votre petit-fils ?

– Mon petit-fils, qui ? »

Suit un moment de confusion. Tancredi s'aperçoit qu'après toutes les révélations qu'elle vient de faire, sa grand-mère est tout étourdie, comme si elle était frappée d'amnésie. Comme si le poids des ans et du deuil lui était brusquement tombé dessus, chassant toute l'autorité dont elle avait fait preuve jusque-là. Le policier l'aide à se reprendre :

« Tancredi. »

Et il le regarde. Tancredi est sur le point d'acquiescer, mais il s'avise à temps que ce serait un aveu. Et il a décidé de ne faire aucun aveu. En tout cas, il suffit de peu, sa grand-mère reprend ses esprits et chasse son amnésie ou ce qu'elle vient d'avoir. Elle n'a pas besoin d'autre chose pour reprendre son récit là où elle l'avait laissé, comme si elle ne l'avait pas interrompu :

« Tancredi, le pauvre lui aussi, que pouvait-il dire ? Il avait tort. Il y a peu de choses à dire. Vous avez vu comment il est ? Du bon pain, trop bon. Vous savez ce que nous disons, nous autres ? Trois fois bon. »

Le Chef, qui n'est pas sicilien, ne le sait pas. Il a l'air de quelqu'un qui ne sait pas. Mais Tancredi oui : trois fois bon signifie con. Il trouve que maintenant sa grand-mère exagère en le décrivant comme un abruti, même s'il voit bien pourquoi elle cherche à faire croire qu'il est un pauvre débile incapable de rien comprendre. De toute façon, il n'a pas le temps d'approfondir : mémé Rosa va droit au but. Elle avait dit qu'elle voulait tout raconter, et elle veut tenir sa promesse jusqu'au bout le plus rapidement possible.

« Donc, quand il s'est vu découvert, il a encaissé ce qu'il fallait encaisser, et silence.

– Silencieux et bon jusqu'à un certain point…

– Jusqu'à ce que son père lève la main sur lui.

– Il lui en a flanqué une.

– Eh !

– Et lui ?

– Tancredi ne s'est pas retenu.

– Il a réagi ?

– Eh !

– J'ai compris. Son père était beaucoup plus gros, pourtant…

– Et pas qu'un peu. C'était une armoire, mon fils. Pauvre de lui, pauvre de nous, mon petit-fils et moi aussi… Il a continué à lui en donner pendant un quart d'heure, au moins…

– Et vous autres ?

– Nous autres, que pouvions-nous faire ? Mon mari, inutile de compter sur lui. Il est bien gentil, mais… Ma belle-fille, n'en parlons pas… Et moi, je suis une pauvre vieille. Et puis, avec Nicola, il était inutile d'essayer. »

Le rôle de sa grand-mère est difficile. Elle tente d'exprimer un déchirement affectif : elle est aussi proche de la victime que de l'assassin. Tancredi se rend bien compte que, de l'extérieur, elle peut donner une impression d'incohérence. Le compte rendu de sa grand-mère penche tantôt en faveur de son fils, tantôt en faveur de son petit-fils. Presque comme si, dans cette histoire, il n'y avait pas une victime et un assassin, mais un unique destin ayant voulu frapper l'un en le tuant et l'autre en le laissant en vie. Les fautes et les circonstances atténuantes alternent selon le moment, sans critères.

Apparemment, certaines finesses n'intéressent pas du tout le Chef. Il essaie de bien comprendre ce qui s'est passé et il insiste sur les faits de la matinée :

« Bref, il n'y a pas eu moyen de les séparer.

– Aucun. Il lui a flanqué une trempe jusqu'à ce qu'il soit.

– Jusqu'à ce qu'il soit… ?

– Jusqu'à ce que ce soit Tancredi qui lui tire dessus. »

Ils se taisent pour laisser retomber les derniers mots dans toute leur gravité. Les yeux baissés, Tancredi sent sur sa tête les regards et les jugements de tous les présents. Il fixe les petits éclats de marbre sur le carrelage. Il voudrait trouver un endroit où creuser pour s'y enterrer. Il ne pouvait en être autrement, mais il sent malgré tout comme une piqûre entre le cœur et l'estomac. Pas vraiment au cœur ni à l'estomac. Mais ça fait mal. Sa grand-mère – la pauvre, maintenant qu'elle s'est vidée de ce qu'elle devait dire – secoue la tête comme s'il n'y avait rien d'autre à ajouter. Le Chef ne semble pas tout à fait d'accord. Il tient à mettre au point les détails :

« Où est passé le pistolet ? »

Mémé Rosa soupire. Elle est lasse de toutes ces questions :

« Mais qu'est-ce que j'en sais ? Au milieu de toute la confusion qui a suivi…

– Il était à votre fils ? Ou à Tancredi ?

– Je ne saurais pas vous le dire. Je n'y connais

rien en pistolets. Je n'étais pas au courant : il n'y était pas et il a fait son apparition.

– Et la voiture, où est-elle ?

– Où elle doit être. Garée en bas. »

Le chef remercie la grand-mère d'un signe respectueux. Il fait signe à son adjoint et à quelques agents de le suivre, et ils sortent de l'appartement. Après tous ces discours, la pièce retombe dans le silence. Tancredi essaie de lever les yeux, mais il évite de regarder là où se trouve le corps de son père, autour duquel s'affairent encore deux agents. Il échange un regard avec sa grand-mère, puis avec sa mère et avec son grand-père. Ce n'est pas le moment de se parler, c'est sûr.

Puis brusquement, il a envie d'aller regarder par la fenêtre. Il se lève du divan, provoquant aussitôt la réaction des deux flics qui l'attrapent par les bras. Ils l'avaient à l'œil. Il explique :

« Je voulais regarder par la fenêtre. »

Sa mère intervient pour prendre sa défense :

« Le pauvre, et qu'est-ce que ça peut vous faire ? »

Les policiers se consultent en silence et l'autorisent à s'approcher de la fenêtre, mais toujours sous escorte. Ils se placent l'un à droite, l'autre à gauche. Celui qui est à gauche lui tient même le bras, pour lui éviter de faire une bêtise. Tancredi se rend compte qu'ils pouvaient le lui interdire, et il se demande bien pourquoi ils lui ont donné la permission. Dans ces cas-là, le plus simple est de ne pas prendre de responsabilité. S'il se jetait par la fenêtre maintenant, ce sont eux, deux simples policiers, qui le paieraient. À la fin, il en conclut que les policiers lui permettent de regarder par la fenêtre parce qu'ils ont pitié de sa situation. Même les flics ont pitié de lui.

De la fenêtre on voit la rue. Et dans la rue, il y a la Volvo. Le Chef, l'Adjoint et les autres policiers sont déjà en bas. Il n'y a pas eu besoin de préciser le numéro d'immatriculation ni la couleur de la voiture : la Volvo se trouve juste face à l'entrée de l'immeuble, et il est impossible de se tromper, car elle est très belle, noire, aisément repérable dans l'état de dégradation générale du quartier. Son père l'avait sommairement nettoyée la veille, et sa surface luisante comme un miroir lui donne maintenant l'air d'un astronef qu'une panne soudaine de moteur aurait forcé à se poser à la Kalsa. Une petite abrasion sur le côté droit compromet pourtant cette perfection et Tancredi le sait. Ce défaut n'est pas visible de la fenêtre. Mais lui sait qu'il y est et les flics aussi l'ont découvert. L'Adjoint s'accroupit pour l'examiner de près. La veille, en faisant une manœuvre pour sortir d'un parking, Tancredi a raclé un petit mur. Il pensait passer et en fait non : il ne passait pas. Le mur était rugueux et a laissé plusieurs éraflures sur le côté. Quand c'est arrivé, un gardien de parking illégal était là pour l'aider à faire la manœuvre. Sa présence n'avait fait qu'énerver Tancredi. Et c'était le gardien qui, au lieu de s'excuser, avait enfoncé le clou final :

« Ça, ça ne s'en va pas même avec de la pâte abrasive. »

De fait, il s'agissait d'une éraflure assez profonde et en dents de scie. Tancredi s'en souvient, il s'en souviendra tant qu'il vivra. C'est à cause de cette éraflure que tout est arrivé. Et à la lumière de ce qui s'est passé, l'auto lui semble légèrement moins rutilante que d'habitude. Comme si le désordre du quartier environnant avait commencé à entamer aussi la belle image de cette exceptionnelle Volvo. C'est comme ça avec les voitures. On les garde immaculées le plus longtemps possible, on veille soigneusement sur le moteur et la carrosserie, mais ensuite il suffit d'une petite éraflure, et tout bascule. On y fait moins attention, on sous-estime le deuxième dommage, et ainsi de suite. C'était peut-être ce qui avait effrayé son père et provoqué sa réaction : voir sa Volvo noire parfaite au bord de la déchéance.

Il n'en reste pas moins que, par rapport à ce qui est arrivé, une éraflure sur la carrosserie est le mobile le plus absurde que Tancredi puisse imaginer. Cette éraflure a provoqué une réaction en chaîne qui a conduit au crime. Son père est mort à cause de cette éraflure. Ça ne lui paraît toujours pas vrai. C'est comme l'abrasion sur le côté de la Volvo : elle ne rentre pas dans l'ordre des choses.

Les policiers ont réussi à ouvrir la voiture, ils avaient peut-être la clé. Ils ont pénétré à l'intérieur, ils la fouillent, ils prennent peut-être des empreintes digitales, Tancredi ne sait pas. Ils la photographient en entier, puis en insistant sur la partie accidentée. Le Chef donne les directives essentielles et retourne vers la porte principale, suivi de son Adjoint qui est toujours un pas derrière lui. Une minute après, ils sont de nouveau en haut, mais n'entrent pas dans l'appartement. Ils s'arrêtent sur le palier où sont attroupés une quinzaine de voisins. Tancredi peut en voir certains, et il entend leurs conversations par la porte ouverte. Ils parlent de lui. Ils échangent des ragots sur sa famille et ça lui fait de la peine. Ce sont des gens qu'il rencontre tous les jours et qui maintenant, par la porte ouverte, sont libres d'examiner l'intérieur d'une intimité déjà profanée par l'incursion de la police. Par moments, Tancredi reconnaît un voisin qui se lève sur la pointe des pieds pour essayer de voir quelque chose de plus et qui demande :

« Mais que s'est-il passé ?

– On l'a tué.

– Mais qui ? »

Suit un murmure de voix où personne ne pose de questions et personne ne répond. Chacun est dans un parcours logique subjectif. Les principales opinions que Tancredi entend émerger de ce bourdonnement continu sont :

« Le pauvre, le pauvre…

– Nous nous étions vus avant-hier.

– Bah…

– On sait qui a fait ça ?

– Une histoire de fous…

– Qui aurait pu le dire ?

– Sa femme, la pauvre…

– Sa mère ! »

Le Chef ordonne à l'Adjoint :

« Voyez si ces gens-là savent quelque chose… »

Mais quand l'Adjoint fait un pas dans leur direction, le murmure décroît avant qu'il ait le temps de demander si quelqu'un se sent en mesure de fournir des éléments utiles à l'enquête. Il dit :

« Quelqu'un se sent-il en mesure de fournir des éléments utiles à l'enquête ? »

Un silence de quelques secondes suit sa question, comme si les gens cherchaient à assimiler cette expression : des éléments utiles à l'enquête. Le silence persiste jusqu'à ce qu'une voix s'élève dans la mêlée au nom de tous, voix que Tancredi ne parvient à attribuer à personne en particulier :

« Nous autres, nous étions là.

– Là où ? »

Une voix différente de la première, féminine, mais également non identifiée, répond :

« Chez nous. »

De là, s'engage une conversation où l'Adjoint pose les questions et le groupe répond chaque fois par une voix différente :

« Nous n'avons rien vu.

– Vraiment rien ?

– Absolument rien. »

L'attitude des voisins contribue à augmenter la nervosité de Tancredi, mais elle agace aussi l'Adjoint qui, en guise de représailles, choisit une femme dans le tas et lui demande son nom pour en écrire au moins un sur le calepin encore vide qu'il tient à la main. En échange, il reçoit un regard vexé de la part de Mme Allotta :

« Qu'est-ce que j'ai à voir là-dedans, moi ?

– Vous n'êtes pas une voisine ?

– Et c'est justement moi que vous devez entendre ? Pourquoi pas un autre ? Il y en a ici, des gens…

– Commençons par vous et puis nous verrons les autres.

– Qu'est-ce que vous voulez commencer ? Moi je ne veux pas du tout commencer ! Adressez-vous aux personnes responsables.

– Et qui sont les personnes responsables ?

– Qu'est-ce que j'en sais ? »

Mme Allotta se tait un instant et puis dit plus bas :

« Adressez-vous au gérant de l'immeuble. »

Elle le dit avec aigreur, et Tancredi sait ce que ça cache : il y a toujours eu des problèmes entre

Mme Allotta et la copropriété, depuis que Giovanni Giacalone en est le gérant. C'est la seule justification possible à ce qui fait l'effet d'une délation pour tous. En plus, Giovanni est là, au milieu des autres locataires. L'Adjoint le remarque à deux regards qui se tournent vers lui pour savoir s'il estime devoir intervenir et se manifester. Le policier l'aborde :

« S'il vous plaît : vous êtes… ? »

Giovanni reste un moment interdit par ce qu'il hésite à considérer comme une agression. Puis, il décide de ne pas se cacher :

« Je suis le gérant de l'immeuble : Giacalone Giovanni. Et aussi l'ami de la famille Ciraulo.

– Et alors, puisque vous êtes leur ami, parlez-moi un peu des faits. Les coups, vous les avez entendus ?

– Je les ai entendus, je les ai entendus… C'était vers huit heures ce matin. Je les ai très bien entendus parce que le dimanche tout est silencieux. »

Giovanni tend à justifier ses affirmations, mais il parle avec l'assurance d'être autorisé à parler. Sa charge de gérant l'oblige à observer des rapports institutionnels. D'autant plus qu'il a été forcé d'intervenir à cause de Mme Allotta. Il déclare cependant que ce n'est pas lui qui a appelé la police. Il déclare en outre qu'il n'a vu aucun étranger entrer ou sortir ce matin.

Grâce à son expérience dans la rédaction des

comptes rendus des réunions de la copropriété, ce que dit Giovanni ressemble déjà à un procès-verbal de police. Pourtant, l'Adjoint n'est pas convaincu. Il encaisse ses affirmations avec un scepticisme résigné, lève les yeux, et le regarde comme on regarde quelqu'un qu'on ne croit pas, mais qu'on fait semblant de croire, parce qu'on est trop fatigué pour se donner la peine de ne pas croire ; du moment que l'interlocuteur sait que de toute façon on ne croit pas ce qu'il dit. Au point que Giovanni éprouve le besoin de terminer ses déclarations par un :

« Eh… »

Qui peut signifier : moi je ne sais, je n'ai vu que ça ; mais aussi : que voulez-vous de moi ? Vous autres, dans deux heures vous rentrez chez vous, alors que moi je dois continuer à vivre ici, dans ce quartier, dans cet immeuble, avec ces voisins. Mais l'Adjoint s'en fiche, il insiste :

« Vous le connaissiez depuis longtemps ?

– He ! Nous étions des frères. Vraiment des frères. Tous les matins, nous allions prendre le café ensemble.

– Quel travail faites-vous ?

– Comme Nicola. *Ellesseù* [1].

Tancredi imagine ce que l'Adjoint est en train de

---

1. *Ellesseù* ou LSU : Lavoratori Socialmente Utili (Travailleurs socialement utiles). *(N.d.T.)*

penser : en plus de leur salaire de précaires, les Travailleurs socialement utiles peuvent presque toujours compter sur une série de rentrées annexes au noir. Ce qui leur donne un niveau de vie plus élevé, mais quand même pas élevé au point de s'offrir une Volvo dernier modèle. Pour un flic, le sujet est intéressant :

« Et à part ça, que faites-vous ? »

Giovanni se raidit. Il ne pensait pas être impliqué personnellement :

« Mais qu'est-ce que je viens faire là-dedans, s'il vous plaît ?

– Et le *de cujus* ?

– Hein ?

– Ciraulo, Nicola, votre ami : que faisait-il pour arrondir ses fins de mois ? »

Giovanni se lâche. Il n'est pas disposé à parler de lui, mais des autres oui :

« Toujours les mêmes choses : un petit déménagement, il ramassait de la ferraille, des choses comme ça… Il s'occupait.

– Et du fils, qu'avez-vous à me dire ?

– Son fils venait l'aider de temps en temps, pour la ferraille. Mais pas souvent.

– Pourquoi pas souvent ? Que fait-il, en réalité ?

– Rien. Chômeur. Moi, je le disais à son père… »

Giovanni semble s'apercevoir seulement à présent que Tancredi l'écoute et il laisse sa phrase en suspens, mais il n'est pas difficile d'en saisir le sens. Tancredi repense à la définition de sa grand-mère : trois fois bon. Il a l'impression que ce matin tout le monde lui en veut. Et c'est injuste.

En attendant, après s'être rendu compte de sa demi-gaffe, Giovanni a encore moins envie d'offrir sa contribution à l'enquête :

« Je peux m'en aller ?

– Allez. Non, attendez : vous le savez que c'est Tancredi ?

– Je l'ai entendu dire.

– Par qui ?

– Là, dans l'immeuble…

– J'ai compris. Allez, allez. »

L'Adjoint clôt le sujet rapidement car, entre-temps, un nouveau personnage est arrivé. Ce doit être quelqu'un d'important, car le Chef va à sa rencontre et l'accompagne jusqu'au cadavre. L'Adjoint se hâte de les suivre, laissant derrière lui un murmure de soulagement dans la foule des voisins. À son retour dans le groupe, le gérant de l'immeuble est accueilli par un chœur de solidarité :

« Pourquoi ne s'en prend-il pas à sa mère ? Hein ?

– Il s'en prend à nous, et en attendant… »

En attendant, le nouvel arrivé enfile des gants de latex et Tancredi comprend qu'il doit s'agir du légiste. De l'endroit où il est, l'échange de questions entre le Chef et lui ne lui parvient que par bribes. Le médecin s'affaire, penché sur le corps. Il remue, soulève, observe, baisse. Il manipule le cadavre avec discrétion, le remettant toujours dans la position où il se trouvait initialement. Tancredi lui est reconnaissant de cette délicatesse, même s'il se rend compte qu'il ne s'agit que d'un cadavre. Mais après tout ce qui s'est passé, il reste le cadavre de son père. À la fin, le médecin donne son verdict à voix basse. Tancredi serait intéressé, mais il n'arrive pas à bien entendre ce qui se dit :

« … potentiellement mortels…

– … La suite… ?

– … c'est une supposition…

– … Je peux pourtant te dire tout de suite une chose…

– … Le fils, à ce qu'il paraît… »

Le fils, c'est lui. Ils sont en train de parler de lui. Ils se retournent pour le regarder. Le légiste répète :

« … Le fils… »

Puis, ils se remettent à parler à voix basse, cette fois sûrement pour ne pas être entendus. Ce qui arrive aux oreilles de Tancredi, c'est :

« … Motifs futiles, à ce qu'il semble…

– … c'est-à-dire… ?

– … de la voiture, ils se sont mis à se disputer, et…

– … une bosse… »

En réalité, il ne s'agit pas vraiment d'une bosse. Tancredi voudrait intervenir pour préciser, mais il serait ridicule d'essayer de ramener le mobile à une juste proportion face à des étrangers quand, déjà à ses propres yeux, cela paraît invraisemblable. Et puis, il n'aurait le temps de rien dire : le légiste doit avoir fini son travail. Le Chef et lui regardent le cadavre, mais rien qu'un moment. Le médecin retire ses gants, il les met dans sa poche et renifle ses mains. Le Chef lui demande quelque chose sur un certain rapport, le médecin répond qu'il faudra voir. Ils se saluent.

Le légiste s'en va, mais les relevés de la police se poursuivent et l'Adjoint va se mettre près du Chef qui, entre-temps, a recommencé à interroger la mère de Tancredi. Ce dernier est intéressé car il espère que sa mère pourra donner une image plus flatteuse de lui, après ce qu'il a entendu de ses amis et de ses proches. Les mères ont toujours une haute opinion de leurs enfants.

À présent, elle est sur une chaise, mais elle ne semble pas plus rassurée que tout à l'heure. Les flics ne savent pas comment se comporter avec elle. Les bras croisés, ils regardent ailleurs, attendant que la crise passe complètement.

« Mon mari, mon fils… Oh, Seigneur ! Oh, Seigneur ! »

Elle est tiraillée entre la mémoire de son conjoint et l'avenir de son fils. Son mari est son mari, mais son fils est aussi son fils.

« Une chose comme ça ne devait pas arriver.

– Madame, vous me confirmez ce qu'a dit votre belle-mère ?

– Est-ce que je sais ce qu'elle a dit ?

– Elle a dit que c'était Tancredi. »

La femme secoue la tête, mais non pas pour nier : pour désapprouver, pas tant le fait que sa belle-mère ait laissé échapper quelque chose, mais bien le cours du destin, en général :

« C'est pas juste, c'est pas juste…

– Qu'est-ce qui n'est pas juste, madame ?

– C'est un bon garçon…

– Et pourtant…

– Il n'avait jamais fait de mal à personne, à personne… »

Sa mère ne conclut pas, laissant ses interlocuteurs le faire eux-mêmes. Pour l'occasion – mais exceptionnellement – elle décide de donner une forme achevée à sa théorie :

« … Et à la première qu'il fait… Une chose comme ça… C'est pas juste, c'est pas juste… »

Le Chef est dur :

« Madame : ce n'est pas une vétille, ce qui s'est passé. »

C'est exagéré de la part du flic. Sa mère réagit à ces mots en reprenant sa double lamentation :

« Aïeaïe. Aïeaïe… »

Cette fois-ci, cependant, elle n'est pas sous forme de rengaine. Cette fois-ci, il manque la musique, c'est une lamentation en prose. En plus, entre un *aïeaïe* et l'autre il y a un silence durant lequel elle essuie ses larmes ou se mouche. Pour le Chef, il n'y a plus moyen de placer ses questions. Et pourtant à la fin, c'est sa mère qui éclate de rancœur :

« Tout ça pour cette voiture ! Je ne veux plus la voir, cette voiture ! Enlevez-la d'ici ! Vendez-la ! Jetez-la ! Je ne veux plus la voir ! »

Tancredi voudrait ne plus l'entendre crier. Sa grand-mère se retourne, même son grand-père repart dans la cuisine, où il était allé se réfugier. Mais, devant l'attention qu'elle a suscitée, sa mère se met à avoir peur, et elle dit le reste à voix plus basse :

« Maudite, maudite voiture ! Je savais bien comment ça finirait. Je le savais ! Je l'avais dit ! »

Les flics se regardent mutuellement. Mais comme elle ne donne pas plus de précisions, le Chef lui demande :

« Qu'avez-vous dit ?

– Que nous n'aurions pas dû l'acheter. Nous n'aurions pas dû…

– Elle doit coûter cher…

– C'est pas ça. Ou peut-être c'était ça… Mais c'est pas ça. C'est que cet argent était maudit. Il fallait le jeter. Je dis bien, le jeter. »

Le Chef a un sursaut d'attention :

« Pourquoi ? D'où venait tout cet argent ?

– C'étaient pas nos sous. Ils n'étaient pas à nous.

– Et à qui étaient-ils ? »

La question provoque une vague d'émotion chez sa mère, qui recommence à élever la voix :

« Ils étaient à Serenella ! »

Et entre ses larmes elle ajoute :

« À ma Serenella ! »

Tancredi ferme les yeux. Il sait qu'ils sont entrés dans la sphère d'une douleur au moins aussi cuisante que celle provoquée par la mort de son père. Sa mère ne s'arrête plus, ses pleurs redoublent :

« Ma Serenella ! Pourquoi ? Pourquoi ? C'est moi qu'il devait prendre, le Seigneur ! C'est moi qu'il devait prendre ! Pourquoi c'est toi qu'il a prise, toi et pas moi ? »

Le jour où Serenella fut tuée était aussi un dimanche, mais en été. Un dimanche en plein mois de juillet. Les Ciraulo possédaient alors une Ritmo blanche toute déglinguée avec laquelle ils allaient partout, entassés à six : Nicola et sa mère devant, Loredana, Fonzio et Tancredi derrière. Plus Serenella qui, à six ans, était encore menue et y entrait forcément, d'habitude devant, dans les bras de sa grand-mère. Mais lors des sorties avec les Giacalone, les enfants montaient avec eux, dans leur voiture. Ils avaient une fille unique, à peu près du même âge que Serenella et les petites jouaient toutes les deux, tandis que les grands voyageaient plus confortablement et au calme.

Ainsi répartis, ils étaient allés tous ensemble sur une plage qu'ils connaissaient, près de Termini Imerese, juste au pied de la centrale thermoélectrique et pour cela généralement assez peu fréquentée. Bien sûr, ce jour-là était un dimanche et on était en juillet, il y avait donc plus de monde. Ils avaient eu du mal à y arriver avec cette circulation, ils avaient eu du mal à trouver une place pour se garer et du mal aussi à trouver une bonne place pour installer leurs deux parasols. Mais ensuite ils s'étaient habitués à la foule et tout s'était bien passé : ils avaient fait griller de la viande, ils avaient mangé, les hommes s'étaient éloignés pour faire la sieste et les femmes avaient bataillé avec les enfants pour qu'ils n'aillent pas tout de suite à l'eau. Loredana dit :

« Je vous en prie, je vous en prie, vous venez juste de manger. »

Soucieuse de mettre à l'épreuve ses récentes connaissances sur les heures et les montres, Serenella s'informa :

« Et quand est-ce qu'on peut ?

– Dans deux heures. »

La petite fille mit un moment à faire ses comptes et, résultat en main, elle considéra la journée perdue :

« À quatre heures et demie ? Mais il fait nuit !

– Ce n'est pas la nuit. »

Federica, la fille des Giacalone, ne connaissait rien aux montres et elle demanda :

« C'est quand quatre heures et demie ? »

Serenella lui répondit :

« Dans deux heures.

– Et combien ça fait deux heures ? »

Serenella était sur le point de lui fournir toute une

explication fondée sur les minutes et les secondes, aiguilles longues et aiguilles courtes, mais elle fut devancée par une phrase de sa mère :

« Si quelqu'un se baigne après avoir mangé, sa digestion s'arrête et il meurt. »

L'argument était décisif pour Serenella qui, malgré son âge, s'était déjà fait une idée de la mort. Elle ne savait pas très bien à quoi s'en tenir, mais elle se posait néanmoins des questions. Bien sûr, elle ne pensait pas à sa propre mort. Elle craignait plutôt celle d'un de ses proches, et elle se disait même qu'il vaudrait mieux alors que ce soit son grand-père, le plus vieux de la famille, qui meure. C'était une pensée dont elle avait honte, naturellement. Pauvre grand-père : Serenella le regardait et éprouvait de la peine pour lui, qui bientôt serait mort. Mais voilà que sa mère venait de lui apprendre quelque chose d'inattendu : qu'elle aussi pouvait mourir, elle qui était la plus petite de la famille. C'était une fissure dans l'ordre que Serenella essayait à grand-peine de mettre dans le monde. Elle ne trouvait pas ça juste. Federica vit le trouble de son amie et saisit l'occasion au vol pour enfoncer le clou :

« Moi, je connais quelqu'un qui s'est baigné après avoir mangé et qui est mort ensuite.

– Et c'était qui ?

– Un camarade de classe de ma cousine.

– D'école ou de classe ?

– De classe. »

Alors, ce devait être vrai. Serenella se résigna à l'idée qu'elle pouvait mourir d'un moment à l'autre et elle décida prudemment de renoncer à se baigner tout de suite. Tancredi et Federica firent de même. À partir de ce moment, à tour de rôle, un des enfants s'approchait des parasols pour demander :

« Il reste encore combien de temps ? »

La réponse était :

« Une heure trois quart.

– Une heure trente-cinq. »

Et ainsi de suite, par intervalles de cinq ou dix minutes. Un temps que les femmes passèrent autour de la table, déplaçant leurs chaises pour intercepter l'ombre, lancées dans une conversation sur la chaleur accablante. Serenella et Federica restèrent dans les parages à jouer avec le sable sans perdre un mot de ce que disaient les grands. Mémé Rosa commença :

« Quelle chaleur… »

Loredana et Antonietta, la femme de Giovanni, étaient venues sur la plage pour échapper à la canicule, sur laquelle elles étaient absolument d'accord, et elles répondirent que non :

« Au contraire, ici nous sommes à l'ombre.

– Au contraire, ici il y a un peu d'air. »

Et c'est sûr, sinon pour quelle raison venir jusque sur cette plage ? Mais Rosa n'était pas du même avis. Le seul brin d'air que la grand-mère parvenait à sentir provenait de l'éventail noir orné de taureaux et de toreros que sa sœur lui avait rapporté d'un voyage en Espagne :

« Mais comment ça ? L'air est parfaitement immobile. Heureusement que j'ai apporté mon éventail. »

La grand-mère entendait bien par là critiquer l'imprévoyance de sa belle-fille et de sa voisine, qui avaient oublié un accessoire fondamental. En représailles, les autres cessèrent de parler de la chaleur et portèrent la discussion sur un terrain qui leur était plus favorable : les enfants. À un certain moment, Loredana laissa échapper une phrase :

« Ces jours-ci, je trouve mon fils bizarre. Vraiment bizarre. »

Antonietta demanda :

« Qu'est-ce qu'il a ? »

Rosa se mit à regarder un endroit où il n'y avait rien à voir et dit :

« Je ne suis pas du genre à me mêler de la conversation, mais moi je trouve que ton fils est toujours bizarre. »

Loredana était disposée à admettre que Tancredi était sujet à des mélancolies imprévisibles, mais uniquement à condition que ses interlocuteurs la démentent et objectent : mais non, ce n'est pas vrai, ton fils est normal, tout à fait normal. Et elle fut donc vexée de la boutade de sa belle-mère :

« Qu'est-ce qu'il a donc qui te semble bizarre ? »

Antonietta, sentant qu'une tempête était sur le point d'éclater, se retira de la conversation pour s'absorber dans la contemplation de ses ongles, projetant de s'en occuper dès qu'elle aurait à portée de main des petits ciseaux et une lime à ongles. Belle-mère et belle-fille continuèrent leur discussion. Loredana répéta :

« Qu'est-ce qu'il a ? »

Rosa semblait avoir brusquement perdu tout intérêt pour le sujet et renâclait à poursuivre ; mais comme l'autre insistait, elle demanda à son tour :

« Tu ne le vois pas ?

– Qu'est-ce que je dois voir ?

– Tu ne l'as pas dit toi ?

– Qu'est-ce que j'ai dit ? Qu'est-ce que j'ai dit, moi ?

– Tu ne t'en souviens pas ?

– Tu ne peux pas me le rappeler, toi ? »

Cette conversation faite seulement de questions continua un moment, étant donné qu'aucune des deux n'osait aller plus loin. Elles procédaient par insinuations et un troisième spectateur – en l'occurrence Serenella – aurait pu supposer que Tancredi avait Dieu sait quelles tares cachées. Ce qu'elle fit, se détournant de la discussion pour regarder son frère sous un jour nouveau. Tancredi était assis sur la plage, en plein soleil, occupé à lancer des cailloux de pierre ponce ou des poignées de sable qui se transformaient en rafales dès qu'elles touchaient la mer. C'était un adolescent déjà grand et maigre, qui avait poussé d'un coup sans laisser au reste le temps de grandir en proportion. Le reste, et surtout l'intelligence, on espère toujours que ça suivra dans les mois, les années à venir. Serenella l'avait cru jusqu'à maintenant : que son frère était stupide de manière provisoire, que son intelligence devait tôt ou tard arriver. Et en fait non, apparemment. Elle continua à l'observer. Tancredi, tout à son jeu, se parlait à lui-même, de choses concernant ses pensées secrètes, et c'était comme s'il lançait les cailloux et le sable sur des adversaires que lui seul voyait.

L'espace d'une seconde, Serenella pensa que s'il avait été vraiment nécessaire qu'un membre de la famille meure, même son frère aurait été un choix plus juste : non seulement il était plus âgé qu'elle, mais il était bête aussi. Elle voulut chasser cette pensée et toutes les autres en proposant à Federica d'enterrer leurs poupées dans le sable, d'après un scénario intitulé « Barbie dans le désert ». L'intrigue était très simple : un brigand avait enlevé les poupées et les avait condamnées à mort. Il avait cruellement enterré leurs corps en ne laissant sortir que la tête, et uniquement pour le plaisir de les recouvrir de miel et attirer les terribles fourmis rouges du désert. Federica objecta :

« Il n'y a pas de fourmis dans le désert. »

Serenella, se prenant pour le metteur en scène, le

scénariste et la responsable unique du jeu, se sentit piquée au vif :

« Oui, il y en a. Des fourmis rouges.

– Et pourquoi rouges ?

– Parce qu'elles sont bronzées. Tu ne sais pas qu'il y a du soleil dans le désert ?

– D'après moi, il n'y en a pas.

– Et pourquoi pas ?

– Parce que s'il y a quelqu'un, quel genre de désert c'est ?

– Qu'est-ce que ça a à voir ? Les fourmis, il y en a.

– D'après moi, non.

– Et nous on dirait que dans ce désert il y en a. »

Si un de leurs parents avait été là, il se serait aperçu au ton de leurs voix que la situation était en train de dégénérer. Mais personne ne s'en rendit compte, car les mères bavardaient et les pères dormaient à l'ombre précaire du mur d'enceinte de la centrale thermoélectrique. Soudain, Serenella s'élança sur Federica. Ou bien ce fut Federica qui s'élança sur Serenella : la chose arriva si rapidement que nul n'aurait pu trancher. Ce fut pourtant Serenella, la plus motivée car son idée du désert avait été mise en doute, qui tira une mèche de cheveux de son adversaire. Federica, de peur que son amie lui fasse encore plus mal, n'osait pas se dégager. La seule chose qu'elle pouvait faire était de crier, et elle cria. Ce cri attira l'attention des mères qui accoururent en appelant :

« Serenella !

– Federica ! »

Mais leur arrivée, pas plus que les reproches et les prières, ne parvinrent à séparer les fillettes. Loredana dut détacher un à un les doigts de Serenella des cheveux de Federica, et ce ne fut pas facile. Un sommaire procès suivit :

« Serene', mais qu'est-ce que tu fais ? Qu'est-ce que tu fabriques ?

– C'est elle qui a commencé.

– Vous étiez en train de jouer bien tranquillement…

– Et elle, pourquoi elle m'a donné une gifle ?

– Allez, faites la paix. Faites la paix. »

Flairant un vent d'absolution en faveur de Serenella, Antonietta intervint :

« Encore un peu et elle arrachait les cheveux de la petite.

– Allez, va : il ne s'est rien passé. Rien du tout.

– Quand même… »

Antonietta aurait voulu au moins une petite sanction, mais ne pouvant la réclamer ouvertement elle se contenta d'embrasser sa fille, en disant :

« Viens ici, viens ici… »

Chaque mère s'éloigna avec sa propre fille d'un air protecteur. Lorsqu'elles furent loin, elles déclarèrent respectivement :

« Laisse-la tomber.

– Ne joue plus avec elle. »

Dans leur demi-sommeil, les pères entendirent confusément la dispute, mais ils ne crurent pas devoir intervenir. Nicola se borna à répartir le poids de son corps en déplaçant son ventre sur le côté droit. Il avait préféré utiliser comme oreiller la serviette que sa femme lui avait donnée, et s'allonger directement sur le sable, si bien qu'à force de se retourner et de transpirer, il était complètement pané. En plus, la querelle des fillettes lui avait fait perdre le fil de son sommeil. Après avoir essayé de se rendormir, Nicola se résigna à s'asseoir et à intérioriser un rot pressant en le transformant en un long soufflement. Il soupira, se retrouva sur ses pieds au bout d'une minute et se traîna encore abruti au bord de l'eau. Quand il eut les pieds au frais, il s'étendit là. Serenella le regarda. C'était une belle image : son papa, étendu le ventre en l'air, bras et jambes écartés, béatement crucifié sur le sable baigné par les vagues qui le recouvraient de temps en temps avec la grande centrale thermoélectrique qui se détachait sur le fond.

Le bain, même partiel, du père constitua le précédent dont se servirent les enfants pour obtenir la possibilité d'en faire autant. Même Tancredi sortit de son isolement :

« Maman, maman : on peut se baigner maintenant. »

Loredana regardait avec désapprobation l'exemple de son mari :

« Tsst, tsst. Puisque maintenant votre père l'a fait... »

Tancredi et Federica crièrent leur joie en chœur. Seule Serenella hésita et prit le poignet de sa mère pour vérifier l'heure : il n'était que quatre heures. L'ombre d'un présage passa sur son visage : et si je n'ai pas digéré ? Et si je meurs vraiment ? Et s'il m'arrive la même chose qu'au camarade de classe de la cousine de Federica. Elle imagina son enterrement, beaucoup de monde, de fleurs et des gens qui pleurent. Même Federica sangloterait et se repentirait de tout ce qu'elle lui avait fait subir. Mais ce serait trop tard, car elle serait morte. Elle était sur le point de fondre en larmes lorsqu'elle conclut qu'il y avait des avantages à mourir, et même des satisfactions. Mais tout, les larmes et les réflexions, fut balayé par l'impétuosité de Federica qui la bouscula en apportant ses palmes à sa mère :

« Tu me les mets, m'man ? Tu me les mets ? »

Serenella hésita, puis décida d'aller se baigner tout de suite, car elle ne possédait pas de belles palmes roses comme celles de Federica, mais elle voulait au moins arriver la première dans la mer. Et si elle devait mourir, tant pis. Elle partit en courant, plongea en eau basse, et son maillot se remplit de sable. Tancredi choisit une approche plus prudente, entrant petit à petit, ne cédant à la mer qu'un centimètre de peau à la fois. Au fil des heures, l'eau était devenue trouble, verdâtre, comme s'il y avait des algues en décomposition. Mais le plaisir du bain l'emportait sur toute autre considération. Quand ils furent tous les trois dans la mer, ce fut Serenella qui proposa :

« On va jusqu'à la bouée ? »

La bouée se trouvait à une trentaine de mètres du rivage. Et comme on avait pied assez loin, on ne nageait pas longtemps. C'était faisable. Serenella précisa les termes du défi :

« Celui qui arrive le dernier est un idiot. »

Tancredi n'avait pas envie, mais en voyant sa sœur s'élancer et Federica la suivre, son amour propre de mâle et de frère aîné fut piqué au vif, et il partit à leur poursuite. Il réussit à dépasser Federica qui était très lente malgré ses palmes roses, mais son hésitation initiale lui fut fatale : Serenella arriva la première à la bouée. Loredana lança en les observant du rivage :

« Non, non, que faites-vous ? »

Puis, en voyant qu'il n'y avait pas de danger, elle se laissa gagner par la fierté maternelle :

« Serenella, c'est un petit poisson ! »

Federica arriva troisième et elle fut accueillie en chœur par les deux autres :

« Idiote ! Idiote ! »

Serenella était très fière, même si elle était un peu inquiète de ne pas avoir pied. Elle se tenait à la bouée et n'avait pas peur. Elle sentait son cœur exploser parce qu'elle avait presque tout le temps nagé en apnée, mais elle n'avait plus peur de mourir. Elle ne se souvenait même plus du présage de tout à l'heure. Les gouttes d'eau troublaient sa vue, elle ne savait pas si elle aurait la force de revenir au rivage, mais elle comprenait vaguement que ce moment où la lumière commençait à s'effriter sur la mer était le plus beau de sa vie, le plus totalement heureux.

Ils ne sortirent tous les trois de l'eau qu'après s'être fait longtemps prier, les fillettes avec l'idée d'employer le reste de l'après-midi à poursuivre les aventures de leurs poupées ; à condition que dans l'histoire – et ce fut la condition mise par Federica – n'apparaissent pas de fourmis ou d'autres animaux incompatibles avec le désert. Dans la version arrêtée, le brigand décide d'utiliser pour le supplice des deux Barbies un animal plus plausible dans le contexte : le chameau. Ce qui donna lieu à un petit dilemme – dans le Sahara, y a-t-il des chameaux ou des dromadaires ? – qui ne retarda guère les opérations : après avoir fait semblant d'attacher les deux poupées à la queue des animaux, elles les mirent en morceaux. Pour découvrir ensuite que dans le cas du modèle Barbie l'écartèlement était irréversible : chaque partie – buste, bras et jambes – restait indépendante. De là, l'énième litige entre les fillettes qui se reprochaient mutuellement d'avoir eu l'idée de ce jeu. Elles étaient sur le point d'en venir de nouveau aux mains quand, cette fois-ci, les mères intervinrent. En les séparant, Loredana donna le feu vert aux opérations de retour :

« Les filles sont fatiguées. »

Nicola entre-temps avait commencé une partie de *briscola* avec Fonzio, Giovanni Giacalone et Tancredi, qui jouait de mauvais gré, seulement pour faire plaisir à son père. Le garçon ne comprenait rien à la *briscola*, il jouait au petit bonheur, si bien que Nicola se lassa vite de lui et il saisit l'occasion fournie par la phrase de sa femme pour décréter :

« Allons-y, après il y aura de la circulation. »

Il avait son idée sur les flux des retours en voiture : il calculait qu'à cette heure la majeure partie des gens s'attardait encore dans les stations balnéaires. Une opinion que contredisait l'état de la plage qui s'était vidée sous leurs yeux au fil de l'après-midi. Giovanni le lui fit remarquer :

« Tu vas voir que justement à cette heure nous allons nous prendre toute la circulation.

– Alors tu sais ce qu'on va faire ? Nous, on s'en va maintenant, et vous autres vous partez quand bon vous semble. »

Cela était contraire à la conception que les Giacalone, mais aussi une majorité des Ciraulo, se faisaient de l'excursion : quoi qu'il arrive, il fallait partir ensemble. Devant la détermination de Nicola, ils décidèrent de plier bagage. Seulement, la démobilisation du campement dura plus que la normale, puisque, à part Nicola, personne n'était vraiment pressé. Ce fut lui qui commença le transport des affaires dans l'espoir d'accélérer les opérations, mais ils mirent quand même une bonne demi-heure. Ils perdirent une partie du temps à chercher la jambe gauche de la Barbie qui s'était égarée à la suite de l'écartèlement. Serenella menaçait de ne pas bouger de la plage tant qu'on ne l'aurait pas retrouvée. Sa mère lui promit de lui acheter une poupée neuve le lendemain et Serenella accepta.

Quand le groupe démarra, il était six heures et demie. Il fut vite évident que les calculs de Nicola étaient faux. Ils croisèrent le premier accident juste après Trabia. Il s'agissait d'une banale collision, et les deux autos impliquées s'étaient docilement déplacées sur la voie d'urgence. Malgré ça, les voitures sur trois files par moments n'avançaient plus du tout car tout le monde voulait regarder en passant. Quand ils furent assez proches, Loredana dit :

« Qu'est-ce qu'ils regardent ? Qu'est-ce qu'ils regardent ? Tsst, tsst. »

Serenella dit :

« Que s'est-il passé ? Que s'est-il passé ?

– Rien, il s'est passé que les gens sont des idiots. »

Mais ils regardèrent eux aussi pour voir si les dégâts étaient importants, si les passagers étaient des gens qu'ils connaissaient, s'il y avait eu effusion de sang ou carrément des morts : non, ce n'était qu'un stupide accident, pour lequel il ne valait pas la peine de perdre les vingt minutes qu'ils avaient perdues.

Ils tombèrent sur un deuxième accident à la hauteur de Santa Flavia, mais ce n'était pas un véritable accident : le moteur d'une Fiat 126 avait pris feu. Pour vérifier de quoi il s'agissait, ils mirent encore vingt minutes. Quand les Ciraulo arrivèrent, les passagers de la 126 avaient presque réussi à étouffer la fumée. N'ayant pas autre chose à faire en attendant les secours, ils s'étaient mis à regarder eux aussi : les automobilistes à l'arrêt regardaient les automobilistes en mouvement et réciproquement. Un échange de fluides visuels chargé de ressentiment d'une part, de fcinte compassion de l'autre. Serenella aussi les regarda, et eux la regardèrent.

Tandis qu'ils avançaient au pas, Rosa parla. Puisque personne n'osait le faire, elle parla et dit :

« Je savais que ça finirait comme ça. »

C'était une critique ouverte envers son fils, mais Nicola ne dit rien, fixant le CD suspendu au miroir du rétroviseur. On lui avait dit que ça servait à neutraliser les appareils de contrôle de vitesse de la police. Il n'avait jamais compris si c'était vrai ou non, mais il avait décidé de le garder pendu là, ne serait-ce que pour conjurer le mauvais sort. Après avoir vainement attendu que son fils morde à l'hameçon, Rosa précisa :

« On se la prend toute. »

Sous-entendu : la circulation.

Nicola ne polémiquait pas facilement avec sa mère. Avec qui que soit, mais pas avec sa mère. Ce n'est pas qu'il la craignait, mais enfin il se débrouillait pour ne pas avoir à discuter avec elle. Ce fut l'intervention de sa femme qui le fit réagir :

« Nous sommes en plein dedans.

– Forcément ! Vous avez mis une heure à vous préparer ! Si on s'était dépêchés quand je l'ai dit moi, tu peux être sûre qu'à cette heure-ci on serait arrivés. »

Sa mère se chargea de lui répondre :

« C'est bon.

– C'est bon, c'est bon, c'est bon. C'est moi qui conduis, oui ou non ? Et alors, taisez-vous et profitez du voyage.

– Tsst. Beau voyage. »

Serenella avait voulu monter dans la voiture de ses parents pour ne pas être avec Federica, mais elle le regrettait parce qu'elle n'aimait pas voir les grands se disputer. Elle suivit la discussion en cours avec l'appréhension qui accompagnait toujours pour elle ce genre de polémiques familiales, car sans arriver à un véritable affrontement, elles provoquaient des haussements de ton. Elle dit :

« Ne vous disputez pas. »

Sa mère lui répondit :

« On ne se dispute pas. »

Serenella avait l'impression que toutes les discussions étaient annonciatrices de séparation et de divorce, deux calamités dont elle avait entendu parler par ses camarades de classe, dont les termes exacts lui échappaient, mais qu'elle considérait malgré tout comme le pire qui puisse lui arriver. Elle se rasséréna seulement quand père, mère et grand-mère cessèrent de se quereller, et elle put se tourner pour regarder par la fenêtre les autos à la file, tout près, activité qui en la circonstance représentait la plus grande des distractions.

Il y avait un homme torse nu, très poilu. Sa femme se tenait le front comme si elle essayait de contenir un mal de tête. Lui devait être un homme fort, elle une victime prédestinée. Serenella pensa qu'ils pouvaient ressembler à son père et à sa mère, mais elle chassa cette pensée : ils étaient trop laids.

Il y avait ensuite une jeune fille seule. D'après Serenella, elle avait dû se disputer avec son fiancé sur la plage et elle rentrait chez elle, déterminée à y rester, seule, au moins jusqu'à ce qu'elle ait trouvé quelqu'un dont il vaudrait la peine de s'éprendre à nouveau. Mais elle était déjà trop vieille pour trouver un autre amoureux, alors qui sait combien de temps ça prendrait. Serenella en arriva à imaginer qu'elle se remettrait avec son fiancé dès le lendemain, mais lui – comment pouvait-il bien être, lui ? – ne l'épouserait quand même pas.

Il y avait un jeune couple, à bord d'une voiture de sport. Leur radio était allumée, mais fenêtres fermées, peut-être à cause de la climatisation. Seules les basses de leur musique parvenaient à l'extérieur, un squelette sonore semblable à un tambour obsédant. Lui battait la mesure sur le volant et elle, elle avait glissé sur le siège au point que seule sa tête dépassait, et encore, rien qu'en partie.

Il y avait un autre couple dans la voiture juste derrière. Mais avec eux, il y avait aussi un autre garçon, un peu plus jeune, que Serenella trouva très beau. Elle aimait la façon mélancolique qu'il avait de regarder fixement au-dehors. Elle se demanda quelle relation il avait avec les deux autres. La jeune fille était peut-être secrètement amoureuse de lui. Mais il n'était pas exclu non plus qu'ils soient ensemble, et que le troisième soit le chauffeur, qui avait en effet un air désolé. Serenella n'arrivait pas à se décider car ils étaient silencieux.

Il y avait, silencieux eux aussi, quatre jeunes avec les cheveux courts dans une Polo rouge. Ils avaient dû bien s'amuser, ce jour-là ; ils avaient dû crier et jouer au ballon sur la plage. Mais comme les autres à présent ils semblaient vidés par le ralentissement.

Serenella se mit à compter les voitures : une dizaine de voitures au moins se succédaient à côté d'eux, chacune remplie de personnes et de vies qui s'arrêtaient un court instant près de la sienne. Parfois, elles restaient immobiles un bon moment et elle avait le temps de les observer à loisir. D'autres fois, elles passaient et revenaient peu après. Et personne ne parlait, ni avant ni après. C'est ce qu'avaient en commun les habitants de toutes les autres voitures : personne ne parlait.

Personne ne parlait dans leur auto non plus, mais du moins écoutaient-ils la cassette neuve de Brigan Tony, et en outre Serenella savait que s'ils avaient voulu, ils auraient bien pu trouver un sujet de conversation, ne serait-ce que de dispute. Le silence des autres était différent. On aurait dit qu'ils n'avaient rien à se dire, et que la situation durait depuis un temps fou. Serenella éprouva une sorte de pitié : les vies des autres étaient sûrement plus banales, moins colorées que la sienne. Sa fierté d'être elle-même, d'appartenir à une famille où garder le silence était un choix conscient sortit grandie de ces observations.

Ils gardèrent sciemment le silence jusqu'aux portes de la ville ; puis ils se remirent à parler, soulagés à l'idée qu'ils étaient presque arrivés chez eux. Il était un peu plus de dix heures. Ils trouvèrent une place provisoire, en double file, descendirent de voiture et attendirent en s'étirant l'arrivée des Giacalone qui, comme d'habitude, étaient les derniers. Quand l'autre voiture fut là aussi, ils échangèrent des commentaires sur le voyage :

« Tu as vu cette circulation ?

– Chaque fois, il suffit d'une connerie et tout le monde s'arrête. »

Aucun des Giacalone n'eut le mauvais goût de faire peser sur Nicola l'erreur d'être partis à l'heure de pointe, ce qui contribua à le mettre de bonne humeur, ou presque. Raison pour laquelle, quand Serenella demanda de rester dans la rue pendant que les grands aidés de Tancredi déchargeaient tout l'attirail des autos, la permission lui fut exceptionnellement accordée.

Il ne fut pas nécessaire de faire la paix avec Federica, la décantation du voyage fait séparément avait suffi à tout effacer. Elles se remirent à jouer en organisant une sorte de partie de cache-cache à deux un peu approximative, où l'alternance entre celle qui comptait et celle qui courait se cacher était remise en cause continuellement, car Serenella trouvait toutes les excuses pour sauter son tour. En les entendant se disputer, Loredana intervint :

« Arrêtez de vous disputer, les petites. Maintenant assez de disputes. »

Et en s'adressant à Antonietta :

« Les pauvres : elles sont fatiguées.

– Si vous êtes fatiguées vous allez au lit, c'est compris ? »

La menace fit de l'effet surtout sur Serenella. Sa

mère s'éloigna, Federica courut se cacher et elle resta seule à compter.

Tout commença alors qu'elle était tournée vers le mur, les yeux fermés.

Un coup éclata qui lui sembla très proche. Serenella cessa de compter, mais elle ne se retourna pas pour éviter d'avoir ensuite à recommencer à zéro. Elle allait décider qu'elle se l'était imaginé, ce coup, quand il se renouvela, encore plus près. Elle dit à voix basse :

« Mais quoi ? »

Et cette fois-ci, elle se retourna pour regarder la scène qui se déroulait à une vingtaine de mètres d'elle, pas plus. C'était une scène extraordinaire, proche de celles qu'elle n'avait vues jusqu'ici qu'à la télé. Mais là ce n'était pas comme à la télé, c'était une sorte de ballet. Un ballet, mais aussi, voilà : une fusillade. Un ballet dont la musique consistait en une fusillade. Un ballet où les danseurs eux-mêmes étaient les musiciens. Les danseurs avaient des pistolets. C'était donc des coups de feu qu'elle avait entendus. Non pas des pétards, comme elle l'avait tout de suite imaginé à tort.

Après les deux premiers, il y en avait eu un troisième et un quatrième. De vrais coups de feu, assourdissants. Là aussi, pas comme à la télé, où les coups ne couvraient pas les dialogues des personnages. Devant elle, les coups de pistolet avaient une consistance presque solide, qui excluait toute autre superposition sonore. Poum, poum, poum, poum, et rien d'autre. S'il y avait des cris, Serenella ne les entendait vraiment pas. Et il devait y en avoir, car à la télé ils tiraient et criaient en même temps, surtout ceux qui étaient touchés.

Elle était restée ébahie, observant la chorégraphie qui se déroulait devant ses yeux. Elle ne comprenait pas qui était contre qui et n'aurait même pas su dire si c'était beau ou laid. Ça n'avait pas d'importance. Peu importait, même la violence, qu'elle ne parvenait pas à saisir et qui, comme les cris, devait forcément se cacher quelque part. La seule chose que Serenella parvenait à penser était qu'elle n'avait jamais vu et qu'elle ne reverrait jamais une scène de ce genre. Elle eut envie d'appeler Federica et de lui montrer ce qui se passait, mais elle y renonça parce qu'elle ne voulait pas en perdre une miette et parce qu'elle aurait ainsi quelque chose d'extraordinaire à raconter à son amie quand elle sortirait enfin de sa stupide cachette. Même battre des paupières lui semblait un gâchis en ce moment.

Elle était tellement concentrée qu'elle ne fit pas le lien entre l'énième coup de feu et la douleur qu'elle sentit, avec une seconde de décalage, à la cuisse droite. La douleur n'était pas très forte, du moins au début, et elle ne prit pas la peine de baisser les yeux pour voir de quoi il s'agissait.

Les hommes continuaient à s'agiter devant elle.

Ils s'étaient arrêtés un instant et l'un d'eux avait baissé son pistolet et avait regardé justement dans sa direction. Si bien que Serenella se dit : oh là là, qu'ils ne me tirent pas dessus, ceux-là. Puis, il s'étaient remis à tirer entre eux et elle s'était tranquillisée, parvenant même à distinguer le groupe de ceux qui tiraient de la victime. Facile, avec un peu d'attention : c'était le seul désarmé.

Un moment après pourtant, la brûlure à sa jambe se fit plus cuisante. Elle décida donc que sa main ne lui servait à rien en ce moment et qu'elle pouvait l'utiliser sans rien perdre du spectacle. Elle se pencha un peu pour toucher l'endroit qui lui faisait mal, mais sans jamais détacher son regard de ce qui l'intéressait vraiment.

Des coups de feu, et encore des coups de feu ; tellement qu'elle ne les comptait plus. L'homme désarmé était par terre et les autres continuaient à lui tirer dessus. Serenella ne baissa pas les yeux pour regarder sa main, mais elle se contenta de la porter dans son champ visuel, et encore le fit-elle parce qu'elle la sentait visqueuse. Elle était visqueuse en effet, et rouge aussi.

Elle se demanda comment le sang avait pu gicler jusqu'à elle qui était si loin. Mais la scène à laquelle elle assistait était si prodigieuse qu'aucuns effets spéciaux ne pouvaient la surprendre. Dommage que tout se soit terminé juste pendant qu'elle regardait sa main ensanglantée. La plupart des protagonistes étaient partis en courant, disparaissant dans la rue Ingrassia. Il ne restait que l'homme à terre. D'après ce qu'elle savait de la mort, Serenella croyait qu'il ne se relèverait plus de là.

Elle eut envie de se reposer, de mettre de l'ordre dans ce qu'elle venait de voir afin de bien le raconter à tout le monde. Elle chercha un endroit pour s'asseoir, mais il n'y avait ni marche ni rien. Sûrement rien de propre et elle risquait de salir sa robe. Sa mère ne le lui aurait pas pardonné.

Faute de mieux, elle finit par s'asseoir sur le bord du trottoir. C'était absurde, parce que c'était l'endroit le plus crasseux. Elle pensa un instant rentrer chez elle, mais elle était fatiguée ; soudain toute la fatigue de la journée lui était tombée dessus et elle ne se sentait pas capable de se déplacer.

Peut-être justement parce qu'elle l'avait vue assise sur le trottoir, sa mère arriva, suivie de la mère de Federica et de sa grand-mère. Toute la partie féminine. Puis elle vit arriver aussi son père, Tancredi et le père de Federica. Serenella savait qu'elle avait fait une bêtise en s'asseyant là, mais elle ne pensait pas nécessaire qu'ils accourent si nombreux pour la gronder. Si son père venait, elle était bonne pour les coups.

Elle se trompait : non seulement son père ne la frappa pas, mais il fut extrêmement gentil. Personne ne la gronda, et elle se sentit carrément autorisée à s'allonger par terre. Elle en avait envie et elle le fit. Elle voulait voir jusqu'où elle pouvait arriver à les défier. Sa robe était bonne à laver maintenant. Et pourtant, même à présent, alors qu'elle était couchée sur le trottoir, ils ne lui firent aucun reproche. Si elle n'était pas gênée par sa main tachée de sang, et par sa robe aussi, elle aurait pu croire qu'elle vivait dans un monde idéal où personne ne lui disait ce qu'elle devait ou ne devait pas faire. La seule chose : sa mère glissa une main sous sa tête, comme si elle avait peur qu'elle se salisse les cheveux. Mais de toute façon elle devrait bien se les laver pour retirer le sel resté collé après la baignade. Ce qui l'ennuyait, c'était cette impression de poisseux entre les doigts et elle tendit la main en espérant que quelqu'un la lui nettoierait. Sa mère s'en occupa, et elle tacha sa robe elle aussi : c'étaient des taches difficiles à laver, celles-là.

Les coups de feu que Serenella avait entendus devaient avoir été tellement forts qu'ils l'avaient rendue sourde : maintenant qu'elle y faisait attention, elle n'arrivait même pas à entendre ce que lui disaient sa famille et ses amis serrés autour d'elle. Ils parlaient très certainement, car elle voyait leurs lèvres remuer. Mais elle ne les entendait pas. C'était comme si elle se trouvait sous une cloche de verre. Et pourtant elle comprenait une chose : ils l'aimaient bien et lui avaient pardonné malgré tous ses caprices et ses gamineries. Elle se sentit fière de l'affection dont elle était entourée. Elle se sentit responsabilisée.

C'est aussi pour ça qu'elle fut surprise de voir son père se mettre à hurler ; elle le comprenait en voyant qu'il gardait la bouche grande ouverte et qu'il était devenu rouge. Un instant, elle craignit que le climat qui s'était créé se soit brusquement évanoui. Mais quelque chose lui disait que son père n'en avait pas après elle. Serenella n'ouvrit donc pas la bouche. Et d'ailleurs, si elle avait eu la force de parler, elle aurait demandé une des choses qui lui tenait le plus à cœur en ce moment, les dernières qui lui passèrent par la tête : est-ce que Federica sait que si elle sort maintenant, ça ne vaudra pas ? Et la jambe de la Barbie, où a-t-elle échoué sur la plage ?

« Mais qu'est-ce que la mort de ta sœur a à voir avec ton père ? »

Il savait que le Slave lui poserait cette question.

En prison, on l'a mis avec un étranger, un Slave. À ce qu'il comprend, ça aurait pu être pire. Le maton lui a expliqué qu'il avait eu de la chance d'atterrir dans sa cellule. Elle est plus petite que les autres, on ne peut pas y mettre plus de deux personnes. Sinon, tu sais, quel bordel. Et comme, à en croire le maton, le Slave est tenu pour une personne respectable, Tancredi peut remercier le ciel. Bien sûr : en tenant compte que c'est toujours de prison qu'il s'agit.

Le Slave doit être quelqu'un qui tient aux formalités car, dès qu'il s'est trouvé devant son nouveau compagnon de cellule, il s'est présenté selon les règles de la bonne éducation, après quoi il a continué de faire ce qu'il était en train de faire, c'est-à-dire rien. Les nom et prénom du Slave ont sonné à l'oreille de Tancredi comme un fatras de consonnes impossibles à répéter et qu'il a oubliées aussitôt après les avoir entendues. Mais il n'y a qu'eux deux dans la cellule, et il n'y a pas de risque de se tromper. Le Slave c'est le Slave et lui c'est lui.

Après les présentations, il n'y a rien eu d'autre. Les premières minutes en prison ont été longues et pleines d'incertitudes, des minutes où Tancredi ne savait pas quoi faire. Il sentait qu'il avait tout le temps qu'il voulait, mais il ne savait pas à quoi l'employer exactement. Et il ne savait pas par où commencer. En attendant, il aurait aimé s'asseoir, mais la seule chaise était occupée par le Slave. Il pouvait s'asseoir sur la couchette, mais il ignorait laquelle des deux lui revenait, et il ne voulait pas enfreindre la loi carcérale. Ce n'est qu'après l'avoir longuement regardé debout, que le Slave lui a dit :

« Je sais comment tu te sens. »

Tancredi a acquiescé. Il a apprécié. Le Slave pouvait ne rien lui dire ; il aurait été plus naturel de ne pas ouvrir la bouche. Mais Tancredi a compris par cette phrase que son compagnon de cellule ne lui est pas hostile. Il n'est pas non plus du genre à se laisser aller à une trop grande intimité : il lui a seulement montré qu'en ce qui le concerne, Tancredi était autorisé à se détendre. En effet, il sentait le besoin de mettre de l'ordre dans ses idées. Il devait s'adapter à ce qui allait devenir sa nouvelle maison, avec la perspective d'y rester longtemps.

Il était soucieux. Tout son nouvel environnement le préoccupait. Le lit à couchettes le préoccupait :

« Tu es dessous ?

– Dessous. »

Tancredi allait dire quelque chose, mais il s'est retenu. Il valait mieux ne pas se mettre tout de suite à demander des changements et des faveurs, il a donc commencé à préparer le lit du dessus. Un problème à la fois. Pour l'instant, le problème était de devoir dormir à un mètre et demi de hauteur. Mais il aurait été aussi inquiet à l'idée de devoir dormir dessous, avec le poids d'un étranger à quelques centimètres de sa figure. Pendant les longues minutes d'acclimatation, le Slave le regardait assis sur la chaise, allumant une cigarette de temps en temps. Le Slave fumait. Peut-être ne pouvait-il pas le faire, ou bien si ? Est-ce qu'on peut fumer en prison ? Tancredi n'a pas eu le courage de poser la question, tout en sachant que c'est une des choses qu'on fait tout de suite, sinon après on ne peut plus.

Après avoir fait le lit, Tancredi est monté dessus et a essayé de laisser se dissiper le malaise. La silencieuse décontraction du Slave aurait dû l'aider. Mais c'est tout le contraire qui s'est produit. Tancredi a eu une étrange réaction envers lui. Son propre silence ajouté au silence de l'autre lui a semblé insupportable. Après s'être tu pendant des heures chez lui, puis au commissariat, pendant les longs interrogatoires, il avait envie de parler.

La force de se taire lui venait de l'excès de bavardages entendus autour de lui. Maintenant, ce silence le poussait à se défouler.

Et donc, Tancredi s'est mis à raconter. Il lui a raconté ce qu'il pouvait, en faisant attention à ne pas trop en dire. Il croit savoir une chose, c'est qu'en prison il ne sert à rien de se déclarer innocent. Tous se jugent innocents, et il est donc inutile de parler de son propre cas au-delà d'une certaine limite. Mais l'histoire de Serenella ne se rattachait à son cas que de façon marginale. Il n'a rien trouvé de mal à revivre à haute voix les lointains dessous du destin qui l'ont conduit en prison. Aussi, lorsque arrive la première question, Tancredi est content. Il voulait susciter l'attention du Slave et il y est parvenu :

« Mais qu'est-ce que la mort de ta sœur a à voir avec ton père ?

– Elle n'a rien à voir avec mon père. Pourtant, dans un certain sens, elle a un rapport.

– J'ai compris. »

Tancredi ne sait pas ce qu'il a pu comprendre, puisqu'il ne lui a rien expliqué. Peut-être veut-il dire que ce ne sont pas ses affaires et qu'il ne veut pas insister en demandant des explications. Mais Tancredi ne veut pas paraître impoli. Il tient à maintenir de bons rapports avec son compagnon de cellule. Il est disposé à lui raconter quelque chose. Au contraire, raconter lui fait du bien.

« Ma sœur a été tuée au cours d'un règlement de compte entre deux crapules : Virzì contre Zambuto. »

Tancredi s'arrête pour être sûr que ces noms disent quelque chose au Slave, qui acquiesce. Et Tancredi se sent alors autorisé à poursuivre :

« Ma sœur, la pauvre, n'avait rien à y voir. Une histoire absurde : elle est morte comme ça, en une minute. Le docteur a dit qu'elle a été touchée par une balle à une veine ou à une artère de je ne sais où. Concrètement, elle est morte d'une hémorragie. »

Autre pause, pour voir si le détail de la mort par hémorragie réussit à émouvoir le Slave. Tancredi se rend compte qu'il cherche à susciter la pitié de son interlocuteur et à utiliser dans ce but une histoire douloureuse comme la mort de Serenella. Il ne sait pas si c'est juste, mais au moins le Slave est intéressé par la dynamique des faits :

« Et donc ce crime a un rapport avec l'autre crime ?

– Et quel rapport doit-il y avoir, d'après toi ?

– Qu'est-ce que j'en sais ? Une vengeance pour la mort de la petite, une chose de ce genre. »

Tancredi hausse les sourcils. Qu'est-ce que le Slave sait des questions de vengeances siciliennes ? Les choses sont bien plus compliquées qu'il le croit :

« Une semaine plus tard, les Zambuto ont fait bien plus que se venger : ils ont exterminé les trois qui avaient fait ça. Après quoi, tu sais ce qu'ils ont manigancé ? »

Maintenant, c'est au tour du Slave de hausser les sourcils :

« Qu'est-ce qu'ils ont manigancé ?

– Au bout de deux ans ils ont décidé comme ça de faire la paix : Virzì et Zambuto. Si bien qu'aujourd'hui tu sais ce qu'on dit ? »

Tancredi s'efforce d'entrecouper sa leçon de quelques questions, mais le Slave ne bronche pas et alors lui se fait plus accommodant :

« … Le clan Virzì-Zambuto, pour dire qu'ils sont une seule et même chose, qu'ils traitent leurs affaires en toute complicité. »

Tancredi semble avoir épuisé le sujet, mais il ajoute encore :

« Du moins jusqu'à ce qu'ils se tuent entre eux, amen. Mais les enfants, non. Tu sais ce qu'on dit chez nous ? Aux petits, on n'y touche pas. Ce sont des erreurs qui se paient, d'une façon ou d'une autre.

– Et tout ça s'est passé quand ?

– La fusillade où a été tuée Serenella ? Il y a cinq ans. En juillet, il y a cinq ans.

– Mmh !

– Après quoi, même pas un vrai procès. Et quel procès pouvait-il y avoir ? Les trois Virzì qui l'avaient tuée ont été tués à leur tour…

– Donc, la mort de ta sœur n'a rien à voir avec ce qui vient de se passer ?

– Si tu veux vraiment vraiment le savoir, entre nous, les Ciraulo et les Virzì, il existe une lointaine parenté. Le cousin Masino est le fils d'une sœur de ma mère… »

Tout en parlant, Tancredi se rend compte que le Slave n'a rien à faire de tous ses liens de parenté. Il risque de perdre l'attention de son interlocuteur. Alors, il coupe court :

« Mais c'est une parenté tellement lointaine qu'elle ne compte pas. »

Tancredi essaie de prendre un air réticent pour éveiller la curiosité du Slave. D'un côté, il veut gagner son amitié. De l'autre, il n'a pas envie de donner trop d'informations. Quelques-unes oui, mais pas trop. Aussi parce que lorsqu'il ouvre la bouche, le Slave est cinglant :

« Donc, ta sœur, ce sont tes parents qui l'ont tuée. »

Tancredi sent qu'il est allé trop loin dans la confidence avec un inconnu. Il se tait. Le Slave sourit :

« On voit bien que dans la famille vous avez une certaine tendance… »

Et comme Tancredi fait mine de rien, le Slave se sent en devoir d'insister en éclairant sa phrase :

« Tes cousins ont tué ta sœur et toi tu as tué ton père…

– … Tout de même, nous autres, ces parents,

nous ne les voyons jamais. Bonjour, bonsoir, si on se rencontre. Nous sommes des casiers vierges. Mon cousin, en revanche, je ne sais pas combien de jours d'Ucciardone il a déjà faits. »

Tancredi voudrait changer de sujet maintenant. Il regrette de s'être laissé aller. Il regarde autour de lui, mais il n'y a pas grand-chose à regarder pour se distraire, à part le Slave qui fume et qui fume, qui tire une belle et profonde bouffée et dit :

« Tu sais que moi à ta place je serais bien embêté. »

Tancredi ne mord pas à l'hameçon. Il est contrarié d'être tombé sur un codétenu comme le Slave, qui l'a d'abord fait parler et maintenant retourne contre lui ce qu'il a appris. Qu'il soit quelque peu retors, on le comprend aussi à sa façon d'avoir l'air de prendre son parti :

« Avec tes parents. Avec ta mère, etc. Excuse-moi, mais qu'est-ce que ça a à voir ? Même si tu as fait ce que tu as fait, il ne me semble pas juste qu'ils se mettent tous contre toi.

– Ils ne sont pas contre moi.

– Mais enfin... : qui est-ce qui est allé le dire aux flics ? Pas moi.

– Ils ne pouvaient pas faire autrement. Il n'y avait rien d'autre à faire.

– Maintenant oui : il n'y a rien d'autre à faire. »

Tancredi ne fume pas. Pourtant il n'est pas idéologiquement ni systématiquement opposé à la cigarette, il trouve que le Slave pourrait au moins lui demander s'il en veut une. Ou bien si la fumée le gêne. Mais ce dernier ne se pose même pas la question. Il palabre à sa façon :

« À ce moment-là, que devaient faire les flics ? Puisque les témoins sont tous d'accord… »

Tancredi s'allonge sur son lit et décide de ne plus l'écouter. Il se fiche du Slave et se fiche du monde entier. Il fait ce qu'il sait faire le mieux : il se renferme sur lui-même. Il vaut mieux se contenter de regarder les taches d'humidité au plafond.

Quatre jours passent.

Tancredi a trouvé quelque chose à faire en prison, à part se soumettre aux interrogatoires au moins une fois par jour, en refusant toujours de collaborer. Il s'est mis à lire les journaux. Ou du moins les pages des journaux où l'on parle du cas Ciraulo. Un cas que, à part quelques détails, les journaux considèrent comme réglé. Pendant quatre jours, ils ont parlé du parricide de la Kalsa comme d'un cas excitant mais limpide dans son horreur contre nature. Le lendemain déjà, aucun conditionnel, aucune prudente incise, aucun « selon les enquêteurs » n'avait adouci les certitudes du compte rendu. Les faits étaient clairs et avaient vite laissé la place aux commentaires, centrés surtout sur la perte des valeurs qui conduit les jeunes à ne plus respecter les règles de la vie en société et en famille.

Le deuxième jour, le journal le plus vendu avait intitulé l'éditorial de première page : *O tempora o mores*. L'idée de fond était qu'il fallait chercher les racines du crime dans la carence d'idéaux qui caractérise les jeunes d'aujourd'hui. Le jour suivant, pour aller dans une direction opposée, la page locale du quotidien progressiste avait publié un billet dans lequel l'affaire Ciraulo était comparée à une incursion de la tragédie grecque dans les temps modernes. La thèse était : rien de nouveau sous le soleil, rien que les anciens maîtres n'aient su décrire déjà il y a vingt-cinq siècles. La citation d'*Œdipe roi* était déjà dans l'incipit de l'article.

Pendant les deux premiers jours, Tancredi a lu avec désespoir ce qu'écrivaient les journalistes. Il lui semblait qu'à chaque ligne se cachait une impardonnable inexactitude. Même les choses vraies étaient fausses. Elles étaient relatées de manière tendancieuse et faussaient donc la réalité. À part le fait qu'il n'était pas juste que les journalistes se mêlent de ses affaires, il était incroyable que de son côté il ne puisse intervenir. Il en avait parlé à son avocat qui lui avait conseillé de ne pas en tenir compte. Mais Tancredi ne parvenait pas à se résigner :

« Mais moi je ne peux pas écrire ? On ne publie pas les lettres ? »

L'avocat avait souri en lui expliquant que ce serait du temps perdu, les journaux écrivent ce qu'ils veulent. Et puis, le cas échéant, une fois prouvée son innocence, ils chercheraient à se rattraper d'une façon ou d'une autre. Alors, Tancredi s'était fait une raison, car l'avocat comprenait sûrement mieux que lui. Il avait voulu pourtant dire une chose :

« Mais de quelle innocence parlez-vous, maître ? »

Et l'avocat avait compris qu'il valait mieux ne pas exagérer et il avait précisé :

« Nous en reparlerons après le procès. »

Un détail que les journalistes avaient souvent relevé était le mutisme dans lequel s'était enfermé le coupable, un mutisme qu'au fil des jours la prison n'avait pas entamé. Ce silence étonnait, c'était un détail pittoresque souvent mis en relation avec le sentiment de culpabilité qui avait écrasé Tancredi en même temps que la conscience du crime commis.

Les deux journaux avaient rapporté des informations aussi bien sur la personne de la victime, définie comme le « père et maître », que sur la personnalité de l'assassin, définie comme « complexe ». Dans un encadré, en marge de l'article principal, le quotidien progressiste avait tracé un portrait du jeune Tancredi tel que ses voisins le décrivaient. Et que les voisins s'en mêlent le contrariait aussi. À moins que le journaliste n'ait inventé ces témoignages en partie ou de toutes pièces. Le portrait évoquait des aspects ombrageux du caractère de Tancredi, décrivait son goût pour la solitude alternant avec des pulsions qui le poussaient à rechercher des compagnies plus bruyantes, des occasions de s'étourdir. Le journaliste avait vérifié que l'auto prêtée par son père lui avait servi à conduire sa petite amie en discothèque. Ils étaient rentrés tard, peut-être avaient-ils bu, ils avaient eu ce petit accident. Le court article ne s'attardait pas sur l'exacte dynamique du soir précédent, préférant parler en général de son rapport avec sa fiancée. En outre, du peu qu'il parvenait à comprendre, il laissait transparaître l'hypothèse d'une homosexualité latente : l'homicide du père était mis en relation avec l'attachement qu'il avait pour sa mère et aussi sa grand-mère. Tancredi était consterné. Il aurait voulu pouvoir prouver son innocence tout seul pour sortir de prison et aller tuer ensuite le journaliste qui avait écrit de telles choses. On l'aurait peut-être remis à l'Ucciardone, mais ça en aurait valu la peine. L'avocat lui avait conseillé de prendre la chose pour ce qu'elle était : l'hypothèse d'un journaliste avec des velléités psychanalytiques. Il lui avait demandé :

« Tu es sûr de vouloir continuer à ne pas répondre au magistrat ?

– Absolument sûr. »

Sur ce point-là, même les jours suivants, Tancredi est resté et reste inébranlable. Les menaces et les promesses ne servent à rien. Il n'avoue pas. Il ne cherche même pas à se disculper. Avec le temps, sa réticence, qui au début était faible, s'est cristallisée. Il a compris qu'on ne peut pas l'obliger, et c'est la seule contrainte à laquelle il refuse de se soumettre. Tout ce qui reste de son moi est allé se réfugier dans ce coin de silence.

Il ne parle qu'avec sa famille qui vient le voir en prison. Mais comme ses compagnons l'ont prévenu au cours de l'heure de promenade que les conversations avec les proches étaient enregistrées par les flics, il fait très attention à ne rien laisser échapper à propos du crime. C'est sa mère qui vient le plus souvent. Elle s'assied en face de lui et se met à pleurer. Puis, quand elle se calme un peu, elle demande :

« Comment te sens-tu, mon fils ? »

Sa mère ne lui demande pas comment il va. C'est peut-être trop vague. L'expression qu'elle emploie, et le ton, laissent entendre qu'elle veut vraiment savoir quels symptômes il ressent en ce moment. Elle ne doute pas qu'il soit malade et elle n'a pas besoin d'attendre une réponse :

« Tu vas mal, je le sais. Je le sais bien. »

Sa mère le dit comme si elle se sentait responsable de sa condition de malade. Durant cette première phase de l'entrevue, Tancredi préfère ne pas intervenir. Elle seule parle :

« Mon pauvre, pauvre fils. »

C'est curieux : Tancredi attend les visites avec

impatience, elles représentent l'unique variante à la monotonie des journées de prison, et pourtant au bout d'une minute à peine il voudrait être ailleurs. Même retourner en cellule avec le Slave lui semble mieux que d'écouter sa mère se plaindre. Heureusement, à un certain moment les vraies questions commencent :

« Qu'est-ce que dit l'avocat ?

– Que faut-il qu'il dise ? Pour ce que nous le payons, c'est déjà beau qu'il soit venu une demi-fois.

– Et le juge ? Le juge, que dit-il ? »

Tancredi sourit comme si la chose le mettait de bonne humeur.

« Eh ! Le juge… »

Pourtant, ensuite, il cesse de sourire :

« Le juge me parle du pistolet.

– Du pistolet ? Et toi, qu'est-ce que tu dis ?

– Moi, rien. Moi, je ne parle pas. Ni avec lui, ni avec les flics.

– C'est bien. Et les flics ?

– Ceux-là, ils insistent. Ils me bourrent la tête de questions, d'expertises, de douilles, de pistolets et de je ne sais quoi encore.

– Mais l'avocat, qu'est-ce qu'il dit de ça ? Est-ce que par hasard, si tu continues à te taire, la chose peut empirer ? »

Tancredi lève les yeux en quête d'apaisement. Même en se forçant, il est difficile d'imaginer une situation plus grave. Pire que maintenant, c'est impossible. Mais sa mère doute :

« Espérons…

– Le pistolet, ça les regarde. Qu'ils le cherchent et le trouvent eux, s'ils en sont capables. Ils l'ont cherché à la maison ?

– Et comment s'ils l'ont cherché ! Ils ont mis toute la maison sens dessus dessous.

– Et ils n'ont rien trouvé ? »

Sa mère le regarde et regarde autour d'elle. Elle regarde aussi dans les coins. Elle se contente de dire :

« Ils n'ont rien trouvé.

– Et qu'est-ce qu'ils ont dit ?

– Eh ! C'est de moi qu'il le voulait. Tu imagines : de moi…

– Et toi ?

– Moi, que fallait-il que je dise ? Je ne sais rien sur ce pistolet. Ça, tu devrais le dire toi, si tu veux le dire.

– Moi, oui. Il ne manque plus que le pistolet !

– En attendant, ils veulent comprendre pourquoi on ne retrouve pas ce pistolet.

– C'est pour ça qu'ils veulent me faire parler à tout prix. Mais de toute façon, moi je ne parle pas. »

Sa mère ne veut pas le contredire. La condition de coupable incarcéré a certains avantages qu'on ne peut nier, dont l'un est celui-ci : personne ne se risque plus à le contredire dans sa famille. Elle secoue la tête :

« Espérons que tout finira bien... »

Suit un long moment où aucun des deux ne trouve rien à dire. Puis, c'est sa mère qui rompt le silence :

« Ici, comment se comportent-ils ? Ils se comportent bien ?

– Bof...

– Bof quoi ? Ils ne se comportent pas bien ? »

Les jours précédents, Tancredi a eu l'impression par deux fois que les flics étaient sur le point de le frapper. Il y a eu beaucoup de menaces, une ou deux bourrades. Mais aucun excès qui puisse être retenu comme une pratique d'interrogatoire incorrecte. Une fois arrêté, il craignait le pire ; surtout à partir du moment où son attitude devait être vraiment irritante pour les flics. Tancredi s'efforce de se mettre à la place de ses gardiens :

« L'idéal pour eux serait une confession.

– Eh ! Une confession...

– Ils peuvent courir. »

Tancredi n'a pas envie de s'étendre plus longtemps sur le sujet :

« À la maison, tout va bien ?

– Il y a eu l'enterrement... »

Qui sait comment s'est passé l'enterrement de son père. Qui sait combien de gens il y avait. Qui sait ce qu'ont dû dire et penser tous ces gens-là...

Tancredi voudrait apprendre quelques détails, mais ça ne lui semble pas très à-propos, étant donné sa situation. Alors, il tourne autour. Par exemple :

« Que disent les voisins ?

– Qu'ont-ils à dire ? On ne peut pas dire qu'ils ne disent rien...

– Mais pour le savoir, ils le savent ?

– Bien sûr qu'ils le savent. Ils ne peuvent pas ne pas le savoir...

– Et que savent-ils ? Je veux dire, de précis : que savent-ils ? »

Sa mère se mord la lèvre inférieure avant de répondre. Elle essaie de peser ses mots :

« Ils savent ce que tout le monde sait. »

Tancredi se rend compte que sa mère ne peut pas en dire plus. Et il se résigne à ne pas insister. Tout bien considéré, pour lui la conversation est terminée. Il reste à faire passer quelques minutes, pour qu'on ne dise pas qu'ils n'ont pas utilisé tout le temps dont ils disposaient. Ce temps qui s'en va rapidement, entre la peur de dire trop et celle de n'avoir pas assez de choses à dire. Mais quand sa mère s'en va il lui reste un vide intérieur, surtout à la pensée de devoir retourner en cellule, où il y a toujours le Slave qui fume. Et c'est ce qu'il trouve à peine rentré : le Slave qui fume. Tancredi sent le besoin de lui faire savoir :

« Ma mère est venue.

– Tout va bien ?

– Bien. »

Ce qui suffit à contenter le Slave, et Tancredi ne trouve rien d'autre à faire que de se mettre sous la petite fenêtre pour essayer de voir le coin de ciel qui lui revient. Un ciel nuageux, par-dessus le marché.

La visite de sa mère l'a rendu encore plus nerveux. Maintenant, il a envie de parler. Il a besoin de se défouler avec quelqu'un. Et si le Slave n'a pas envie d'écouter, tant pis ; Tancredi parle les yeux fixés à l'extérieur de la fenêtre, comme s'il se parlait à lui-même :

« Tu te souviens quand je t'ai parlé de la mort de ma sœur et de celle de mon père… »

Le propos était resté en suspens, mais dans un premier temps Tancredi avait exclu toute connexion. En effet, le Slave est perplexe :

« Tu dis que ça n'avait rien à voir ? Enfin, y a-t-il un rapport, oui ou non ?

– Eh ! Un rapport, oui et non. Il n'y en a pas dans le sens où ce n'est pas une vengeance. Et pourtant, il y a bien un rapport… »

Et là, Tancredi sourit amèrement, en suivant des pensées qu'il est inutile d'expliquer au Slave. Mais peu importe. Il cesse de sourire et continue en fixant toujours le triangle de ciel gris :

« Dans un certain autre sens, il y a un rapport avec le mobile. »

À présent, le Slave retient la fumée qu'il a dans les poumons pour être sûr de ne pas perdre la suite.

Tancredi s'en aperçoit. Mais son interlocuteur ne pose pas la question à laquelle on s'attendrait. Il lui tend alors une perche, après une pause, sous une forme interrogative :

« Quel est le mobile ? »

Le Slave n'arrive plus à retenir la fumée, il l'expulse.

« Assez avec ces devinettes. »

Tancredi le fait attendre encore rien qu'une minute :

« La voiture ! La Volvo. »

En l'absence de mouvements de surprise de la part du Slave, c'est lui qui continue :

« Tu me diras : mais qu'a à voir la voiture avec la fillette tuée ? »

À ce moment-là, Tancredi considère qu'il a suffisamment éveillé la curiosité de son compagnon de cellule. Si le Slave simule l'indifférence, ce n'est qu'une attitude. Et donc, il prend encore un peu de temps :

« Il y a bien un rapport. Je peux te dire que mon père est mort à la suite de la mort de ma sœur. Comme une conséquence, disons. Tu as compris, maintenant ?

– Non, vraiment pas. »

Le Slave semble en avoir marre de ces petits jeux. Juste un instant avant de perdre son attention, Tancredi lui dévoile le secret :

« La Volvo, avec quel argent crois-tu que nous

avons pu nous permettre de l'acheter, nous qui sommes des miséreux ? Avec l'argent de la petite. »

Le Slave ne peut cacher un minimum de curiosité. Tancredi lui explique alors sur le ton de celui qui rend compréhensible quelque chose à un enfant :

« Avec l'argent de l'indemnisation pour les victimes de la mafia. »

La bataille pour l'indemnisation ne fut ni brève ni simple : mais au contraire longue et difficile, et Nicola Ciraulo la mena avec obstination. L'idée de demander un dédommagement avait pris forme un après-midi, après les journées noires qui avaient suivi les faits, dans le bureau de l'avocat qui les défendait au procès. Ils avaient entendu parler de cette possibilité, c'était Giovanni qui en avait discuté avec Nicola en le prenant à part, lui chuchotant presque à l'oreille :

« L'indemnisation ne peut pas te rendre ta fille, mais… »

Les Ciraulo pensaient que ce n'était qu'un bruit, et que de toute façon, une telle opportunité était trop belle pour leur arriver à eux. Mais comme il ne coûtait rien de s'informer, ce fut Nicola qui se chargea d'en parler à l'avocat Modica, après bien des hésitations : il craignait qu'il ne semble indiscret dès le premier entretien d'avancer l'hypothèse d'un gain d'argent en échange d'une douleur. Il découvrit que l'avocat était persuadé qu'il fallait faire au moins une tentative, en employant cependant toutes les formules de prudence possibles :

« La loi existe, et nous essaierons de la faire appliquer. Bien sûr, l'indemnisation ne pourra pas vous rendre la vie de votre fille. Bien sûr, la démarche n'est pas facile. Bien sûr, il faudra surmonter une montagne d'obstacles… »

À l'épreuve des faits, l'avocat se montra tout à fait à la hauteur pour affronter ou contourner ces obstacles avec l'aide de Nicola et des techniques de pression que celui-ci avait mises au point durant les années de guérilla pour la régularisation des travailleurs occasionnels. Quand il fut clair qu'une réponse du ministère tardait à arriver et qu'il commençait à devenir difficile de trouver un interlocuteur fiable, Nicola s'enchaîna à la grille de la préfecture pour réclamer justice. Il se présenta un matin, prêt à affronter le monde pour affirmer son droit à l'indemnisation. Mais il n'eut personne à affronter, encore moins les policiers de service devant la préfecture, qui l'observaient sans intervenir pendant qu'il s'installait. La chaîne qui le tenait attaché à la grille de la villa Whitaker était seulement nouée et n'avait qu'un caractère purement symbolique.

Là, Nicola commença à passer des jours et des nuits, avec son père, sa mère, sa femme et son fils qui venaient le matin lui apporter à manger. Les journaux en parlèrent et publièrent aussi des photos qui le montraient au milieu d'un déploiement d'images de la fillette, de documents, de lettres, de requêtes, de photocopies de décrets de lois, d'une chaise longue, de couvertures pour passer la nuit et de pancartes de protestation. Les pancartes disaient :

L'ÉTAT NOUS A ABANDONNÉS !

FALCONE–BORSELLINO–CIRAULO nous sommes tous ÉGAUX devant DIEU et la LOI !

Nous voulons la JUSTICE !

PRÉFET pourquoi ne veux-tu pas nous « RECEVOIR » ?

Le mot « recevoir » était mis entre guillemets sur l'initiative de mémé Rosa, qui s'était chargée de concevoir les slogans et de les faire écrire au feutre par son mari sur de grandes feuilles de carton blanc achetées pour l'occasion. Les guillemets servaient à souligner le terme technique et aussi la portée allusive de la question. S'il ne veut pas nous recevoir, c'était le sens des guillemets, c'est parce qu'il a sûrement quelque chose à cacher.

À vrai dire, le préfet reçut les Ciraulo au bout de quelques jours de campement devant les grilles. L'affiche qui lui était adressée était écrite désormais et ils la laissèrent exposée jusqu'à la fin de leur action parce que c'était un péché de la jeter. Pendant l'entretien, le préfet sut écouter les raisons des Ciraulo qui, la veille, avaient l'intention de transférer leur campement de l'extérieur de la préfecture au bureau même du représentant de l'État. Il eut la gentillesse de venir les chercher dehors, dans le jardin, il les accompagna personnellement le long des escaliers et des couloirs, et les fit asseoir dans son bureau. Quand il leur demanda s'ils voulaient un café, les membres de la délégation étaient déjà persuadés qu'ils avaient trouvé un ami et non un adversaire. Dans la pire des hypothèses, un honnête médiateur entre eux et les institutions. Et ils furent définitivement conquis par la sensibilité du préfet qui n'alla pas s'asseoir derrière son bureau, mais qui déplaça une chaise pour être au milieu d'eux, dans le petit salon de brocart rouge destiné aux grandes occasions. Arrivés au fait, il dit :

« Alors… »

Et les Ciraulo ouvrirent les cataractes de leur revendication en se mettant à parler tous ensemble ; tous, sauf pépé Fonzio, qui préféra laisser aux autres la tâche de résumer la situation, se consacrant plutôt aux gaufrettes qui accompagnaient le café. Les voix se couvraient mutuellement et il était impossible de comprendre quelque chose, surtout à cause des accents affligés de Rosa et de Nicola qui, dans leur hâte de s'expliquer, rendaient les choses encore plus confuses. Une minute avant d'être submergé, le préfet s'imposa :

« Un seul à la fois, s'il vous plaît. »

Les Ciraulo se regardèrent et se mirent d'accord en une seconde : la proposition du préfet était sensée. Les femmes se turent, et Nicola rassembla toute la force oratoire que lui donnait son autorité de chef de famille :

« Il y a la loi de l'argent pour les victimes de la mafia… Eh ! Nous autres, cette loi nous concerne. Qui l'a dit qu'elle ne nous concerne pas ? Nous ne sommes pas les parents de la victime, nous autres ? Et qui sommes-nous, sinon ? Ce n'est pas parce que nous sommes pauvres que vous pouvez nous dire ça : vous autres, elle ne vous concerne pas. Oui, qu'elle nous concerne… »

Quand il s'aperçut que toutes ces personnes importantes – le préfet, ses collaborateurs, l'avocat Modica – étaient bien en train de l'écouter lui, et seulement lui, Nicola s'embrouilla et son discours se perdit dans une série de bredouillements. S'en rendant compte, il fit signe à son avocat :

« Maître, dites-le, vous. »

La seule chose qu'il voulut ajouter, quand Modica avait déjà ouvert la bouche pour parler, fut une extrême synthèse du problème :

« Nous voulons l'argent ! »

L'avocat le laissa s'exprimer et fit ensuite ce pour quoi il était payé et se trouvait là : il expliqua, plaida, stigmatisa, distingua et revendiqua pendant un quart d'heure qui parut dans l'ensemble efficace aux Ciraulo, même si, étant donné les circonstances, il avait été plus technique que chaleureux, comme l'aurait mérité leur histoire.

Le préfet écouta l'oraison de l'avocat en tenant son menton entre ses deux mains croisées, comme s'il lui fallait un soutien pour porter le poids des informations qu'il était en train d'apprendre à ce moment-là. Quand vint son tour de parler, il fut grandiose et bienveillant :

« Votre cas est un cas touchant, sur lequel l'État joue une bonne part de sa crédibilité. Le Cas Ciraulo est emblématique de la partie qui se joue dans cette ville où trop souvent, dans le passé, les droits ont été piétinés et les faveurs, licites ou illicites, ont pris leur place. Vous avez perdu votre fille. Une douleur déchirante qui ne peut en aucune manière être indemnisée. Et néanmoins, vous avez pleinement le droit à une indemnisation. Je m'en charge personnellement. Je vous l'assure. Je vous promets que j'agirai tout de suite et auprès des plus hautes instances pour obtenir justice en votre lieu et place. »

Là, le préfet fit une pause.

« Soyez tranquilles, vous avez ma parole. Et quand je dis soyez tranquilles, je veux dire : *soyez tranquilles*. À partir de ce moment, votre campement dehors n'a plus de raison d'exister. »

Alors que la première partie du discours avait fait l'effet aux Ciraulo d'une sorte de chef-d'œuvre, la deuxième partie, qui prenait l'aspect d'une invitation à suspendre leur action, leur sembla beaucoup moins convaincante. Ils cherchèrent des yeux l'avocat qui, du regard, s'en remit à l'autorité décisionnelle de Nicola, en tant que titulaire de l'action. Nicola, à son tour, regarda sa mère et décida au vol :

« Excellence, nous autres, nous vous croyons, vous personnellement, parce que nous voulons vous croire. Mais de là-devant, tant qu'on ne nous donnera pas notre argent, nous ne pouvons pas partir. »

Suivirent des escarmouches au cours desquelles le préfet se montra beaucoup moins cordial qu'il l'avait été auparavant. L'avocat fit semblant d'essayer de convaincre Nicola, qui se buta, Loredana déclara qu'elle était sur le point de se trouver mal. Sur ce, le préfet déclara l'entrevue ajournée à une date ultérieure. L'avocat demanda :

« Quand cela, excellence ? »

Le préfet calcula rapidement et répondit :

« À la fin de la semaine prochaine. »

Les Ciraulo furent déçus parce qu'ils pensaient qu'un coup de fil du préfet aurait suffi à débloquer la situation, mais Modica les persuada que les choses n'étaient pas aussi simples, qu'il fallait donner du temps au temps, et que le temps arrangerait les choses : la semaine suivante ils recevraient la réponse qu'ils attendaient. Il s'agissait, expliqua l'avocat pendant qu'ils sortaient, de découvrir où le dossier était allé s'enliser, sur quelle table de ministre il était bloqué. Pour ça, le préfet aurait eu la partie facile, si seulement il avait voulu, et apparemment il voulait. Loredana eut la faiblesse de demander :

« Mais donc nous avons bien fait de dire que nous allions continuer à camper là-dehors ? Je ne crois pas qu'il l'a mal pris… »

L'avocat lui répondit par un sourire qui signifiait : ce n'est certainement pas moi qui vous pousserais, mais une incitation supplémentaire peut toujours servir la cause. Après quoi, Modica s'en alla car il avait une audience au tribunal, Fonzio partit pendant trois quarts d'heure pour acheter une bouteille d'eau afin de désaltérer la compagnie, et le reste de la famille entreprit de reconstruire et d'interpréter mot à mot ce qui s'était dit au cours de l'entrevue. Il en ressortit que tout le monde avait aimé l'expression utilisée par le préfet : le Cas Ciraulo. Ils trouvaient qu'elle donnait une dignité officielle à leur problème. Rosa annonça que dès que son mari serait de retour elle lui ferait écrire une pancarte avec ces trois seuls mots : le Cas Ciraulo. Ce serait une affiche beaucoup plus grande que les autres et placée dans une position prééminente, de façon à servir d'enseigne formelle à leur action. Pour renforcer le concept, elle le mettrait peut-être entre guillemets : « le Cas Ciraulo. »

Au bout de quelques jours, l'avocat les convoqua

pour leur rapporter une conversation téléphonique avec le préfet. Il y avait des difficultés. Le problème venait en fait du lien de parenté entre Loredana et les Virzì qui, quelque part – à Rome, avait précisé le préfet, pas en Sicile – avait éveillé les soupçons ou scandalisé un bureaucrate. Pouvait-on donner de l'argent antimafia à des parents de mafieux ? Dans le doute, on avait demandé un supplément d'enquête, ce genre d'enquête que personne n'achevait jamais de peur de prendre la responsabilité d'une décision qui pouvait bien sembler irréfléchie. Une vérification supplémentaire avait été demandée, et c'était bien suffisant. L'exécuter était une autre histoire.

La semaine suivante arriva, et le préfet fit savoir, toujours par l'intermédiaire de l'avocat, que l'affaire était plus compliquée que prévu : quelqu'un à Rome élevait des obstacles. Cependant, il connaissait une personne, toujours à Rome, en mesure d'écarter ces obstacles. Il fallait seulement avoir de la patience : si, entre-temps, les Ciraulo voulaient continuer à camper là comme des misérables, ils pouvaient très bien le faire, lui ne songeait même pas à les déloger par la force. Mais les délais pouvaient être plus longs que prévu.

Les Ciraulo furent contrariés de cet ajournement, mais ils se dirent aussi qu'ils avaient choisi la bonne voie. Ils avaient bien fait de poursuivre leur action, même s'il était clair maintenant que cette action prendrait du temps.

Les journaux cessèrent de parler d'eux ; il n'y avait rien de neuf, du reste. Le petit campement devant la villa Whitaker commença à faire partie du paysage urbain. Ceux qui passaient par là jetaient un coup d'œil sur l'autel de la réclamation, mais c'était toujours la même, et une affiche de plus ou de moins n'en changeait pas la substance.

Quand il sortait dans sa voiture de fonction, assis sur le siège arrière, le préfet ne manquait jamais de distribuer un sourire ou un signe que Nicola et sa famille rendaient pour montrer qu'ils n'étaient pas fâchés contre lui et que, réciproquement, lui non plus ne devait pas leur en vouloir d'être toujours là. Une fois, le préfet fit même signe à son chauffeur de s'arrêter et il baissa la vitre :

« Je suis en train de travailler pour vous. »

Les Ciraulo discutèrent toute une journée sur cette phrase. Nicola et Loredana pensaient que c'était bon signe, alors que Rosa avait saisi une nuance de dérision dans les paroles du préfet qui s'en allait Dieu sait où, avec sa belle voiture, mais sûrement pas résoudre leur Cas. Sommé de donner son avis, Fonzio dit que dans un certain sens ils avaient raison tous les trois et que, à propos, si quelqu'un avait besoin de quelque chose, il partait boire un café.

Au fil des jours, la vie de Nicola devant la préfecture s'adapta au temps qui s'allongeait. Il cessa de faire semblant d'être enchaîné, car il était clair désormais qu'on n'essaierait pas de l'emmener, et aussi parce que plus personne ne prenait la peine de le photographier. Il se lia d'amitié avec les policiers qui, de temps en temps, le laissaient brancher à la prise du poste de garde son téléviseur portable qu'il s'était fait apporter pour tuer le temps. Entre les agents et lui s'était créé un système d'échange de cigarettes et de café qui avait contribué à cimenter leurs rapports.

De son poste, Nicola voyait passer tous les cortèges qui faisaient étape à la préfecture, et chacun était une occasion de rompre sa solitude. Il connaissait souvent les manifestants : c'étaient des précaires comme lui, il était descendu cent fois dans la rue à leur côté. Maintenant ils lui souriaient parce que son combat était bien un combat pour la vie ; pas comme le leur, grâce auquel ils obtiendraient six autres mois de salaire, et puis ils devraient recommencer à nouveau avec les manifestations. Ses anciens collègues lui disaient :

« Si ça marche, cette fois-ci tu es tranquille ! »

Nicola était conscient de cet aspect des choses, et ces accolades, embrassades et tapes dans le dos le confortaient dans sa détermination à tenir bon. Il pouvait prendre un nouveau départ ; les désagréments de ces jours-ci seraient vite oubliés si avec l'argent de Serenella – c'est comme ça qu'on disait dans la famille – il pouvait tourner le dos à une vie de précaire.

Les cortèges étaient aussi une occasion de se rendre utile. Nicola trouvait presque toujours le moyen de se faire intégrer dans la délégation qui était reçue par la préfecture sous prétexte que maintenant il savait s'orienter dans le bâtiment. Pendant les entrevues, il croisait parfois le regard du préfet et il lui semblait toujours y voir un brin de sympathie envers lui. Une sympathie rassurante : à travers un simple coup d'œil, le préfet assurait qu'en ce moment il s'occupait d'un autre problème – les sans-abri, les sans-eau ou les sans-travail – mais que pour le reste, cœur et intelligence étaient voués au Cas Ciraulo.

Le cas échéant, Nicola donnait aussi des consultations. Quand le cortège arrivait, il annonçait aussitôt :

« Le préfet n'est pas là. »

Parfois, il était même en mesure de préciser :

« Il est parti. Il revient demain. »

En sorte que les manifestants sachent à quoi s'en tenir. D'habitude, si le préfet n'était pas là, ils dirigeaient leur longue file vers un autre siège institutionnel ; vers la mairie ou devant l'assemblée régionale, où il était plus probable de trouver une oreille pour écouter les slogans de tous ou les raisons d'une petite délégation. Mais il arrivait aussi, dans les différends de caractère typiquement national, que le préfet soit le seul interlocuteur possible. Dans ce cas, les réactions à l'annonce de son absence pouvaient être violentes. Les manifestants renversaient les poubelles au milieu de la rue, ou bien ils arrêtaient un autobus et dégonflaient ses pneus pour bloquer la circulation derrière eux. Dans les cas extrêmes, ils lançaient des pierres non pas tant contre le siège préfectoral, sachant que ce ne serait pas toléré par les forces de police qui contrôlaient la situation, mais sur des autos en stationnement ou des téléphones publics, cassant tout ce qu'ils trouvaient à casser.

Dans son nouveau rôle de contestataire institutionnel, Nicola condamnait les actes de vandalisme. Face à eux, il secouait la tête, essayait de calmer les esprits les plus violents par la promesse, dans certains cas, d'une intercession auprès du préfet que, malgré sa prétendue familiarité, il n'aurait vraiment pas su comment tenir. D'autres fois, il se contentait de dire :

« On n'obtient rien comme ça. »

Et pourtant, Nicola en avait vu d'autres. Il s'arrêtait pour évoquer leurs exploits communs avec ceux des manifestants qu'il connaissait le mieux :

« Tu te souviens quand nous sommes montés sur la cathédrale ?

– Eh ! Il s'en est fallu de peu qu'ils nous arrêtent.

– Moi, ils m'ont vraiment arrêté, et comment !

– À force de tirer des tuiles de là-haut…

– Tu te souviens qu'on a failli briser le crâne du cardinal ?

– Le pauvre, qui n'avait rien à y voir.

– Mais combien de temps on est restés, là-dessus ?

– Environ cinq jours.

– Et c'était pour quoi ?

– Tu ne t'en souviens pas ? Ils ne voulaient pas renouveler notre statut de travailleurs précaires.

– Les salauds ! Et après, ils nous l'ont renouvelé ?

– Bien sûr qu'ils nous l'ont renouvelé ! »

Les évocations de souvenirs pouvaient durer longtemps, car Nicola avait pas mal de batailles en commun avec beaucoup de manifestants qui venaient le trouver. Les Ciraulo étaient une famille entièrement composée de chômeurs et de précaires : Nicola précaire, Tancredi chômeur, Fonzio petit retraité, Loredana et Rosa chômeuses ou en attente d'allocations. Les luttes pour l'emploi, ils les avaient donc toutes faites, et tous autant qu'ils étaient. Mais depuis des années, ils étaient aussi en attente d'attribution d'une HLM. Autre conflit historique : ils étaient à l'étroit dans leur trois pièces de la rue Tamburinai, il leur fallait un nouvel appartement. Au besoin, ils pouvaient sous-louer l'ancien ; peut-être même avec un bénéfice. Pour obtenir un appartement de la municipalité il fallait défiler deux jours jusqu'à l'Office autonome des HLM, qui était pourtant loin de tout, difficile à atteindre. En outre, ce genre de marche avait peu de répercussions sur la viabilité urbaine. Les sans-abri étaient des contestataires individualistes par définition, ils n'étaient jamais plus de quelques dizaines et ne pouvaient s'organiser en véritables cortèges. Il valait mieux à tout prendre une action sur place : occupation ou sit-in. Si l'on ne gênait pas la population, il n'y avait pas moyen d'attirer l'attention des administrateurs, et quand la lutte se durcissait il fallait transférer les sit-in rue Maqueda, devant le siège de l'Office des HLM. Là, il suffisait d'une douzaine de personnes pour garantir un embouteillage qui se propageait en éventail dans tout le centre-ville. Alors oui : les journaux en parlaient, les administrateurs écoutaient, les choses bougeaient.

Dans le passé, les Ciraulo avaient aussi participé à des barricades pour l'eau, un genre mineur, limité à un seul quartier et aux femmes seulement, car il était inutile dans ces cas-là d'exposer un homme adulte qu'une interpellation supplémentaire risquait de mettre dans le pétrin. Loredana et Rosa y emmenaient tout au plus Tancredi et Serenella, qu'elles n'auraient pas su à qui laisser. Et puis, c'était l'occasion pour des enfants de s'amuser et de se socialiser.

Avec l'eau, le problème était de voir sauter leurs tours sans préavis. La compagnie de l'aqueduc faisait savoir qu'il y aurait de l'eau tel jour à partir de telle heure jusqu'à telle autre. On ne savait pas très bien comment était informée la population, mais le fait est que tout le monde était au courant. Des feuillets écrits à la main apparaissaient chez les concierges, les gens se passaient l'information au fur et à mesure que l'événement devenait imminent. Les habitants du quartier s'organisaient alors pour faire des provisions : ceux qui avaient un travail prenaient un congé ou se faisaient porter malades pour se trouver chez eux au bon moment, et ceux qui ne travaillaient pas de toute façon ne prenaient pas de rendez-vous.

Sauf qu'ensuite l'heure arrivait et qu'il n'y avait toujours pas d'eau. Des robinets sortait un gargouillis, puis plus rien du tout. Alors éclatait la colère de la population, à laquelle la municipalité faisait savoir, toujours à travers ses mystérieux canaux, que l'eau ne parvenait pas à arriver parce que le nouveau réseau de distribution – pour la réalisation duquel il avait fallu grêler les rues de la ville d'excavations à ciel ouvert pendant au moins une dizaine d'années – ne fonctionnait pas à cause de la pression insuffisante, un détail dont les auteurs du projet n'avaient pas tenu compte. De la faute de la précédente administration, en somme. Mais d'autres fois, il arrivait que les habitants d'un quartier en amont, de ceux que les conduites traversaient avant d'arriver à la Kalsa, sachant que l'eau y serait distribuée ce jour-là, jouaient de vitesse et parvenaient à détourner le courant vers leurs habitations. Les responsables étaient de jeunes guérilleros de la plomberie qui frappaient dans les bouches d'égout et disparaissaient. Leur popularité était très grande dans leur secteur respectif, et il y en avait dans chaque quartier de la ville.

Au final les habitants de la Kalsa, qui attendaient l'eau deux fois par semaine, sautaient leur tour ; et leur vie – réglée comme ce jour sur l'ouverture des robinets de la maison – perdait tout son sens. C'est pour cette raison que les Ciraulo et les autres femmes du quartier commencèrent à protester en bloquant les rues. Il n'y avait ni marches ni cortèges ; la technique consistait à occuper la chaussée la plus significative dans les environs, celle où le blocage de la circulation engendrerait les conséquences les plus sérieuses. D'habitude, il suffisait pour cela d'une dizaine de ménagères et de trois poubelles mises en travers du Foro Italico. Les slogans étaient élémentaires :

« De l'eau, de l'eau !

– Nous voulons de l'eau ! »

Ce genre de blocages volants ne durait jamais longtemps. Il suffisait de soulever le problème et l'administration se dépêchait d'assurer un tour de distribution exceptionnelle. À condition que les habitants du quartier en amont ne parviennent pas à l'intercepter aussi. Dans ce cas, le cycle de la réclamation recommençait : un autre blocage de rue, un autre tour exceptionnel, et ainsi de suite, jusqu'à ce que les citernes, les bidons et les baignoires des maisons soient remplis.

À présent, de toute façon, travail, appartement et eau représentaient autant de conflits secondaires pour les Ciraulo. La partie qu'ils étaient en train de jouer les englobait tous et allait même plus loin. Après avoir ramassé le pot, ils pourraient quitter la table et partir avec toute la mise.

En définitive, l'action des Ciraulo devant la préfecture dura vingt-sept jours, un peu moins d'un mois. La dernière semaine, il y eut un conseil de famille au cours duquel Nicola annonça son intention de commencer une grève de la faim pour relancer sa requête en justice et réveiller l'intérêt des journaux. L'avocat Modica avait déjà donné son consentement tacite, soutenant que la chose pouvait aussi ne pas profiter à la cause, mais qu'elle ne pouvait certainement pas lui nuire. Devant cette annonce, Loredana soupira, pépé Fonzio s'abstint, seule la grand-mère se montra résolument opposée. Rosa objecta qu'avec sa corpulence, Nicola ne pourrait pas supporter une grève de la faim :

« Tu es bâti de telle façon que tu dois manger, sinon tu meurs. »

Et, de la discussion qui suivit, il ressortit que mère et fils avaient deux conceptions différentes de la grève de la faim. Nicola ne croyait pas qu'en annoncer une obligeait à la réaliser effectivement. Il imaginait une approche plus théorique. Il pensait qu'il suffisait de proclamer la grève et ensuite de manger en cachette, peut-être la nuit. Rosa fut rassurée par l'ingénuité de son fils, mais elle craignait qu'il ne s'agisse quand même d'un régime dangereux, fait de sandwichs et de plats froids de fortune.

« Toi, si tu ne manges pas de temps en temps un beau morceau de viande… »

Et elle laissait la conclusion en suspens, plongeant dans l'angoisse Nicola qui redoutait d'avoir à affronter trop de renoncements. On ne parvint pas à une véritable décision : ils conclurent que la grève de la faim serait retenue comme une hypothèse extrême de lutte, en laissant passer encore un jour pour voir s'il y avait du nouveau. Entre-temps, pour relancer la bataille, Rosa fit la contre-proposition d'écrire une nouvelle pancarte de protestation. On envoya Fonzio acheter la feuille de carton nécessaire, pendant qu'elle demandait de la laisser seule pour réfléchir sur le texte :

« Je vais y réfléchir un petit moment. »

Quand son mari revint avec la feuille, l'idée était déjà prête :

« Qu'est-ce que tu as mis comme temps !

– Eh ! Il y avait de la circulation.

– De la circulation ? À pied ?

– De la circulation. »

Pour couper court, Fonzio empoigna le feutre et se mit par terre, à genoux, penché sur la future affiche. Rosa resta assise sur la chaise longue, qui était sa place préférée. De là, elle se mit à dicter :

« Préfet... »

Fonzio resta interdit, le feutre à demi-levé. Ce fut Loredana qui donna forme aux perplexités de toute la famille :

« Mais si tu mets directement *préfet*, on dirait que nous lui en voulons.

– Et à qui nous en voulons ? Qui est-ce qui nous fait perdre tout ce temps ? »

Nicola ne jugea pas utile d'intervenir dans le débat entre sa femme et sa mère, mais il ne s'était pas exprimé en faveur de la seconde, comme il le faisait presque toujours, et c'était significatif. Rosa ne changea pas d'avis pour autant :

« Écris : *Préfet...*

– Majuscules ou minuscules ?

– Majuscules. »

Il y eut un autre échange de regards entre les membres de la famille : minuscules serait moins accusateur. Fonzio se résigna à écrire « PRÉFET », puis il demanda :

« Que dis-tu : je le mets entre guillemets ? »

Là, Rosa montra qu'elle tenait compte des diverses idées de la famille. Elle fut prudente :

« Non, sinon on dirait qu'on se moque de lui. Continue plutôt : *c'est un mois*.

– Hein ?

– *C'est un mois*. »

Fonzio s'exécuta, s'arrêtant seulement pour demander :

« *Mois* majuscules, qu'en penses-tu ? »

Encore une fois, Rosa voulut montrer qu'elle était ouverte aux suggestions :

« Qu'en dites-vous, vous autres ? Majuscules ? »

Si sur le mot « préfet » s'était manifesté le désir de rester prudents, sur « mois » Nicola comme Loredana voulurent être fermes :

« Majuscules.

– Majuscules. »

Fonzio écrivit « MOIS ». Rosa regarda le résultat et poursuivit :

« *Que nous sommes*, tout sur une ligne.

– *Q-u-e-n-o-u-s-s-o-m-m-e-s*.

– *Là*. Écris-le en dessous, bien gros, comme ça il comprendra. »

Le mari écrivit un gigantesque « LÀ ». Il remit le bouchon sur le feutre et puis relut :

« PRÉFET c'est un MOIS que nous sommes LÀ. »

La famille approuva, mais Rosa n'était pas convaincue :

« C'est juste ? »

Nicola se chargea de lui répondre, mais sans trop d'enthousiasme :

« Juste.

– C'est juste ou non ? Il ne manque rien ? »

Ils relurent plusieurs fois, toujours insatisfaits,

comprenant que quelque chose n'allait pas. Ce fut Fonzio, à la surprise générale, qui retira de nouveau le bouchon du feutre et ajouta un point d'exclamation à la fin.

« PRÉFET c'est un MOIS que nous sommes LÀ ! »

La modification reçut un applaudissement de la part des autres. Maintenant, l'affiche avait la force qu'ils avaient essayé de lui donner, si bien que Loredana hasarda :

« Mets-en encore ! »

Fonzio ne se fit pas prier, et à la fin le résultat fut :

« PRÉFET c'est un MOIS que nous sommes LÀ !!!! »

Avec quatre points d'exclamation, même s'ils étaient de taille décroissante. Dans son enthousiasme, Nicola arracha le feutre des mains de son père et ajouta de sa main une sorte de signature : « la famille Ciraulo ». L'affiche fut accrochée en évidence et cela suffit à calmer les Ciraulo pour le reste de la journée.

Certes, ce ne fut pas grâce à la pancarte, mais le fait est que quelques jours après ils furent de nouveau convoqués par le préfet. Cette fois-ci, la circonstance fut plus formelle. Ils furent accompagnés par un policier et le préfet resta assis à la place qui lui revenait, derrière son bureau. Son discours fut bref :

« Messieurs : ce matin est arrivée sur ma table la

nouvelle que nous attendions depuis si longtemps. Le sous-secrétaire, personnellement et par écrit, m'assure que votre situation a été débloquée. Il s'agissait d'une fâcheuse perte de temps mais à présent, je suis heureux de vous le dire, la chose est faite. »

Ce furent des scènes d'enthousiasme entre Nicola, Loredana, Rosa, Fonzio et Tancredi, qu'on avait amenés pour faire foule. Le seul qui garda une attitude professionnelle fut l'avocat Modica, qui essaya de calmer le bourdonnement pour demander :

« Quel est le montant, et quand…

– On ne le sait pas pour le moment. Mais j'ai des raisons de croire que votre requête a été bien accueillie. »

Au moment de quantifier la requête d'indemnisation, l'avocat avait conseillé de voir large. Tout en sachant que ce serait lui qui déciderait, il demanda à Nicola :

« Vous, combien demanderiez-vous ? »

Nicola fut indécis et puis lança un chiffre qui lui sembla astronomique :

« Cent millions ! »

Modica sourit. Il écrivit dans le coin d'une feuille qu'il avait à portée de main : « × 3 ». Et comme Nicola ne comprenait pas, il écrivit : « 300 millions ». Naturellement, les Ciraulo s'en réjouirent : même la moitié, c'était beaucoup plus qu'ils n'auraient osé espérer. Le préfet laissait entendre que la requête avait été bien accueillie, mais en réalité il n'en fut pas ainsi. La somme accordée fut de deux cent vingt millions. L'exposé des motifs disait : « Considérant le jeune âge de la victime et les funestes circonstances de la mort. » Quand le montant de l'indemnisation devint officiel, les Ciraulo furent un peu déçus parce qu'ils s'étaient habitués à l'idée des chiffres ronds. Ils le firent comprendre à l'avocat, qui déconseilla néanmoins de présenter un recours, compte tenu aussi de leur exigence d'aller le plus vite possible encaisser la somme. Et il avait raison, car avant d'obtenir matériellement l'argent, ils durent attendre encore un bon bout de temps. Un temps qui pour la famille fut loin d'être facile à affronter.

Ce furent des semaines difficiles. Avant tout, parce qu'après la nouvelle de l'indemnisation imminente, le niveau de vie des Ciraulo s'éleva sans que leurs moyens le permettent. Des dépenses imprévues, des acquisitions prématurées. L'argent semblait devoir arriver d'un moment à l'autre, et il n'arrivait pas. Il n'arrivait jamais. Le rapport avec l'avocat Modica, qu'on avait cru en voie d'épuisement, devint au contraire au fil des jours un rapport d'étroite dépendance. Les Ciraulo s'adressaient à lui pour avoir des nouvelles et surtout une :

« Quand est-ce que l'argent arrive ? »

Ne parvenant pas à obtenir de réponses satisfaisantes à cette question, ils enchaînaient rapidement sur une série d'informations secondaires :

« Mais comment ? Avec un chèque ou directement au comptant ?

– On nous l'apporte ici ou nous devons aller le chercher à Rome ?

– Nous aurons peut-être encore d'autres papiers à signer ?

– Nous aurons peut-être d'autres documents à produire ?

– Nous devrons peut-être retourner chez le préfet ? »

Le moment d'encaisser l'argent paraissait tellement beau qu'il semblait inconcevable. Ils craignaient de voir surgir à la fin d'autres contretemps, un obstacle qui fasse tout tomber à l'eau au dernier moment. Les premières fois, l'avocat répondait que tout était en règle et qu'il fallait avoir de la patience mais, les semaines passant, il devint de plus en plus difficile à joindre ; la secrétaire leur disait souvent qu'il était au tribunal pour une audience et elle assurait qu'il rappellerait. Mais il ne rappelait jamais. Un jour, Nicola en eut assez d'essayer de l'avoir au téléphone, il se présenta à l'étude et s'en prit à la secrétaire :

« Mais il n'est jamais là, ce putain d'avocat ? »

Il s'élança pour la saisir et il y serait parvenu si elle ne s'était vite reculée grâce aux roulettes de son fauteuil. Ses proches le retinrent alors qu'il tentait encore de l'atteindre en enjambant le bouclier du bureau :

« Ce connard ne s'intéresse qu'à l'argent ! Rien qu'à l'argent ! »

À la suite de cet incident, l'avocat Modica décida d'abandonner la défense des Ciraulo ; non sans leur avoir demandé auparavant des honoraires exorbitants, qui tenaient compte en pourcentage de l'indemnisation obtenue. Les honoraires allèrent grossir la liste des dettes de la famille, mais la chose ne les préoccupa pas plus que ça : ils auraient bien le temps de penser à payer l'avocat. Mais ils se retrouvaient désormais privés de référence légale, et pour résoudre leurs nombreux doutes ils ne surent plus à qui s'adresser. Les appels téléphoniques de Nicola à la préfecture rebondissaient du standard aux bureaux, mais comme personne ne répondait jamais dans les bureaux la ligne retournait au standard qui disait toujours :

« Il doit être sorti. »

Le problème était que l'espoir de toucher l'argent de Serenella avait incité les Ciraulo à beaucoup dépenser, et par-dessus le marché Nicola avait lâché presque tous les petits boulots qui constituaient sa source de revenus, convaincu de ne plus en avoir besoin. Et en l'espace de quelques semaines les Ciraulo furent incapables de faire face à leurs dépenses de première nécessité : provisions, essence, loyer. Pendant un certain temps, au début, ils ne s'en étaient pas rendu compte parce que la nouvelle de l'heureuse issue de leur affaire était tombée dans le domaine public et avait bien disposé les fournisseurs à leur égard. Le point sensible des dépenses était Loredana. Chez le boulanger, on lui faisait crédit sans difficulté :

« Pour une dame comme vous… »

Le marchand de légumes lui souriait en lui remettant les sacs en plastique bien remplis :

« Vous n'avez pas à vous inquiéter. »

Le charcutier lui tendait le paquet de l'assortiment préféré de Nicola, en minimisant :

« La prochaine fois. »

Le monde était brusquement gentil, avec les Ciraulo. Dans la famille, on commença à croire ceux qui disaient que l'argent ne fait pas le bonheur, mais qu'il est bien utile quand même. Tout le monde était disposé à les aider, et eux savaient pourquoi : parce que bientôt ils seraient en mesure de s'aider tout seuls et d'aider aussi les autres.

Cela dura environ un mois, puis les choses changèrent. Chez le boulanger, du jour au lendemain, on dit à Loredana :

« Vous devez comprendre, même pour une dame comme vous… »

Sur le coup, elle fut vexée de ce volte-face, mais ensuite le marchand de légumes et le charcutier s'y mirent eux aussi :

« Je regrette, je regrette. »

Ils regrettaient tous beaucoup, mais le crédit des Ciraulo auprès des commerçants du quartier fut fermé et faire le marché, rien que pour acheter du pain, devint un problème. Dans la famille, on se réconfortait en pensant que c'était un problème passager, mais il n'en demeurait pas moins un problème. Et il fallut bien aller voir ailleurs pour trouver une solution à brève échéance.

Il y avait ce Monsieur Pino. Un retraité du quartier, ancien chauffeur de taxi, qui avait su mettre à profit de petits investissements passés et son indemnité de départ à la retraite. Au lieu de déposer son argent à la banque, il s'était lui-même transformé en banque. Il prêtait de l'argent à ceux qui en avaient besoin, qui le lui rendaient ensuite, et cet argent ne cessait de faire des petits. Très vite, le bruit courut qu'il y en avait même pas mal. Tout le monde savait bien à la Kalsa qu'on pouvait parler avec Monsieur Pino. C'était une personne sur qui l'on pouvait compter en cas de besoin. Il ne le faisait certes pas par bonté d'âme ou par charité chrétienne. Mais si les banques elles-mêmes adressaient parfois leurs clients en crise de liquidité à Monsieur Pino, cela voulait forcément dire que c'était une personne à qui se fier. Monsieur Pino aussi, du reste, faisait confiance. C'était quelqu'un de ponctuel, précis, et qui exigeait que les autres soient également précis et ponctuels avec lui. Ceci posé, tout marchait comme sur des roulettes. Si la restitution de l'argent tardait de quelques jours, il suffisait de lui en parler. Il disait toujours :

« Il n'y a pas de problème. »

Ou bien :

« On trouve toujours une solution. »

Ce n'est pas Monsieur Pino qui vint trouver

Nicola, mais le contraire. Nicola vint le trouver parce qu'il en avait besoin, parce qu'à la maison Loredana s'était mise à pleurer un jour en coupant un oignon en rondelles et elle ne s'était plus arrêtée, pas même une fois l'oignon mangé et digéré.

Il fallait se présenter chez Monsieur Pino avec un ami et Nicola se présenta avec Giovanni, qui était son ami et aussi l'ami de Monsieur Pino qui, en tant qu'ancien chauffeur de taxi, l'avait conseillé dans l'achat d'une voiture d'occasion. Ils le trouvèrent assis sur une chaise en paille devant chez lui. Il y eut un moment de gêne au début, comme si aucun ne voulait faire le premier pas pour entrer dans le vif du sujet. Giovanni tenta de briser la glace.

« Quoi de neuf ?

– Bof ! »

Quelques instants de silence pesant suivirent. Monsieur Pino ne les invitait pas à entrer et ce fut donc Giovanni qui demanda :

« On peut ? »

Alors oui, Monsieur Pino les fit entrer.

« Je vous en prie. »

Ce n'est qu'une fois entrés chez Monsieur Pino – une pauvre maison, qui démentait les rumeurs sur la richesse accumulée par son propriétaire – que Giovanni fit les présentations. Ce n'était pas la peine, puisque chacun savait qui était l'autre ; mais on sentait le besoin d'officialiser l'occasion, et Giovanni tenait à bien jouer le rôle du garant :

« Pino, voilà Nicola qui veut te parler.
– Je suis là. »

Nicola était très embarrassé, et sa corpulence ne l'aidait pas à trouver l'humilité nécessaire dans cette situation. Et Monsieur Pino ne semblait pas décidé non plus à lui tendre la perche par une quelconque initiative. C'était à lui de parler. Nicola attaqua donc en racontant l'histoire de l'argent de Serenella et en disant son intention de se faire plaisir en offrant un cadeau à sa femme, en attendant de toucher l'indemnisation :

« Un beau cadeau, qu'elle mérite bien, avec ce qu'elle a passé cette femme. »

Monsieur Pino fit semblant de croire à la version fournie par Nicola. Il secoua la tête et dit :

« Hum ! »

Suivit un long moment de silence, si long que Nicola se tourna vers Giovanni pour lui demander du regard s'il avait été suffisamment clair. Giovanni ne lui rendit pas son regard. Il avait les yeux fixés sur un cendrier posé sur la table au milieu d'eux. Il le fixait à tel point que Nicola le regarda lui aussi : c'était un cendrier normal. Brusquement, Monsieur Pino demanda :

« Il doit être grand comment ce cadeau ?
– … Grand…
– Grand combien ? »

Nicola dit le chiffre dont il avait besoin, selon ses calculs, pour s'acquitter de ses dettes et finir sereinement le mois : il serait facile ensuite de remettre sur les rails les finances domestiques. Nicola ne trouvait pas la somme excessive, mais Monsieur Pino battit des paupières et regarda Giovanni, qui à son tour continua à regarder le cendrier :

« C'est une somme.

– Eh !

– C'est que je n'ai pas tout cet argent ici.

– Eh !

– Il te faut passer demain.

– Eh ! Demain. Vers quelle heure ? »

Monsieur Pino ignora la question.

« Tu connais les conditions ?

– Non, à vrai dire.

– Giova', dis-lui les conditions. »

Giovanni lui expliqua comment il fallait rendre l'argent, à quelle échéance et en quelle quantité : les versements, les intérêts, tout. Nicola l'écouta calmement, comme cela lui arrivait rarement. À la fin de l'explication, ce fut Monsieur Pino qui demanda :

« Nous avons tout compris ?

– Tout tout. »

Le lendemain, Nicola revint encore avec Giovanni qui devait être présent à toutes les entrevues, en tant que garantie réciproque. Monsieur Pino était exactement où ils l'avaient trouvé et laissé la veille, assis sur une chaise en paille devant chez lui.

On aurait dit qu'il n'avait pas bougé entre-temps, comme s'il ne bougeait de là que pour eux :

« Je vous attendais, vous autres. »

Nicola prit l'argent, signa les papiers nécessaires, rentra chez lui, abattit les billets sur la table en disant :

« Voilà l'argent. »

Dans l'après-midi, ce même geste fut répété par Loredana, qui mit l'argent sur le comptoir du boulanger, du marchand de légumes et du charcutier en disant chaque fois :

« Voilà l'argent. »

Ce fut une satisfaction momentanée. La fin du mois arriva, mais pas l'argent de Serenella. La somme prêtée par Monsieur Pino s'était envolée en fumée une fois payées les dettes les plus urgentes et dès les premiers jours du mois suivant une autre visite à Monsieur Pino s'avéra nécessaire. En voyant devant lui Nicola et Giovanni, celui-ci, assis sur sa chaise au bord de la rue, demanda :

« Tu as apporté l'argent ? »

Nicola fut surpris : il restait encore quelques jours avant l'échéance du prêt. Il se sentit mis en accusation. Il répondit :

« Non, à vrai dire… »

Il regarda si Giovanni avait quelque chose à ajouter et à la fin il ajouta lui-même :

« … À vrai dire, il m'en faut encore. »

Nicola s'attendait à devoir justifier de quelque

façon sa requête, mais Monsieur Pino avait cet avantage sur les banques : on n'avait rien à justifier. Il rengaina l'histoire d'un deuxième cadeau pour sa femme, qui lui semblait plutôt faible, et dit le chiffre dont il avait besoin. Monsieur Pino leva les yeux pour montrer que c'était une grosse somme, une somme qu'il n'avait pas chez lui. Il lui demanda :

« Tu connais les conditions ? »

Nicola pensait les connaître, puisqu'il était venu là dix jours plus tôt, mais il se trompait. Ce fut Giovanni qui encore une fois expliqua les conditions de remboursement, qui devaient tenir compte de la dette précédemment contractée. Il fit un discours technique qui surprit Nicola : il concernait les risques du capital investi et la nécessité de la part de Monsieur Pino de se garantir d'une certaine façon. Avait-il le moyen de son côté d'offrir des garanties ?

« Quel genre de garantie ?

– Une maison, une voiture, quelque chose…

– Giova', tu le sais toi… »

Giovanni détourna le regard : en ce moment lui ne savait rien ; il était l'ami de tous et ne savait rien. Nicola murmura :

« La seule garantie, c'est l'argent de Serenella. »

La phrase permit de ranimer la conversation. Monsieur Pino se plongea dans ses pensées et ce fut encore Giovanni qui parla. L'indemnisation tant attendue pouvait peut-être constituer une garantie suffisante. Mais quand arriverait-elle ? Est-ce que Nicola le savait ?

« Je ne le sais pas. »

Il fallait donc être prudents. Nicola devait être prudent, mais Monsieur Pino aussi devait être prudent. Même Giovanni devait être prudent. Il fallait qu'ils soient tous prudents. Si Monsieur Pino n'avait pas été prudent dans sa vie, où en serait-il à cette heure ? Est-ce que Nicola le savait ?

« Je ne le sais pas. »

Il serait à l'hospice, s'il n'avait pas été prudent tout au long de sa vie. Quand Giovanni eut fini de parler, Monsieur Pino reprit la parole pour demander :

« Nous nous sommes compris sur tout ? »

La seule chose que Nicola avait comprise était qu'il fallait encaisser l'argent de Serenella au plus vite. Mais en attendant il revint le lendemain chez Monsieur Pino pour toucher une somme égale à celle du mois précédent et signer encore plus de papiers, lui sembla-t-il. Cette fois-là, il fut moins outrecuidant en remettant l'argent à sa femme :

« Essaie de les faire durer jusqu'à ce que l'argent vrai arrive. »

L'argent vrai. Nicola se rendait compte que la famille vivait désormais dans une sorte d'économie virtuelle où ils encaissaient et dépensaient de l'argent qu'ils ne possédaient pas. L'indemnisation qui mettrait fin à cette spirale de dettes tardait à arriver et, même si les délais techniques pour son recouvrement étaient normaux, pour les Ciraulo chaque jour d'attente fut un calvaire ; pas tant pour les dépenses de la maison, que Loredana et Rosa avaient reprises en main, que pour l'échéance de la dette contractée avec Monsieur Pino. Ils sentaient que d'un moment à l'autre allait venir l'heure de faire les comptes.

Giovanni vint un matin, l'air sombre. Nicola et sa femme étaient seuls à la maison. Ils lui offrirent de s'asseoir sur le divan, mais lui préféra la table de la cuisine. Il était navré :

« J'ai rencontré Monsieur Pino. Il m'a dit que tu dois penser à la traite qui arrive à échéance. Il voudrait bien laisser tomber pour cette fois ; mais il y a les impôts à payer et tout. »

Il y avait une échéance fiscale imminente ? Nicola n'était pas au courant, mais il pouvait se tromper car il ne payait pas d'impôts.

« Et donc, combien ça fait ?

– Eh ! Combien ça fait… »

Giovanni se fit un peu prier, comme s'il n'avait pas le courage de dire le chiffre. Et il faisait bien, car lorsqu'il le dit enfin, il était tellement élevé que les Ciraulo furent effrayés. Loredana ne se mêlait pas de ces conversations, et du reste, officiellement, elle ne savait même pas d'où venait l'argent que par deux fois son mari avait mis sur cette même table autour de laquelle ils étaient assis pour discuter. La négociation revenait donc à Nicola :

« Mais nous n'avons pas l'argent.

– Alors, il faut le trouver. Tu dois le trouver.

– Mais tout de suite tout de suite ?

– Eh ! Le plus vite possible.

– On ne pourrait pas avoir, je ne sais pas moi, un report… ? Tu ne peux pas lui parler toi, qui es son ami ? »

On ne pouvait pas reporter. L'échéance était devenue d'un jour à l'autre absolument impossible à différer. Ça se voyait au fait que Giovanni baissait les yeux et répondait par des digressions, car lui, quitte à se répéter, était leur ami mais aussi l'ami de Monsieur Pino, et surtout l'ami de la justice : cet argent, ils l'avaient pris ? Ils l'avaient dépensé ? Et donc ?

« On ne peut rien faire ? »

Giovanni écarta les bras.

« On peut peut-être donner un acompte ? »

Giovanni secoua la tête.

« On ne peut rien trouver d'autre ? »

Giovanni leva un instant les yeux et Nicola espéra un avis positif, mais après un temps d'arrêt son ami et l'ami de Monsieur Pino baissa à nouveau les yeux et il n'y eut plus moyen de le faire réagir. Lorsque Loredana et Nicola furent épuisés, sans même avoir la force d'avancer de nouvelles propositions de sursis, alors seulement Giovanni donna un dernier espoir qui semblait impensable cinq minutes plus tôt :

« À moins que tu veuilles lui parler toi. »

À ces mots, Nicola se sentit renaître : pourquoi ne pas le lui avoir dit avant ? S'il avait pu lui parler directement, ils auraient trouvé un arrangement. Ce n'était pas à Giovanni de décider : c'était à Monsieur Pino. Giovanni n'était qu'un médiateur. En lui parlant, Nicola pouvait essayer de le convaincre personnellement ; entre hommes il faut se regarder dans les yeux, et on trouve des solutions.

« Quand pouvons-nous aller lui parler ?

– Cet après-midi. »

Ce rendez-vous si proche surprit Nicola.

« Il faut peut-être lui téléphoner pour confirmer ?

– Ce n'est pas la peine, il est toujours là. Allons-y, tu lui parles et on verra s'il arrive à trouver un moyen. »

À cinq heures et demie, Giovanni passa prendre Nicola et ils se rendirent chez Monsieur Pino. Comme la dernière fois, ils le trouvèrent toujours à la même place, mais plus renfrogné. Il suffit de voir sa tête pour comprendre qu'il se doutait que Nicola n'avait pas l'argent, et que ça le contrariait. Quand Nicola commença le petit discours justificatif qu'il avait préparé, Monsieur Pino le fit taire d'un geste de la main. Il n'y avait pas grand-chose à dire : dans le quartier on savait que l'argent des Ciraulo n'était pas encore arrivé. Et il était évident que Monsieur Pino était au courant, lui aussi. Il préféra en venir tout de suite au fait :

« Il me semble comprendre qu'en fait d'argent, rien. »

Nicola fut obligé de reconnaître :

« Rien.

– Rien de rien ? »

Les Ciraulo pouvaient peut-être réunir la moitié de la moitié de la moitié de ce qu'il fallait, et ça n'aurait pas été facile. Nicola préféra donc éviter de montrer son impuissance et il se rendit sans conditions :

« Zéro.

– Et comment allons-nous faire ? »

Pure question rhétorique. C'était à Monsieur Pino de lui donner la réponse, si tant est qu'il y en eût une. Ce fut lui en effet qui reprit :

« Moi, je dois avoir l'argent aujourd'hui. Tu comprends ça ? »

Nicola comprenait, mais il ne pouvait rien faire, et il continua à garder le silence.

« Les impôts n'attendent pas. Et donc, moi non plus je ne peux pas attendre. »

Un instant, Nicola eut un sursaut d'inconscience : il n'avait pas l'argent à rendre, et alors ? Qu'avait-il à faire de Monsieur Pino ? Il ne possédait rien sur quoi Monsieur Pino pourrait se rattraper. La maison qu'ils occupaient était en location. Seule la Ritmo était à son nom et il pouvait bien la prendre : si elle avait suffi à solder au moins une partie de sa dette, il la lui aurait cédée bien volontiers. Mais la Ritmo ne suffisait pas. Nicola le savait qu'elle ne suffisait pas.

Monsieur Pino eut un demi-sourire peiné qui signifiait : ce qu'il me faut supporter. C'était la première fois que Nicola le voyait sourire, mais il ne fallait pas le prendre comme un bon signe. Son arrogance s'était aussitôt dissipée parce qu'il n'était pas vrai qu'il ne possédait rien : il avait une famille. Il devait penser à sa famille. Il devait payer cette somme pour protéger sa famille. Il avait pris un engagement avec l'homme qui était devant lui et il devait l'honorer maintenant de quelque façon. Il fut pris de découragement. Il se sentit prêt à payer sa dette au prix de sa propre dignité. Il pleurerait, se mettrait à genoux pour demander un délai. Il voyait déjà son grand corps agenouillé devant ce petit vieux rabougri. Peut-être que devant une mortification de ce genre, Monsieur Pino se serait considéré satisfait, du moins pour le moment. Nicola possédait un grand sens de l'orgueil, et le mettre de côté lui semblait un prix convenable à payer. Alors qu'il allait faire céder le dernier brin de sa dignité personnelle, sans garantie du résultat, Monsieur Pino dit quelque chose qui redonna de l'espoir à Nicola :

« À moins que… »

Une expression laissée en suspens, rien de plus.

Mais pour lui, qui était sur le point de se mettre à genoux, elle voulait dire qu'une issue existait, et il était prêt à la prendre sans condition. Monsieur Pino ajouta :

« Je peux le mettre moi. »

Nicola ne comprit pas. Mettre l'argent, d'accord : mais pour le donner à qui ? Monsieur Pino détourna le regard. Monsieur Pino aimait être compris au vol et ce fut donc à Giovanni qu'il incomba d'expliquer :

« Monsieur Pino dit que tu dois forcément donner l'argent. Mais pour le donner, il faut l'avoir. C'est juste ?

– Juste.

– Tu l'as, toi ?

– Non.

– Précisément. Alors, tu dois trouver quelqu'un qui te le donne. Qui peut te le donner ?

– Qui peut me le donner ?

– Qui te l'a donné jusqu'ici, l'argent ? »

Nicola regarda Monsieur Pino : il se désintéressait du déroulement de leur conversation. Giovanni poursuivit :

« Monsieur Pino. Monsieur Pino – exceptionnellement, à ce que je vois – est disposé à t'en prêter à nouveau. À condition que…

– À condition que quoi ?

– À condition qu'il soit clair que cet argent est différent de celui d'avant. »

Nicola était complètement perdu. Giovanni fut compréhensif et alla plus loin dans son explication en essayant d'être plus clair :

« Vous pouvez faire comme ça : lui te prête l'argent qu'il te faut pour payer la traite et les intérêts. Toi, tu le lui donnes, et comme ça vous êtes en règle. »

Nicola hésita un instant :

« Pour le moment.

– Bien sûr, pour le moment. »

Ce pouvait être une solution, et de toute façon Nicola n'avait pas le choix. Il accepta. Il ne faisait pas une affaire, mais l'argent de Serenella allait arriver et il s'agissait seulement de gagner du temps. Ils lui soumirent des papiers où il était écrit qu'il recevait en prêt de l'argent que physiquement il n'aurait même pas le plaisir de voir transiter par ses propres mains. Sur le coup, il ne comprit pas la raison, mais Giovanni et Monsieur Pino échangèrent un sourire presque attendri : l'argent était étroitement lié au dédommagement de la dette et il n'y avait donc nul besoin qu'il passe entre leurs mains. Cette fois-ci, il n'était pas nécessaire de venir le lendemain pour le toucher. Monsieur Pino le remettait directement à Monsieur Pino.

« C'est clair ?

– Très clair. »

Il ne restait plus qu'à mettre au point ce qu'encore

une fois, en laissant Giovanni se charger des explications, Monsieur Pino définit ainsi :

« Les conditions. »

Dans ce cas-là aussi, Nicola se trompait en croyant les connaître. Elles étaient pires que la première et même que la deuxième fois. À dire vrai, c'était bel et bien un vol. Il eut un sursaut face aux intérêts disproportionnés, intérêts sur intérêts, qu'ils lui demandaient. Oui : que même Giovanni lui demandait. Comment était-il aussi bien informé à chaque fois ? Pourquoi ne se révoltait-il pas devant la corde au cou que Monsieur Pino lui confectionnait sur mesure ? Ce même orgueil, qu'un moment plus tôt il était sur le point de piétiner, se réveilla devant ses deux interlocuteurs :

« Mais qu'est-ce que vous dites ? Vous me prenez vraiment pour un abruti ? Mais vous vous rendez compte de ce que vous me dites ? Les conditions… mais qu'est-ce que c'est que ces conditions ? Moi je ne signe pas, ni maintenant ni jamais. »

Cette sortie surprit Giovanni et Monsieur Pino, qui restèrent interdits au point de ne pas réussir à articuler un mot de réplique. Ils le fixèrent tandis qu'il se levait, prenait la veste qu'il avait retirée pour ne pas avoir trop chaud, la secouait comme s'il avait voulu les secouer eux, remettait bruyamment la chaise à sa place et saluait d'un air de défi :

« Bonne soirée, messieurs. »

Nicola partit fier de sa propre fierté, mais de très mauvaise humeur. Il rentra chez lui, salua à peine sa femme, mangea le dîner qu'elle lui avait préparé et lui dit que c'était mauvais. Il se jeta sur son lit parce qu'il voulait dormir tout de suite, il n'y arriva pas, en accusa sa femme qui avait fait du bruit dans la cuisine. Il alluma la télé, vit un bout de la rediffusion du Grand Prix : la Ferrari avait perdu. Il attendit l'émission sportive du dimanche : la Juventus aussi avait perdu. Il passa un savon, préventif et rétrospectif, à Tancredi, puis à toute la famille, parce qu'ils s'étaient tous montés la tête. Il annonça qu'il avait envie de sortir, sortit, fit le tour du pâté de maisons et rentra au bout de dix minutes. Il alla se coucher sans saluer personne et ne ferma pas l'œil la majeure partie de la nuit.

Le lendemain, il se rendit chez Monsieur Pino et signa ce qu'il y avait à signer.

Heureusement, le jour suivant sa fiancée vint le voir en prison. Mariantonia est brune, la peau très claire. Elle a une ligne noire dessinée autour des yeux qui fait encore mieux ressortir sa pâleur. Elle a de longs cheveux qui encadrent son visage et elle porte un léger manteau noir qu'elle ne retire pas pendant toute la conversation. D'accord, il fait froid : mais cette attitude ne contribue guère à dissiper leur embarras. Tancredi sait qu'elle est fâchée contre lui, ce qui place leur rencontre sur un plan encore plus difficile. Comme si cela ne suffisait pas, il a l'impression que venir le voir en prison la met mal à l'aise. C'est pour ça qu'elle ne retire pas son manteau, comme si elle devait partir d'un moment à l'autre. Comme si elle voulait souligner le fait qu'elle n'a rien à voir avec ce milieu. Tancredi la comprend, au fond ; mais il ne peut rien y faire. Si seulement elle s'efforçait de cacher sa nervosité, la tension pourrait se dissiper.

Au contraire, après l'avoir salué, Mariantonia

commence aussitôt à se défouler. Elle se plaint des difficultés qu'elle a eues pour se garer rue Albanese, de la queue qu'elle a faite à l'extérieur de la prison, des autres femmes qui tentaient de passer devant elle, des contrôles qu'elle a dû subir avant d'entrer. Toute une série de petites adversités qui, en comparaison de la situation dans laquelle il se trouve, semblent peu de chose. Avant que Tancredi puisse le lui faire remarquer, Mariantonia commence à se plaindre des interrogatoires qu'elle a eu à supporter après le crime :

« Une heure, ils m'ont gardée. Mais qu'est-ce que je dis, une heure ? Je ne sais même pas combien de temps. Mais qu'est-ce qu'ils me veulent ?

– Qu'est-ce qu'ils t'ont demandé ? »

Mariantonia souffle, penche la tête et essaie d'imiter le magistrat qui l'a interrogée :

« Vous avez parlé à Tancredi, ces jours-ci ? Vous lui avez dit qu'il vaut mieux avouer ? Des choses de ce genre.

– Et toi ?

– J'ai dit la vérité : que de toute façon ce que je te dis, tu ne l'écoutes pas pour autant…

– Et eux ?

– Ils disent que tu dois avouer. Ils disent qu'ils ont toutes les preuves. Même ta famille t'accuse, et toi tu le sais. Ils disent qu'à la rigueur ils n'ont même pas besoin d'aveux. Mais ils disent qu'ils le font pour toi, dans ton intérêt… »

Elle a cessé de polémiquer avec les flics. C'est à lui qu'elle s'adresse maintenant. Elle essaie de le convaincre. Mais Tancredi n'a l'intention de se laisser convaincre par personne :

« Aide-toi, le ciel t'aidera. Ils me l'ont dit cinquante fois à moi aussi.

– Et puis ils veulent savoir si tu parles avec moi. Si tu reconnais que c'est toi.

– Et toi qu'est-ce que tu dis ?

– Je dis que ça, je ne peux pas le savoir. De ce qui s'est passé, toi tu ne veux pas en parler. C'est pas vrai ? Je n'y étais pas quand ça s'est passé. Donc, qu'est-ce que j'en sais ? »

Mariantonia croise les jambes, Tancredi la regarde et le temps où il pouvait disposer librement de ces jambes lui paraît bien lointain. Elle se rend peut-être compte de son regret et, pour éviter toute tentation, elle arrange le bord de son manteau en essayant de le tirer sous ses genoux. Lui reste les yeux fixés sur le tissu :

« Tu as bien fait.

– Et puis ils veulent savoir si tu as confiance en moi.

– Pourquoi ? Je ne dois pas avoir confiance ? Toi, qu'est-ce que tu as dit ?

– J'ai dit que vous autres vous n'aviez confiance qu'en vous. »

Tancredi sent que la conversation glisse sur un

terrain délicat et il se met sur la défensive. Il lève les yeux un instant et les détourne :

« Nous autres qui, excuse-moi ?

– Vous autres Ciraulo.

– Pourquoi ? Nous sommes comment, nous les Ciraulo ?

– Comment vous êtes, comment vous êtes… Tu ne le sais pas, comment vous êtes ? Des gens têtus. C'est pas parce que je te dis de faire quelque chose que tu le fais… Des gens têtus. »

Tancredi aurait bien quelque chose à redire à ce propos, mais il laisse tomber. Il change de sujet en lui posant une question qu'en fait il se pose à lui-même :

« Mais excuse-moi, je ne comprends pas : s'ils disent qu'ils ont toutes les preuves, etc., qu'est-ce que ça peut leur faire si je n'avoue pas ?

– Ils disent qu'ils trouvent ça trop stupide que tu ne parles pas. Et donc, ils veulent que ce soit moi qui te parle.

– Et toi, dis-leur que tu m'as parlé. Dis-leur que je suis quelqu'un de têtu et que je ne veux pas t'écouter.

– Je le leur ai dit ! Tu crois que je ne leur ai pas dit ? Mais je leur ai dit aussi que moi je compte pour du beurre. D'abord vient ta mère, puis ta grand-mère et puis, peut-être, peut-être, moi. »

Et voilà, toujours les mêmes discours. Tancredi

se demande s'il existe un endroit où il pourrait se réfugier pour éviter d'être obligé de les entendre :

« C'est bon, c'est bon. Et puis, qu'est-ce qu'ils veulent savoir ?

– Ils veulent savoir si tu te disputais avec ton père. Et moi je leur ai dit ça : ils se disputaient toujours. Après quoi, ils voulaient savoir pour quelle raison. Et moi je leur ai dit que vous vous disputiez pour tout. Vous ne faisiez que vous disputer. »

Mariantonia continue à parler d'une manière qui ne plaît pas à Tancredi. Au ton de sa voix, on comprend qu'elle s'est soumise à l'interrogatoire par amour pour lui, mais que maintenant elle veut se venger sur lui parce que l'amour c'est bien beau, mais elle en a marre aussi de cette situation. On le comprend à sa façon de parler et à la façon dont elle se tait par intervalles, fixant un point en haut à gauche. Puis elle reprend :

« Moi, je les ai quand même fait douter. Eh ! Excuse-moi... Je leur ai dit : mais vous autres, vous êtes tout à fait sûrs que c'est Tancredi qui l'a tué ?

– Eh bien !

– Toi, tu fais ce que tu veux. Mais moi au moins, je les ai fait douter. Si bien qu'ils m'ont aussitôt demandé ce que je voulais dire : pourquoi, ce n'est pas lui ? Sa famille dit que c'est lui, même sa mère dit que c'est lui... Et moi, qu'est-ce que j'ai fait : alors c'est sûr que c'est lui. Moi, les seules choses que je sais c'est ce que vous autres savez. Je ne suis pas flic, moi. Eh ! »

Mariantonia exagère, dans son récit. Tancredi le sait. Mais même sans cette exagération, la substance du discours ne le convainc pas. Il secoue la tête :

« De toute façon, c'est inutile Marianto'...

– Toi, tu dis que c'est inutile... Mais les autres, en attendant, ils se sont foutus en colère. Au moins, je les ai mis en colère.

– Forcément.

– Alors l'autre me dit : je vous le dis, moi qui suis flic à cent pour cent : une des rares choses certaines que nous savons c'est que le coupable est votre fiancé. Si vous savez quelque chose, dites-le. Sinon c'est du temps perdu. »

Là, Mariantonia fait un demi-sourire pour chercher l'approbation de Tancredi. Mais il n'arrive pas à se concentrer. Il n'a pas d'opinion sur le sujet. Alors Mariantonia reprend aussitôt son sérieux et se remet à fixer son coin en haut à gauche. Une courte hésitation et :

« Et puis ils voulaient savoir si je savais pour le pistolet. »

Tancredi se contente de la regarder. Mais comme elle n'ajoute rien d'autre, il demande :

« Quoi, pour le pistolet ?

– Si je savais que tu avais un pistolet. J'ai dit que je ne savais pas.

– Que je n'en avais pas ou que tu ne le savais pas ?

– Que je ne le savais pas. Ils disent qu'ils ne le trouvent pas, ce pistolet. Ils voulaient savoir par moi où tu l'as caché.

– Toi, ne t'occupe pas du pistolet. Laisse-les le chercher eux.

– Ils sont en train de le chercher, à ce qu'il paraît. Mais ils ont l'impression que vous leur cachez quelque chose. Et c'est sûr que ça aggrave ta situation ; même si je ne sais pas comment elle peut être pire. Si tu avoues, amen. L'affaire est terminée et on n'en parle plus. Mais maintenant, les autres veulent trouver ce pistolet, parce qu'ils en ont besoin. Ou sinon, ils pensent qu'il y a quelque chose qui ne colle pas... »

La tirade de Mariantonia reste en suspens, laissant imaginer qui sait quels autres dessous. Mais Tancredi n'est pas d'accord. Il lui semble que les choses sont plutôt simples : comme il n'y a rien à dire, lui a décidé de ne rien dire. Et puis il en a ras-le-bol. Ras-le-bol de toutes ces complications. Ras-le-bol des discours de Mariantonia. Et surtout : encore plus ras-le-bol d'être enfermé là-dedans. Au contraire, il est obligé d'y rester, et même là il doit subir les reproches de sa fiancée, qui revient à l'attaque :

« Mais moi je dis : ou tu te décides et tu avoues ou alors pourquoi te taire ? Dis-leur ce qu'ils veulent savoir et bonsoir. Qu'est-ce que ça peut te foutre ? »

C'est au tour de Tancredi maintenant de regarder en haut à gauche, un point exactement en miroir par rapport à celui de sa petite amie. Mariantonia soupire d'abord, puis elle comprend qu'elle doit changer de sujet, du moins pour le moment :

« Ah ! Ils ont même voulu savoir ce qui s'était passé ce soir-là. Moi, j'ai dit que nous étions allés manger une pizza. Que tu es venu me chercher avec la voiture, que d'abord nous sommes allés manger une pizza et puis que nous sommes allés en discothèque. Exact ?

– Tout à fait exact.

– Cette voiture, ton père te la donnait une fois tous les trente-six du mois, et c'est justement ce soir-là que c'est arrivé. On voit que c'était le destin.

– Ils t'ont demandé ce qui s'était passé ensuite ?

– Moi, je leur ai dit qu'à un certain moment tu en as eu assez de danser. Que nous sommes allés faire un tour du côté de Mondello, mais qu'il y avait trop de monde, trop de voitures, qu'il était deux heures du matin. Et que donc nous avons fait le tour de la place à deux à l'heure et que nous sommes revenus. Ils voulaient savoir si nous nous étions disputés, mais moi j'ai répondu : jamais de la vie. Que tu étais très calme. »

C'était un samedi quelconque. Si quelconque qu'il ne se différenciait d'aucun des samedis précédents.

Si quelconque qu'on se sentait gagné par l'ennui même bien après, rien qu'à l'évoquer. Le moment viendra peut-être où il regrettera de ne plus pouvoir passer un samedi soir de ce genre. Mais ce moment n'est pas encore arrivé. Tancredi aurait envie de bâiller, mais il se retient d'ouvrir la bouche et se contente de décharger sa tension sur ses mandibules, en faisant levier au point de conjonction avec ses oreilles, produisant un grondement qu'il espère être le seul à avoir entendu. Il se laisse distraire, mais il ne devrait pas. Il s'oblige à revenir sur le sujet :

« Et vous avez parlé des dégâts sur la voiture ?

– Mais quels dégâts ? Je leur ai dit. Vous appelez ça des dégâts ? Au moment où on sortait du parking de la discothèque, il a un tout petit peu éraflé le mur, mais à peine. Moi, je l'avais déjà oublié à la fin de la soirée... Puis, ils ont voulu savoir pour le lendemain, où j'étais et si j'étais seule. Et moi : où pouvais-je bien être. Avec mon père et ma mère. Donc, je ne pouvais pas être seule. Ils ont voulu savoir pour le coup de fil que tu m'as passé après que ce soit arrivé. »

Mariantonia essaie de se mordre le coin des lèvres. Opération difficile, surtout sans renoncer à parler :

« Ils trouvaient bizarre qu'après tu te sois mis à téléphoner. Mais bien sûr : qu'est-ce que ça fait, tu ne devais pas me le dire à moi ? Pas vrai ?

– Et sur le coup de fil ?

– Rien : que tu m'as expliqué ce qui s'était passé. Voilà tout. »

Elle minimise les choses, alors que Tancredi tient à connaître les détails de l'interrogatoire mot pour mot.

« Mais précisément ? »

La jeune fille souffle et lui répond comme sur un air de rengaine :

« Que ton père s'était aperçu de l'éraflure, que vous vous étiez disputés, que tu avais tiré et que lui était mort. C'est bon ?

– Alors, à toi je t'ai tout raconté, c'est exact ?

– Tout à fait. Pourquoi ? Ça ne va plus comme ça ? Vous n'êtes pas contents ? Tu es ici à l'Ucciardone : vous n'êtes pas tous contents ? »

Tancredi est de plus en plus contrarié par l'attitude de Mariantonia. Il se demande ce que doivent penser ceux qui écoutent leur conversation, s'il y a vraiment un micro et si quelqu'un les écoute réellement. Il s'efforce d'imaginer qui écoute : une ou deux personnes ? Le Chef directement, ou l'Adjoint ? Ou bien les deux à la fois ? Et les écoutent-ils en ce moment même, en direct, ou bien enregistrent-ils tout pour réécouter calmement ? De toute façon, ce sont des détails. Lui, il a choisi sa ligne de conduite. Elle est inattaquable, c'est comme ça, et ils doivent tous s'y faire :

« Marianto' : moi je ne suis ni content ni mécontent. Ça s'est passé comme ça. C'est tout. Que peut-on y faire ? On ne peut pas revenir en arrière.

– C'est ce que j'ai dit. Désormais, ce qui devait arriver est arrivé. Ils voulaient savoir ce que tu m'avais raconté au téléphone, et ce que je t'avais dit moi, et ce que tu m'avais dit toi… Qu'est-ce que je devais raconter ? Au point où on en était, il n'y avait plus rien à faire. Désormais, ils ont décidé que tu es coupable.

– Eh ! Tu l'as dit toi aussi…

– Non, excuse-moi : moi j'ai dit ce que tu m'avais dit de dire. Mais moi, comment je peux savoir si c'est vrai ou non ? »

Si réellement quelqu'un écoute maintenant ou un autre jour cette conversation, voilà ce qu'il pensera : que leurs propos sont cohérents jusqu'à un certain point seulement, mais qu'au fond ils sont compréhensibles. L'attachement de Mariantonia envers lui n'a rien à voir avec le bon sens. Elle voudrait le défendre contre toute évidence, instiller chez les autres les doutes qu'elle-même a contribué à dissiper. Tancredi est persuadé qu'il en est ainsi.

Mariantonia se détend et baisse les épaules en signe de désolation. Une attitude qui attendrit Tancredi, d'autant plus que le moment de la laisser rentrer chez elle est arrivé. Elle est fatiguée et lui aussi est fatigué :

« Maintenant, va-t'en, il est tard.

– Tu ne veux pas savoir comment a fini l'interrogatoire ?

– Comment a-t-il fini ?

– Ils m'ont renvoyée à la maison en disant : si jamais Tancredi vous dit quelque chose, nous sommes là. De toute façon, plus noir que dans un four, ce n'est pas possible. C'est-à-dire, qu'ils te considèrent comme perdu. Il ne leur manque que les détails de toute l'histoire.

– Bref, finalement tu es partie.

– Je ne suis pas partie. Je me suis levée, j'ai pris mon sac. Mais ensuite, je me suis arrêtée, parce que moi cette histoire ne me plaît pas. Je n'y peux rien : elle ne me plaît pas. »

Tancredi s'était détendu un moment, mais il s'inquiète à nouveau maintenant :

« Et qu'est-ce que tu as fait ?

– Rien, ça n'a été qu'un moment. Puis, je suis vraiment partie.

– Et enfin ?

– Ils m'ont dit qu'ils vérifieraient ce que j'ai dit. Qu'ils vérifient tout.

– C'est pour ça que je ne dis rien, moi. Comme ça, ils n'ont rien à vérifier.

– Et s'ils vérifient ce que j'ai dit moi ?

– Pourquoi ? Tu n'as pas dit la vérité ? Fais-les vérifier et on verra ce qu'ils trouvent. »

Il n'y a pas besoin d'en dire plus. Tancredi regarde partir Mariantonia et il se sent soulagé. Il ne sait pas s'il a envie de la revoir, même s'il ne peut pas s'empêcher de reconnaître la forme de son corps sous son manteau. Manteau noir, comme la Volvo d'où sont venus tous ses problèmes. Il repense à l'éraflure sur le côté de la voiture. Il se demande toujours si en fin de compte il n'aurait pas mieux valu avoir un véritable accident, détruire même le véhicule dans une collision. Au moins, tout aurait pris une dimension plus vraisemblable. Par contre, chose incroyable, s'attarder comme ça sur l'ampleur des dégâts paraît humiliant.

Plus il y pense, plus Tancredi est persuadé qu'il y a sûrement eu un moment où il aurait été possible d'arrêter le destin et de revenir en arrière. Mais plus il en est persuadé et moins il arrive à l'identifier, ce point de non-retour.

En définitive, une fois payées toutes les dettes, il resta moins de la moitié des deux cent vingt millions de l'argent de Serenella. La différence avait été engloutie au cours des trois mois d'attente, sans qu'ils aient pu dire eux-mêmes comment. Une bonne partie était passée dans les poches de Monsieur Pino, mais il y avait sûrement eu une erreur quelque part en amont, car il n'était rien resté, pas le moindre souvenir des dépenses effectuées. Pas un objet, pas un voyage, pas un reçu, pas même de la part de l'avocat. Il y eut plus d'une discussion pour établir à qui revenait la responsabilité de la débâcle financière de la famille, des discussions qui concernaient surtout la belle-mère et la belle-fille. Il ne s'agissait pas de raisonnements à proprement parler, mais d'une série d'allusions et de bribes de phrases que Nicola enregistrait sans intervenir. Généralement, c'était Rosa qui commençait :

« Je le sais moi, je le sais… »

Mais comme souvent Loredana faisait semblant de ne pas comprendre, Rosa répétait :

« Je le sais moi, je le sais… »

Et ce, d'une voix de plus en plus forte, jusqu'à ce que la belle-fille soit obligée de répondre, sous peine de déshonneur :

« Qu'est-ce que tu sais ?

– Rien.

– Rien ? Et alors ? »

Loredana sous-entendait : pourquoi est-ce que tu parles ? Elle ne le précisait pas par respect. Mais Rosa avait très bien compris :

« Je te parlais ?

– Et avec qui est-ce que tu parlais ?

– Je me parlais toute seule. Alors, on ne peut plus parler tout seul dans cette maison ? »

Et Loredana, qui aurait eu une réponse toute prête à lui faire, préféra se taire. La discussion tarissait sans avoir même effleuré le sujet de l'économie familiale, mais avec la commune conviction que celui qui devait comprendre avait quand même bien compris. Toutes les deux étaient autorisées à penser qu'elles étaient chacune, sinon la gagnante morale, du moins supérieure dans l'art de laisser tomber le sujet. Nicola assistait en toute neutralité à ces escarmouches : à ce moment-là déterminer à qui revenait la faute n'avait plus d'importance, mais il ne parvenait pas à s'expliquer la rapidité avec laquelle l'argent avait filé. De temps en temps, il essayait de reprendre toute l'histoire pour voir d'où venait l'erreur. Mais sans résultat. Et il arrivait toujours à la conclusion qu'il valait mieux faire une croix sur la gestion financière passée et se concentrer plutôt sur la future.

Les Ciraulo, après avoir tant attendu, furent pris au dépourvu quand un fonctionnaire téléphona de la préfecture et demanda leurs coordonnées bancaires pour le versement : non seulement ils n'avaient aucune idée de ce que pouvaient être des coordonnées bancaires, mais après des informations rudimentaires, ils durent reconnaître qu'ils ne possédaient même pas de compte en banque, et ce parce que jusque-là ils n'avaient jamais eu assez d'argent à déposer.

Encore une fois, ce fut Giovanni qui les aida, en surmontant un premier élan de mauvaise humeur : il n'avait pas oublié l'agression offensante de Monsieur Pino. Sur le moment, il avait dit :

« Voilà ce qui arrive quand on veut aider les gens. »

Mais ensuite, la joie de voir terminées les tribulations de ses amis prévalut sur toute autre considération et le froid qui s'était installé entre les Ciraulo et les Giacalone depuis quelques semaines se dissipa. Loredana se mit à pleurer et embrassa Federica qu'elle avait vu grandir ces derniers mois comme une copie virtuelle de Serenella. Elle l'embrassa sur le front et trouva le moyen de lui mettre un billet dans la poche en disant :

« C'est ton amie qui est au ciel et qui pense toujours à toi qui te l'envoie. »

Aucune effusion ne fut nécessaire entre les deux chefs de famille. Giovanni présenta Nicola à un de ses amis, directeur de banque, qui l'aida à ouvrir un compte courant. Ç'aurait dû être une période de bonheur absolu, mais peut-être justement à cause de la panique provoquée par leur soudaine aisance, le jour même où l'argent fut disponible mémé Rosa eut une sorte de malaise :

« Je me sens mal. »

Nicola dut l'accompagner à l'hôpital, mais il y avait une longue liste d'attente rien qu'aux Urgences, et Rosa ne pouvait faire état d'une indisposition assez grave pour être examinée en priorité par un médecin. Au contraire : elle était arrivée sur ses deux jambes et d'autres malades qui avaient pris la précaution de se faire amener en ambulance passaient continuellement devant elle et sortaient à toute vitesse de la salle d'attente pour disparaître derrière les vitres dépolies. Chaque fois qu'un autre malade passait devant elle, Rosa disait :

« Et nous, nous sommes là... »

On la fit tellement attendre et tellement enrager que peu à peu elle se sentit mieux, au point de se mettre à vitupérer contre un système sanitaire cruel au point de laisser une vieille femme abandonnée à elle-même. Nicola, en la voyant si contrariée, lui dit :

« Ne fais pas ça, il va t'arriver quelque chose. »

Ce qui les indignait encore plus était le fait que la semaine précédente justement, la Région avait instauré un ticket modérateur à payer pour les visites aux Urgences. Ils le découvrirent sur place, et ce fut la goutte de trop : la délégation Ciraulo, Rosa en tête, quitta l'hôpital en déclarant à qui voulait l'entendre que, grâce à leur nouveau statut économique, ils auraient désormais exclusivement recours aux services de santé privés. Les derniers mots qui résonnèrent dans la salle d'attente furent ceux de Loredana :

« Jamais plus, jamais plus ! »

Et ainsi, ce qui devait être pour la famille Ciraulo une journée spéciale fut gâtée par la rancœur.

Dans l'agitation de ces jours de première richesse, il fallait décider quoi faire de l'argent une fois les dettes réglées. Giovanni les avait prévenus :

« Vous devez en garder le moins possible sur le compte. »

Aussi absurde que cela pouvait paraître, malgré le temps qu'ils avaient eu à leur disposition, les Ciraulo n'avaient encore rien décidé. Au début, il y avait eu de petites discussions qui avaient fait naître quelques divergences et elles avaient suffi à laisser la question entre parenthèses. Nicola avait dit :

« Quand l'argent arrivera, nous en parlerons. »

Plus que de la prudence, c'était aussi une manière de conjurer le mauvais sort. Malgré tout, au fil des mois, chaque membre de la famille, dans le secret de sa propre conscience, avait fait des projets.

Une fois passées les urgences qui avaient suivi l'encaissement, un conseil général de famille fut convoqué le premier lundi soir possible. Ce qui avait présidé au choix du jour était le fait que tous considéraient sans intérêt les programmes TV du lundi.

Ils commencèrent par observer cinq secondes de silence à la mémoire de Serenella, au nom de laquelle avait lieu en principe cette rencontre, et pour rappeler aussi les mois de privations qu'ils venaient de traverser. Puis, Nicola ouvrit la séance :

« Qu'allons-nous faire de cet argent ? »

Rosa prit la parole en premier :

« Moi, si c'est moi qui dois décider, ce que je voudrais plutôt c'est un endroit où nous pourrions reposer un jour aussi bien moi que mon mari. »

Sur le moment, les autres membres de la famille comprirent mal et pensèrent que la proposition était d'acheter une maison de campagne, mais les détails donnés par la suite montrèrent bien que Rosa faisait allusion à l'achat d'une tombe ou d'une case au cimetière. Après un instant d'étonnement, on trouva l'idée de mauvais augure, qui plus est dans le contexte actuel et qui plus est venant d'une personne comme Rosa qui s'intéressait beaucoup à ces choses-là. Fonzio, qu'elle avait englobé dans sa perspective de repos éternel, s'en sortit par quelques formules de conjuration qui provoquèrent l'hilarité nerveuse des autres. La proposition fut abandonnée et Rosa s'enferma dans un silence dépité d'une dizaine de minutes.

Le même Fonzio en profita pour donner une nouvelle : le bar Testaverde, rue Torremuzza, était en vente. Il fit une pause pour voir l'effet que sa communication avait produit sur les présents. Puis déçu, il précisa :

« Nous pouvons l'acheter tel qu'il est et l'arranger un tout petit peu. »

L'aile pragmatique de la famille, incarnée par Nicola, objecta :

« Mais combien ça nous coûtera ?

– Qu'est-ce que j'en sais ? Deux cents, trois cents millions.

– Et nous autres, où on les prend ces trois cents millions ?

– On ne les a pas ?

– Mais jamais de la vie ! »

L'objection découragea Fonzio qui, cherchant un moyen de résoudre le problème, se tint à l'écart de la suite de la discussion. Il n'écouta donc pas la proposition de Loredana qui désirait une nouvelle maison, un nouveau quartier, une vie nouvelle :

« Ici, il y a trop de souvenirs. Bien trop. Tu sais

peut-être où je veux aller ? Rue Strasburgo. Comme ça, à la place de ces vieux volets, nous mettrons de belles persiennes avec des stores qui sont plus pratiques. »

La maison où habitaient les Ciraulo était effectivement dans un état préoccupant. La proposition de Loredana n'avait rien d'insensé, et le silence lourd de réflexion qui suivit parut un instant être le prélude à une adhésion de la famille à l'idée d'un nouvel appartement. L'éventualité d'un investissement de ce genre fut pourtant saisie au vol par Nicola qui attaqua sa femme en niant l'évidence :

« Qu'est-ce qu'elle a cette maison ? Elle ne te plaît pas ? Et même si on est en location, qu'est-ce que ça fait ?

– Ça fait que tous les mois il y a de l'argent qui sort. Et puis comme ça tu laisseras au moins quelque chose à ton fils. »

Cette fois, ce fut Nicola qui vit un mauvais présage dans cette hypothèse. Il croisa les doigts en conséquence, mais en cachette de sa mère, en se tournant, parce qu'il avait honte. Sa femme aussi fit semblant de ne pas voir :

« Eh ! En attendant, si tu ne l'achètes pas maintenant, tu ne l'achèteras plus, la maison. Il nous faut une maison. Sinon, qu'est-ce qu'on a fait dans la vie, si on n'a même pas acheté sa maison ?

– Moi, la maison je m'en fous complètement. Ce ne sont pas des choses importantes.

– Et quoi, alors ? »

Nicola ne dit rien. Il avait une idée, mais il ne voulait pas la griller en la dévoilant trop vite. La seule chose qu'il tint à préciser fut :

« Si vraiment je dois mourir, à mon fils, je lui laisse ce que je dis moi.

– Mais enfin qu'est-ce que tu veux faire avec tout cet argent ?

– Ce que je dois faire, ce que je dois faire. Ne t'inquiète pas. Deuxièmement : ce n'est pas avec les cent millions qui nous sont restés que nous pouvons nous acheter une maison. Tu sais combien coûte une maison aujourd'hui ? Et ce n'est pas non plus avec le prix des locations de maintenant que nous pouvons aller habiter rue Strasburgo, hein ! »

Loredana ne put rien objecter aux arguments de son mari, mais elle avait un rêve de repli tout prêt :

« Si ce n'est pas la maison, au moins alors la cuisine. Tous les meubles sont vieux, ils s'en vont en petits morceaux. J'aimerais à la place une cuisine avec tout ce qu'il faut : un four à micro-ondes, un robot multifonctions et tout. »

Mais son mari était sceptique à l'idée de dépenser de l'argent pour quelque chose dont il ne comprenait pas l'essence :

« À quoi ressemble ce robot ?

– Une sorte de mixeur, mais très beau.

– Celui que tu as et le four que tu as ne te suffisent pas ?

– Un micro-ondes, on n'en a pas. »

Il ressortit du débat que les meubles de la cuisine étaient vieux, oui, mais qu'ils pouvaient encore tenir. Pour en éprouver la solidité, Nicola flanqua deux coups de poing sur la table et les placards : une démonstration devant laquelle Loredana, craignant la casse, préféra se résigner. Tout l'appartement pouvait encore tenir le coup, et eux à l'intérieur, étant donné qu'ils y avaient vécu jusque-là. Pour Nicola, ce n'étaient pas les choses essentielles de la vie. Mais s'il ne s'agissait que d'un four et d'un mixeur, on pouvait bien les acheter, ça ne devait pas être une bien grande dépense. Il exprima son absence de contrariété par un haussement d'épaules. Alors ce fut la belle-mère qui s'y opposa :

« Moi, ces choses-là, je ne sais pas m'en servir.

– Mais ce n'est pas difficile !

– Moi, je ne suis pas quelqu'un qui utilise ces micro-ondes et ces machins-là. Moi, je me trouve très bien avec le four qu'on a. »

En réalité, Rosa n'avait pas voix au chapitre parce qu'elle avait renoncé à faire la cuisine depuis longtemps, laissant toute responsabilité à sa belle-fille. Elle se contentait de superviser, conservant un contrôle théorique sur la cuisine que Loredana acceptait comme elle acceptait toutes les adversités de la vie. Qu'elle suive ensuite les suggestions de sa belle-mère était une autre affaire, car elle restait toujours dans le vague, ce qui lui permettait, en définitive, de faire ce qu'elle voulait. Quoi qu'il en soit, par son opposition à l'achat d'une nouvelle cuisine, Rosa voulait faire payer à sa belle-fille son manque de soutien à sa précédente motion funéraire. On le comprit à une boutade lancée tout à fait à contretemps, à froid, dans le seul but de faire mal :

« Éventuellement, une place pour cette pauvre petite serait peut-être plus utile qu'un autre four. »

C'était une estocade qui frappait Loredana dans son cœur de mère : Serenella reposait sans même une vraie pierre tombale, dans une niche mortuaire provisoire qui, les années passant, menaçait de devenir définitive. Loredana se troubla et, à partir de ce moment-là, sa contribution au débat fut semblable à celle de Fonzio, c'est-à-dire nulle. Il ne resta que la mère et le fils pour se disputer, étant donné que Tancredi, consulté par amour de la démocratie, n'avança que son désir d'une PlayStation.

Une fois définies les exigences mineures, Nicola et sa mère s'affrontèrent sur le point décisif : que faire du gros de la somme. Ils étaient d'accord sur l'idée que laisser l'argent à la banque aurait été du gaspillage. Ils furent d'accord aussi pour écarter un investissement invisible, du genre fonds de placement ou actions. Une possibilité que Giovanni avait aussi proposée. Non : il fallait quelque chose de concret. C'était l'occasion d'améliorer leur qualité de vie et ils ne devaient pas la laisser échapper. Les positions étaient bien claires maintenant : c'était à Nicola de sortir à découvert. Sa mère alla droit au but et lui demanda :

« Et quoi donc à la fin ? »

Mis au pied du mur, Nicola hésita un instant, mais il retrouva aussitôt sa détermination et décida de révéler enfin son rêve en la regardant dans les yeux :

« Une voiture, histoire de dire quelque chose.

– Une voiture ? Une voiture… »

Rosa mit quelques secondes à comprendre le nouveau sujet de discussion. Pourquoi le projet d'une voiture sortait maintenant et avec tant de solennité ? Elle décida d'être prudente :

« C'est bon : je sais que la nôtre est toute déglinguée. Mais avec tout cet argent tu ne peux pas t'acheter qu'une auto. Et avec le reste, qu'est-ce que tu veux faire ? »

Nicola savait qu'une stratégie d'information graduelle aurait été préférable, mais le moment était venu de jouer le tout pour le tout :

« La voiture dont je parle, oui. »

Sa mère comprit et ne dit rien, scandalisée. Les autres restèrent interdits. Ce fut Loredana qui retrouva sa voix la première, même si elle était tremblante :

« Une voiture de cent millions ?

– Peut-être pas cent non, mais presque cent oui. »

Nicola croyait ainsi avoir fait une concession à l'inquiétude de la famille. Sa mère essaya de se lever du divan dans l'intention d'aller s'enfermer dans sa chambre en signe de dissidence, mais elle retomba sur les coussins et renonça à se lever car toutes ses forces étaient concentrées dans sa révolte contre la proposition de son fils :

« Mais qui ? Mais quand ? Et nous autres, qu'est-ce qu'on fait après ? Nous allons y habiter, dans cette voiture ? Et quelle auto vas-tu acheter pour qu'elle coûte si cher ? »

Et voilà le moment où l'auto entra, nominalement du moins, dans la vie des Ciraulo. Nicola ne releva que la dernière question et prit son souffle en espérant que sa famille accueillerait avec une juste déférence l'annonce qu'il faisait :

« Une Volvo. »

Tancredi fut le seul qui ne fut pas ahuri et qui eut un sourire d'approbation. Les autres ne trouvèrent pas là de quoi sourire. Loredana dit :

« Mais des miséreux comme nous, qu'est-ce qu'on en fait d'une Volvo ? Avec tout ce dont on a besoin…

– Un four à micro-ondes, on en a besoin ? »

Pour faire front à l'ennemi commun, Rosa préféra encore s'allier à sa belle-fille :

« Maintenant on s'achète une Volvo, tsst…

– Mais une tombe, on en a vraiment besoin ! C'est justement parce que nous sommes des miséreux qu'il nous faut une voiture : pour que tout le monde comprenne que maintenant nous sommes riches ! »

Même son père estima qu'il devait intervenir :

« Mais Nicola essaie de réfléchir…

– Qu'y a-t-il à réfléchir ? S'acheter un misérable bar à trois cents millions ? Et qui va y travailler après ? Moi, naturellement ? Qui est-ce qui travaille ici ? Moi, naturellement. Madame veut ceci, monsieur veut cela. Il me semble qu'on est vraiment en train de perdre la tête ici. »

Après cette tirade, il alla dans sa chambre et en revint avec une série de dépliants à la main qui firent comprendre que sa détermination à cet achat avait des racines lointaines : tandis que la famille se battait avec les dettes et avec Monsieur Pino, Nicola avait trouvé le temps d'aller chez un concessionnaire Volvo pour se renseigner sur les prix et les conditions de paiement. Il avait carrément prévu une campagne de persuasion : il en avait pris cinq, un dépliant pour chaque membre de la famille. Il les distribua tandis qu'il énumérait les avantages du dernier modèle :

« Un ABS ! Un Common Rail ! Un lecteur CD ! Un GPS ! »

Mémé Rosa tenait le dépliant dans ses mains comme si c'était un rat mort trouvé sur le divan et qu'elle essayait de découvrir comment il était arrivé là, qui l'y avait mis :

« Mais qui ? Mais qui est ce Common Rail ? Qu'est-ce que c'est que ce GPS ? »

Nicola avait tout prévu, y compris la patience nécessaire pour expliquer les détails à chaque membre de la famille :

« Il marche comme ça : tu lui dis où tu veux aller et l'auto te dit de tourner ici et de tourner là.

– La voiture parle ?

– Eh ! Elle te dit même combien de kilomètres il te reste, combien tu en as fait. Tout ça.

– Oh là là ! »

Rosa semblait neutralisée pour le moment par cette information. Nicola se tourna alors vers sa femme. Une des obsessions de Loredana, et non des plus récentes, était d'être destinée à mourir dans un accident de la route. Elle le sentait, c'était une prémonition. Chaque fois qu'on effleurait le sujet publiquement, chaque fois que quelqu'un avait un accident, ou même si l'on parlait seulement d'automobiles, elle éprouvait le besoin de faire part de sa certitude : elle mourrait dans un accident. Et c'est précisément sur la sécurité que misa Nicola :

« Tu sais combien d'airbags il y a dans cette voiture ? »

Loredana ne savait même pas de quoi on était en train de parler. À son silence, Nicola répondit :

« Douze airbags. Douze. Trois par passager. Au-dessus, au-dessous, devant et derrière. »

Tancredi vint au secours de son père et expliqua à l'aile infidèle de la famille :

« C'est une sorte de coussin qui sort en cas d'accident. »

Nicola lui mit la main sur l'épaule : pour une fois il reconnaissait son fils. Ils avaient été trop souvent de chaque côté de la barricade, mais à présent ils se battaient côte à côte et – peut-être, peut-être – allaient-ils gagner. Rosa risqua une dernière sortie, mais il était clair qu'il s'agissait d'une réaction désormais désespérée :

« Je continue à penser que c'est une connerie. »

À cette trivialité, Nicola répondit par une envolée lyrique, en montrant une image sur le dépliant :

« Vous devez l'imaginer noire. Elle est très belle, noire. »

Mais ensuite, pour montrer qu'il était ouvert aux exigences des autres, il ajouta :

« Mais grise aussi elle est belle. Si vous voulez, nous pouvons l'acheter grise. »

Il n'y eut pas de nouvelles objections. Si, au début, l'idée avait semblé hasardeuse, peu à peu les dépliants et le charisme de Nicola étaient en train de conquérir même les plus sceptiques. En l'espace d'une demi-heure, l'idée de posséder une Volvo était entrée dans l'imagination de tous. La motion était considérée comme approuvée.

Ils se rendirent chez le concessionnaire le lendemain même car Nicola savait qu'allait se terminer une promotion, grâce à laquelle ils économiseraient le prix de l'autoradio. Nicola, Fonzio et Tancredi y allèrent seuls, parce que c'était une affaire d'hommes et aussi parce que Nicola avait honte de se présenter accompagné de toute sa famille. Avant de sortir le grand-père demanda :

« Nous y allons comment ? Avec la Ritmo ? »

Nicola lui répondit presque en riant :

« La Ritmo, tu parles ! Laisse tomber la Ritmo ! »

Ce n'était pas loin, ils y allèrent à pied. Ils espéraient revenir directement avec la voiture neuve. Les femmes, elles, restèrent à la maison, dans l'expectative, se demandant si la couleur jaunasse de la cuisine où elles attendaient s'éclaircirait à la lumière réfléchie par l'auto qui allait entrer dans leur vie. De temps en temps, chacune à son tour, elles se mettaient à la fenêtre pour voir si les hommes arrivaient. Plusieurs heures de croissante appréhension passèrent ; à un certain moment, Loredana et Rosa n'y tinrent plus et elles descendirent les attendre dans la rue. Ce détail prouva définitivement que la voiture neuve était devenue un objet de désir pour toute la famille.

Mais, malheureusement, inexplicablement, les

trois hommes revinrent à pied. Nicola dit seulement :

« Laissez-moi tranquille. »

Il alla ensuite s'isoler devant un programme télé consacré à une série de cas humains particulièrement répugnants, pour lesquels jusque-là il n'avait jamais manifesté d'intérêt. Ce fut Tancredi qui expliqua, puisque le grand-père alla lui aussi donner libre cours à son amertume dans un coin de la maison.

« Nous avons donné une avance, mais la voiture arrivera dans un mois. »

La patience des Ciraulo avait atteint une telle limite que trente jours semblaient une éternité. Les femmes, qui pourtant avaient été apparemment les plus froides à l'idée de dépenser tout cet argent pour une auto, s'associèrent à la désillusion familiale. Loredana prépara un repas léger : des pâtes au four qui, en signe d'affliction, ne furent suivies d'aucun deuxième plat. Le repas fut consommé en silence, avec le poids d'une nouvelle attente qui marquerait un autre moment de leur existence. Après avoir tant attendu l'argent de Serenella, ce dernier renvoi contribua à les agacer définitivement. Jour après jour, Loredana, ou Rosa, ou Fonzio, ou Tancredi demandaient à Nicola :

« Il y a du nouveau ? »

Et on comprenait aussitôt à quoi ils faisaient allusion. Nicola joua son rôle avec la conscience d'un bon père de famille, mais en essayant de garder face au concessionnaire une attitude maîtrisée. Il téléphona la première fois au bout de quinze jours, pour savoir :

« Tout va bien ? »

Le cordial professionnalisme du vendeur lui répondit :

« Très bien : la commande a été passée, maintenant nous attendons. Nous avions dit un mois…

– Oui oui, c'était pour savoir si jamais il y avait du retard.

– Non, si nous avons dit un mois, c'est que c'est un mois. Avant oui, après non. »

Les jours suivants, tous les espoirs des Ciraulo s'accrochèrent à cette dernière phrase. Nicola l'avait rapportée au conseil de famille, laissant chacun l'interpréter selon sa propre sensibilité, et chacun voulut la lire de la façon la plus optimiste possible. Loredana parla pour tout le monde :

« Espérons qu'ils nous feront vite une belle surprise. »

Fort de telles promesses, Nicola se retint pendant dix autres jours, résistant aux pressions qui lui venaient même de sa mère :

« Téléphone, téléphone ! »

Après l'énième instigation, il appela en présence de toute la famille, sous prétexte de demander quels étaient les papiers nécessaires pour l'immatriculation, démarche d'une extrême simplicité en fait. Tant qu'il y était, il demanda :

« Du nouveau ?

– Elle devrait arriver d'un jour à l'autre. Quand elle sera là, nous vous appellerons sans faute. »

Tant de formalisme contrastait avec la passion dont brûlait Nicola et tous les Ciraulo. En le voyant raccrocher, Loredana l'interrogea aussitôt :

« Qu'est-ce qu'il a dit ? Qu'est-ce qu'il a dit ?

– Il dit qu'il nous appellera.

– Donc rien ?

– Rien encore. »

Cinq autres jours passèrent. À l'échéance exacte, Nicola appela de nouveau, et perdit toute maîtrise de soi à la première petite contrariété. Il suffit pour le déchaîner que le vendeur dise :

« Je crois que non. Attendez que je voie...

– Vous aviez dit un mois ! Aujourd'hui, quel jour sommes-nous ? Ça ne fait pas un mois ? Et ma voiture, où est-elle ? »

Malgré toute la courtoisie qui le distinguait, le vendeur n'était pas préparé à affronter une furie de ce genre. Il dit :

« Je vous rappelle dans un moment. »

Et il mit fin à la communication. Nicola attendit juste le temps de comprendre qu'il ne rappellerait pas et refit le numéro direct, qui sonna occupé. Puis, il bombarda le standard en menaçant d'aller personnellement rayer avec un poinçon les portières de toutes ces autos inutiles qu'ils exposaient. Toutes sauf une, de n'importe quel modèle et de n'importe quelle couleur, qu'il préserverait uniquement pour monter dedans et l'emporter, en défonçant la baie vitrée du concessionnaire. Pour une fois, son impétuosité fut approuvée par sa femme et sa mère qui, alors qu'il parlait encore au téléphone, lui exprimèrent leur solidarité :

« Oh !

– Bravo Nicola. »

Il raccrocha rageusement. Il avait déjà son manteau sur lui, enrichissant mentalement le massacre de l'établissement d'autres détails effrayants, quand le téléphone sonna. C'était le vendeur. La voiture était justement arrivée ce matin, à l'échéance promise, et ils pouvaient venir la prendre quand ils voulaient. Nicola se concéda quelques secondes avant d'exulter :

« Mais comment : avant elle n'y était pas et maintenant elle y est ? »

La réponse du vendeur fut :

« La secrétaire ne m'avait pas encore apporté la liste des arrivées de ce matin. »

Comme Nicola s'était mis dans la tête de se faire justice lui-même, il fut presque déçu ; mais il sortit de l'expérience renforcé dans ses convictions : se montrer en colère suffit déjà à aplanir les obstacles et, en définitive, à prendre un avantage sur le reste du monde. En reposant le récepteur, il regarda sa mère et annonça à la famille ce que la famille avait déjà compris :

« Elle est arrivée. »

Cette fois-ci, il refusa la compagnie des autres hommes de la maison. Ils lui demandèrent pourquoi, mais il ne voulut donner aucune explication : il préférait. Il alla tout seul prendre possession de la nouvelle voiture, l'air beaucoup plus désinvolte par rapport à la précédente timidité que lui avaient inspiré jusque-là ses visites au garage Volvo. À ce moment-là, il était un pauvre diable, alors qu'à présent il pouvait afficher la conscience de celui qui a su faire valoir ses droits et qui vient réclamer ce qui lui appartient.

En l'absence du vendeur auquel il avait eu affaire jusque-là, et qui avait dû partir pour des raisons personnelles, les formalités à expédier furent étonnamment rapides. Nicola s'attendait à de plus grandes complications pour parvenir à entrer en possession d'une merveille comme sa Volvo noire. Il lui suffit en fait de signer quelques documents. Même les instructions du garagiste se limitèrent à l'essentiel : au bout de combien de kilomètres faire la première révision, là il y a l'autoradio, ici le GPS, là un compartiment à boissons automatiquement réfrigéré, là le petit levier pour modifier l'assise de conduite, essuie-glace arrière, phares, codes, antibrouillards, feux de position. On lui remit formellement la clé en double exemplaire, et ce fut tout.

Nicola se douta que sa crise de nerfs au téléphone n'était pas étrangère à toute cette hâte.

Durant sa visite au garage, il avait senti une certaine nervosité à fleur de peau. Elle ne se calma qu'une fois dehors. Le volant dans les mains, il fut envahi par une sensation de calme vigilant. Ensemble, lui et sa voiture, ils n'avaient rien à craindre, ils étaient quelque chose de supérieur et de terrible. Il conduisit avec la nette impression que les autres automobilistes s'écartaient sur son passage. Et s'ils ne s'étaient pas écartés, s'ils l'avaient touché dans un moment de distraction ? Nicola se refusa à prendre cette hypothèse en considération. Mais toute la charge de colère accumulée et réprimée à l'égard du vendeur était encore prête à exploser : si c'était arrivé, s'ils avaient seulement effleuré la carrosserie de sa Volvo, il aurait été capable de tuer. Pour une telle chose, il aurait même pu tuer un homme.

À l'intérieur de l'habitacle, les sons extérieurs arrivaient ouatés. Le changement de vitesse passait sans effort. Nicola ne se rendait même pas compte s'il était en troisième, en quatrième ou carrément en cinquième. Il essaya de comprendre mais il abandonna vite, considérant que la voiture semblait se charger d'elle-même d'avancer au mieux. Pendant un moment, il pensa même attacher sa ceinture de sécurité, mais il voulait se sentir libre de ses mouvements, sans contraintes. La direction assistée si docile ne faisait que lui confirmer à quel point les choses deviendraient plus faciles pour lui à partir de ce jour-là. La Volvo lui ouvrait les portes d'une nouvelle existence pleine de possibilités.

Il n'y avait pas beaucoup de circulation. Il conduisit jusqu'à la rue Tamburinai et se gara en double file devant la porte d'entrée. Il y avait bien une belle place une dizaine de mètres plus loin, mais pour le moment Nicola voulait mettre en relation sa maison et le noir éclatant de sa Volvo ; pour que personne, dans les environs, ne puisse penser que cette voiture appartenait à quelqu'un d'autre. Les voisins se mirent à la fenêtre, puis descendirent dans la rue. Aussitôt une foule de curieux se forma :

« Oh là là !

– Et qu'est-ce que c'est ?

– La nouvelle voiture !

– Trop belle !

– Toi, tu te l'es achetée ? »

Parmi tous les fidèles qui vinrent adorer le miracle de la Volvo, quatre eurent même l'honneur de monter dedans : Rosa, Fonzio, Loredana et Tancredi. Nicola regarda sa mère à côté de lui, puis il se retourna pour faire de même avec son père, sa femme et son fils. Il sourit, tourna la clé de contact et mit le moteur en marche pour se diriger vers la nouvelle vie qui les attendait.

Quand il s'agit de sortir pour l'heure de la promenade, Tancredi est toujours le dernier. Et il est le dernier à rentrer. En quelques jours, il semble s'être fait la réputation de quelqu'un qui se donne des airs à l'intérieur de la communauté carcérale. Lui-même ne saurait dire s'il est effectivement comme ça. Ils ont peut-être raison de croire qu'il ne veut pas se mêler aux autres. Pas un moment il n'a pensé être leur égal, avoir commis un crime comparable aux leurs. Ils le dégoûtent un peu, à vrai dire. C'est ce qui lui fait prendre ses distances, ainsi que la crainte qu'il puisse lui arriver quelque chose au milieu du groupe. Il a entendu dire des choses terribles sur ce qu'ils font aux pédophiles, et pire encore à ceux qui vont en prison pour avoir tué un enfant. Mais il ignore s'ils font aussi payer celui qui a tué son propre père. Même s'il a du mal à s'en convaincre, il doit se rappeler ce qu'il est aux yeux des autres, et aussi aux yeux des détenus qui le dégoûtent tant : un parricide.

Lorsqu'il croise par hasard le regard d'un des durs, d'un des chefs de la prison, dans cette fraction de seconde, Tancredi s'efforce d'y lire une pensée qui le concerne, un jugement, que ce soit une absolution ou une condamnation. Mais il lui est difficile d'interpréter la lumière qu'il distingue dans leurs yeux. En réalité, au fil des jours, il lui a semblé remarquer qu'une sorte de bulle se formait autour de lui. Ce n'est pas du respect, et ce n'est pas non plus quelque chose de négatif. Difficile de définir de quoi il s'agit, mais il a l'impression que les autres ont pris acte de sa différence. Il n'est tout simplement pas l'un d'eux. Peut-être que tout s'explique justement par le crime qu'il a commis : il est celui qui a tiré sur son propre père. Il n'existe pas à son égard de forme communautaire de désapprobation parce que la chose est inconcevable pour une mentalité ordinaire. Pourtant lui se sent comme ça, là au milieu : inconcevable. Et, à cause de ça justement, la perception de ce que les autres pensent de lui reste incertaine, sans confirmation. Personne ou presque ne lui adresse la parole. Et puis, on ne sait jamais, la prison reste un monde mystérieux. D'un moment à l'autre, la neutralité pourrait se transformer en une croix à porter. Bref, les peurs sont multiples.

Et néanmoins, malgré le temps limité dont il dispose, Tancredi ne manque jamais de sortir de cellule pour se distraire. Il dit :

« Il faut couper, coupons la journée. »

Quand tout le monde est dans la cour, il reste toujours un peu à l'écart. D'habitude, il se tient le dos contre le mur, à la fois pour s'appuyer, pour prendre une attitude désinvolte et pour ne pas se laisser surprendre par-derrière. Mieux vaut être sur ses gardes, même si les autres détenus semblent se foutre pas mal de lui. Le Slave lui-même, le seul avec qui s'est instauré un rapport de confiance minimum, se tient éloigné dès qu'il sort de cellule. Il est compréhensible qu'il ne veuille pas toujours être collé à lui, et qu'il profite au contraire de toutes les occasions pour l'éviter et bavarder avec d'autres, au moins pour essayer de se distraire. Tancredi pense aussi la même chose : dans la cour il n'a pas envie d'être avec son compagnon de cellule. Sauf que, à part lui, il ne connaît ni ne veut connaître personne.

Aujourd'hui, il est allé se mettre dans son coin préféré, pour se protéger de dos, mais aussi de côté. Il glisse ses mains dans ses poches et reste ainsi. Quelques minutes s'écoulent, le temps de se demander s'il ne devrait pas changer d'appui, passer de la jambe droite à la jambe gauche. Et puis, soudain, il se produit quelque chose de différent des autres jours : le Slave vient se mettre à côté de lui, tout près. Son codétenu adopte lui aussi la position dos au mur. Il est plus petit que lui, si bien que Tancredi peut voir le sommet de son crâne, avec ses cheveux rasés. Il a une cigarette aux lèvres. Il ne se met pas vraiment collé à lui, mais enfin assez près pour faire comprendre qu'il se trouve là pour lui. Tancredi ne sait pas comment interpréter la chose. La seule précaution qu'il peut encore prendre est de hausser un peu plus les épaules et d'attendre que le Slave fasse les premiers pas. Et en effet, c'est l'autre qui lui offre une cigarette. Le Slave sait bien qu'il ne fume pas et sa proposition peut donc seulement être interprétée comme un geste d'amitié. Tancredi refuse, mais il reprend confiance. S'il avait eu des intentions hostiles, il aurait choisi une autre approche. Ils restent ainsi, immobiles, observant une partie de foot avec un ballon dégonflé qu'un groupe de détenus improvise dans la cour. En l'absence de réactions de sa part, c'est le Slave qui finit par aborder le sujet qui lui tient à cœur :

« Tu le sais que moi aussi… »

Le ton est confidentiel. Tancredi est surpris et même alarmé. Il regarde autour de lui pour être sûr que c'est bien à lui qu'il s'adresse. Ce qui est sûr, c'est qu'il ne sait pas de quoi parle son voisin de mur :

« Quoi ?

– Je dis : moi aussi, pareil. »

Le Slave se rend peut-être compte qu'il est trop énigmatique et il explique :

« Moi aussi, j'ai tué quelqu'un. »

Tancredi ne trouve pas que ce soit une chose

extraordinaire. Et il n'imaginait pas que cela puisse constituer une occasion de solidarité humaine. Il ne sait sincèrement pas quoi lui répondre :

« Ah !

– Mais à coups de couteau. »

La surprise de Tancredi se transforme vite en répulsion. Cette personne est un étranger. Lui n'a rien à voir avec quelqu'un qui a tué un de ses semblables à coups de couteau. Il trouve atroce de tuer à coups de couteau, abstraction faite de la raison pour laquelle on tue. Tancredi ne voudrait même pas avoir à l'écouter. Mais le Slave est dans un bon jour, il veut parler :

« Mais tu sais quoi ? Si je revenais en arrière, je le referais. »

Franchement, Tancredi ne s'attendait pas à ça. Non pas à la révélation que le Slave est en train de lui faire, mais à son attitude précisément. En cellule, il joue au silencieux et à présent il sort toutes ces confidences. Il croit avoir compris une chose au cours de ces derniers jours passés presque sans parler : quand on n'a rien à dire, le mieux est de se taire. Faute de collaboration de sa part, le Slave continue seul :

« Toi, tu l'as regretté ? »

Tancredi ne veut pas répondre. Il ne s'attendait pas non plus à être mis en cause si directement. L'ouverture de son compagnon de cellule l'oblige néanmoins à un minimum de courtoisie, et il se sent donc en devoir de dire la première chose qui lui vient à l'esprit :

« Je ne sais pas. »

C'est une réponse peu compromettante, qui le met à l'abri des prochains développements de la conversation. Pendant un moment en effet, le Slave n'insiste pas, et il tire sur sa cigarette en regardant la partie. La rencontre a lieu sans règles, avec des équipes improvisées et tous les joueurs qui se pressent pour taper dans la balle. En l'absence de bagarres entre les adversaires, le jeu de ballon n'est pas un grand spectacle en prison, et Tancredi en profite pour observer son compagnon. Il porte une chemise en laine à carreaux et il a réussi à faire entrer dans la poche de sa chemise quelque chose qui ressemble à un sandwich enveloppé dans une serviette en papier. Le Slave voit que Tancredi le regarde, qu'il regarde le sandwich, alors il le sort et retire le papier pour le lui tendre :

« Tu en veux ? »

Il le lui a mis juste devant la bouche. C'est un sandwich à l'huile et au fromage *Primosale*. Tancredi l'a si près du visage qu'il arrive à voir les petits bouts d'origan sur le bord. Le sandwich a l'air bon, mais il est effrayé à l'idée d'accepter de la nourriture d'un étranger. Un homme qui maintenant se découvre et qui a tué quelqu'un à coups de couteau, par-dessus le marché. Mais le Slave insiste :

« Goûte. Sans façons. C'est avec l'huile que m'a laissée celui qui était avant toi en cellule. Goûte. »

Le pain a l'air d'avoir souffert d'être resté enveloppé dans du papier, dans la poche trop petite de la chemise. Mais à l'origine, il devait être bon. C'est un petit pain. Tancredi aime les petits pains. Il trouve qu'ils sont meilleurs préparés avec de l'huile, du sel et de l'origan. Et le *Primosale* lui donne un attrait supplémentaire. La tentation du sandwich est forte, mais il se méfie. Et puis, il est tôt pour manger :

« Je n'ai pas envie. J'ai encore l'estomac noué.

– Allez, allez ! »

Le sandwich se trouve maintenant à quelques centimètres de sa bouche. Il se résigne et mord. Il est bon. Un peu trop mou, comme les petits pains qui restent un certain temps dans du papier. Mais l'huile est vraiment très bonne. Il n'en doutait pas. Pourtant, il vient de comprendre qu'il y avait de quoi avoir peur en acceptant de mordre dans le sandwich : maintenant il y a un lien entre eux. Le Slave observe ses réactions pendant qu'il mâche :

« Il est comment ? Il est comment ? »

Tancredi espère s'en tirer par un grognement :

« Mmmh. »

Mais ça ne suffit pas au Slave, qui demande un supplément d'opinion :

« Il est comment, hein ? »

Tancredi se sent en devoir d'expliciter le sens de son grognement :

« Bon ! »

Le Slave continue à l'admirer un moment en train de déguster le sandwich. Tancredi essaie de le lui rendre, mais il lui fait signe qu'il n'a pas l'intention de le reprendre :

« Mange, mange. »

Le Slave est content. Tancredi mange, conscient que le Slave se considère satisfait d'avoir forcé sa réserve. Maintenant, on peut dire qu'ils sont amis. Et donc, la discussion peut reprendre avant même que Tancredi ait fini le sandwich :

« Et toi, avec un pistolet. »

Son crime est un sujet dont ils ont déjà parlé, et sur lequel Tancredi souhaiterait ne pas revenir. Ce qu'il voulait dire, il le lui a déjà dit. Mais désormais ils sont amis, il est en train de manger son sandwich, et il ne peut plus se dérober :

« Oui, avec un pistolet.

– Je l'ai lu dans le journal.

– Laisse tomber les journaux.

– Ils disent pourtant qu'on ne l'a pas trouvé, le pistolet… »

Tancredi se demande en quoi le pistolet regarde le Slave. Ce ne sont pas ses affaires. Cet intérêt lui semble suspect. Tancredi sait qu'il y a des espions, en prison. Pas vraiment des flics ; des gens payés pour te faire parler et puis aller tout raconter aux flics. Le Slave pourrait très bien être un espion. Il décide donc de se méfier de lui. Le fait d'avoir la bouche pleine lui facilite les choses, même s'il n'est pas question qu'il mange le sandwich en entier. Il s'en tient aux généralités :

« Non, ils ne l'ont pas trouvé.

– Mais où est-ce qu'ils l'ont cherché ? Ils ont fait des perquisitions ?

– Faites et refaites. »

Tancredi résiste, il mâche le sandwich, il ne dit rien de plus que l'essentiel. Le Slave parle pour lui, comme s'il essayait de trouver une solution à l'énigme :

« Pas de pistolet. Ils ne l'ont pas trouvé dans la maison. »

Le Slave laisse passer quelques secondes pendant lesquelles il réfléchit. Et il poursuit son raisonnement :

« Mais comme tu as tiré et que lui est mort, il doit bien y avoir un pistolet quelque part. »

Il veut peut-être jouer au détective, mais aucune aide ne lui viendra de Tancredi qui, entre-temps, a décidé de terminer le sandwich. Évidemment, son compagnon de cellule se rend compte de son attitude, car il continue sans attente de confirmation :

« … Mais selon moi, ce n'est pas qu'ils ne le trouvent pas : c'est toi qui ne veux pas qu'ils le trouvent. Peut-être – qu'est-ce que j'en sais ? – que le pistolet avait servi pour un autre petit crime et toi, tu ne veux pas qu'ils le découvrent. C'est ça ? »

Tancredi a fini le sandwich. Une fois fini, finie l'amitié. Il est prêt à voir jusqu'où le Slave voudra aller, mais toujours sans s'avancer :

« Tout est possible.

– Est-ce que par hasard le père et la fille n'auraient pas été tués par le même pistolet ?

– Je n'en ai aucune idée. »

Ni oui, ni non. Il s'amuse à jouer avec les hypothèses sans en retenir aucune. Le Slave est obligé de subir et il s'efforce de cacher sa frustration :

« En fin de compte, les flics n'ont ni confession ni pistolet. Mais puisque toute ta famille leur a dit que c'est toi… »

Tancredi est sûr maintenant que le Slave est un espion. Trop intéressé à des choses qui ne le regardent pas. Le mieux est de ne pas répondre. Le signal du retour en cellule vient à son secours, et là il sera plus facile de laisser tomber le sujet. Le Slave aussi se rend peut-être compte qu'il est allé trop loin. Puisque le temps a expiré, il ne peut que se rendre. Mais il ne résiste pas à lui lancer une dernière provocation :

« Je peux quand même te demander une chose ? Qu'est-ce qu'il t'avait fait ton père ? »

À part l'auto et d'autres détails, la vie des Ciraulo ne changea pas de façon radicale après avoir touché l'argent de Serenella. Il y eut des améliorations, ça oui. Tous eurent leurs satisfactions personnelles, même si elles étaient petites. On acheta une grande armoire à glace qui ne coûta pas cher ; Loredana l'avait dénichée dans la liquidation d'une fabrique de meubles qui la vendait presque à prix coûtant. Du même magasin étaient arrivées deux chaises pour la cuisine, dans un style rustique presque western qui avait plu à mémé Rosa. Nicola lui avait proposé de troquer l'idée d'une sépulture familiale contre la possibilité de choisir le modèle des chaises dont Loredana éprouvait le besoin, et la grand-mère avait accepté.

Quand il s'agit de donner un petit quelque chose à Fonzio, en excluant le bar qui avait été son premier choix, il fut décidé à sa demande de lui donner une somme en espèces qu'il puisse dépenser comme il l'entendait, sans avoir à en rendre compte à personne. Il en fut ainsi : Fonzio encaissa l'argent et nul ne sut jamais ce qu'il en fit. Nicola, satisfait de sa Volvo, ne demanda rien d'autre pour lui. Il se contenta de profiter de la légère élévation de leur niveau de vie les mois suivants, ce qui eut pour effet de lui faire perdre l'envie de travailler. Même les batailles quotidiennes du travail précaire passèrent. Ses vieux camarades venaient le chercher, lui téléphonaient, l'invitaient aux défilés et aux manifestations. Ils lui disaient :

« Allez, viens, nous allons casser deux ou trois trucs. »

Mais Nicola déclinait l'invitation. Il disait :

« Je suis fatigué. Je n'ai pas envie. »

Une fois seulement, il fut tenté d'accepter et il finit par y aller, après bien des hésitations. Il avait aimé, sur le papier, l'idée qu'avaient eue les Travailleurs socialement utiles pour diversifier la manifestation : après avoir obligé un entrepreneur de pompes funèbres à leur louer un cercueil à un prix de solidarité syndicale, ils avaient écrit dessus le nom du maire et avaient défilé ainsi dans la rue Ruggiero Settimo. Nicola s'était beaucoup amusé à cette idée, mais beaucoup moins à l'épreuve des faits. La gaieté de ses amis le mettait à l'écart, lui rendant pénible chaque pas qu'il faisait en suivant le faux cortège funèbre. Il était sombre. Cette manifestation qu'il aurait trouvée très drôle en d'autres temps, l'attristait au contraire, cette fois-ci.

Giovanni, en le voyant dans cet état, s'approcha de lui et lui donna une grande claque dans le dos :

« Nicola, qu'est-ce qu'il y a ?

– Rien, rien. »

Le cercueil, qui était même décoré d'affiches et de caricatures du maire, lui évoquait des pensées de mort. Ou peut-être était-ce le souvenir des jours passés à camper devant la préfecture, quand il était le protagoniste absolu : maintenant une manifestation collective, où il n'était qu'un parmi d'autres, ne parvenait pas à l'impliquer émotionnellement. Il se sentait trop vieux pour ce genre de choses. Quand les manifestants se défoulèrent avec le rite des poubelles renversées, Nicola profita de la confusion pour se détacher du groupe sans saluer personne et rentrer chez lui.

Après être devenu presque riche, il présenta à l'ex-entreprise municipale de protection de l'environnement, où il était employé à ce moment-là, un certificat médical où l'on parlait d'hernie discale et de quinze jours d'arrêt. Le certificat fut renouvelé pour deux autres semaines, puis pour un mois et encore un autre. À la fin, il fut lui-même persuadé que la maladie était authentique. Il sentait vraiment un élancement intermittent au côté qui l'aida à transformer l'idée du travail en une extravagance digne d'être évoquée avec des amis et parents comme on le fait avec des souvenirs en péril. Parfois, à table, il lui arrivait de dire :

« Quand j'étais à l'AMIA je me rappelle que je devais me mettre en uniforme. »

Il le disait en riant attristé, comme d'une contrainte qu'il avait dû subir, même brièvement et uniquement parce que les circonstances l'y obligeaient. Qu'on essaye aujourd'hui de lui faire porter un uniforme ! Il renonça même à un appel concernant une proposition d'emploi stable, faite la veille d'un tour d'élection particulièrement délicat. C'était une sorte d'acte de régularisation générale : ceux qui avaient une ancienneté de travailleurs temporaires supérieure à deux ans pouvaient demander à être embauchés directement par la ville. Loredana insista parce qu'un poste de titulaire est toujours un poste de titulaire, mais lui décida que ça ne lui convenait pas ; et tout compte fait très peu de précaires profitèrent de l'occasion, pour des raisons qui firent l'objet d'une analyse sociologique attentive et d'un débat dans les journaux qui dura deux jours.

En pratique, dans les derniers mois de sa vie, Nicola ne garda que son travail à la Cala, qui consistait en de longues attentes passées à bavarder et à pêcher, pêcher et bavarder. On amenait de temps en temps au vieux port des bateaux désarmés, destinés au rebut. Son travail se résumait à les mettre à la ferraille. C'était une mise à la ferraille officieuse, que les propriétaires des bateaux toléraient parce que ça ne leur coûtait rien et qu'ils économisaient le prix de la mise à la ferraille officielle. De toute façon, Nicola se procurait ensuite un papier qui attestait la destruction effective et on ne pouvait pas dire que c'était faux : le bateau disparaissait réellement. Grâce à lui et au petit peuple de gens comme lui, les bateaux cessaient simplement d'exister.

Il s'agissait d'une centaine de personnes venant surtout des quartiers situés derrière le port. Parmi elles, trois ou quatre étaient considérées comme des chefs, chacun avec son équipe, formellement censés se faire une concurrence loyale, mais en fait armés d'une implacable rivalité. C'était une économie de première nécessité, fondée sur le pillage et l'abus de pouvoir. Les chefs ne pouvaient converser amicalement que pendant les temps morts, et leurs discussions tournaient autour de trois sujets : les femmes, la bouffe et le ballon. Ou bien, le travail. Ils évoquaient les démolitions d'autrefois :

« Tu t'le rappelles celui-là ?

– Aah ! Trop beau ! Ça, c'étaient de vrais bateaux…

– Il est arrivé ici avec des matelas tout neufs, des lavabos, des robinets et tout… très beau…

– Maintenant, qu'est-ce qui nous arrive ? Un bateau de pêche de temps en temps, et plus rien à prendre, même pas l'ancre. »

Discours nostalgiques, récriminations, grommellements entre collègues même de factions opposées distrayaient les ferrailleurs sans pour autant qu'ils négligent la seule obligation de ce travail : veiller à ce qu'au moins un représentant soit au poste de vigie au moment où une nouvelle embarcation à démolir faisait son entrée à la Cala. Alors, le chef ou un de ses délégués se dépêchait d'appeler les membres de son propre clan, plus d'autres affiliés de deuxième plan qui étaient convoqués en cas de prise particulièrement riche :

« Viens, viens.

– Mais du travail, il y en a ?

– Viens, viens ! »

Alors, les démolisseurs de premier et éventuellement de deuxième niveau se précipitaient au vieux port, abandonnant leur activité du moment. La rapidité était fondamentale. Si on ne réagissait pas assez vite, on risquait de perdre les précieuses premières minutes où on retirait les parties en bois et la technologie rescapée du bateau. C'était le matériel qui se vendait le mieux, et le laisser échapper revenait à rendre presque inutile le reste du dépouillement. En l'espace d'une heure, tout au plus, la carcasse pullulait de gens qui la démontaient pièce par pièce. C'étaient des fourmis ouvrières qui savaient où mettre les mains en priorité, et les jours suivants on pouvait se consacrer calmement aux panneaux métalliques des flancs du bateau, qui demandaient du temps et qui étaient difficiles à transporter. Ceux-là aussi, on pouvait les vendre comme de la vieille ferraille. Au bout de quelques jours, le bateau était complètement dépouillé, réduit à un simple squelette qui allait à son tour être dispersé les semaines suivantes, scié peu à peu pour tuer le temps dans l'attente d'un autre bateau. Ce qu'on ne pouvait ou ne voulait pas emporter était coulé pour laisser la place à l'embarcation suivante qui subirait le même traitement.

Ce qui disparaissait tout de suite aussi c'étaient les cloches, les poignées en cuivre, les pièces de vaisselle, des choses qu'on pouvait vendre aux antiquaires. Nicola les connaissait tous. Son imposante carrure en intimidait plus d'un, et il ne lui était donc pas difficile d'obtenir les meilleurs prix. Pendant la négociation dans le magasin, il lui suffisait de prendre un objet en cristal parmi ceux qui étaient exposés et de se montrer mécontent de l'offre faite. Dès cet instant, l'antiquaire devenait beaucoup plus docile. Pour rester maître de la situation, Nicola avait mis au point une technique qui consistait à se fâcher tout juste avant de se mettre vraiment en colère, et garder ainsi le contrôle de sa colère. Ce n'était pas un véritable emportement, mais il n'était pas feint non plus et, à froid, il n'était pas difficile à produire. Une fois obtenu le prix qu'il voulait, il posait l'objet qu'il tenait en otage, encaissait l'argent et saluait.

Pour cette raison aussi, Nicola était considéré comme un chef puissant et respecté ; le butin à partager avec lui était plus important, et entrer dans son groupe était l'ambition de tous les jeunes ferrailleurs. Mais ce n'était pas facile. Il avait pour règle de ne se fier qu'à lui-même, à ses parents de sexe masculin, à Giovanni et à quelques rares amis. Il avait essayé d'engager aussi son neveu Masino. Masino gagnait sa vie comme racketteur sous-traitant. La zone qui lui revenait s'étendait à un peu plus d'un pâté de maisons, mais les commerçants le payaient ponctuellement, et sa vie, à vingt ans seulement, s'engageait sur des bases assez solides. Aussi, son neveu lui avait parfois ri au nez en découvrant combien il gagnerait en travaillant à la Cala :

« Mais tu sais combien je me fais, moi, sans être obligé de me crever comme toi ? Sans rien faire, tu sais combien je palpe tous les mois ? »

Quand il le lui dit, le chiffre parut objectivement significatif, surtout par rapport au travail de Nicola en période de pillage. Le métier de ferrailleur était un métier difficile et trop aléatoire. En tout cas, Nicola renonça depuis à l'idée d'enrôler Masino parmi les siens.

Si au moins son fils avait été aussi bon. Tancredi ne possédait pas les qualités nécessaires pour le travail de Masino, ni pour tout autre travail, y compris celui de ferrailleur. Quand l'alarme était déclenchée, quand tout le monde sprintait en direction de la Cala, Tancredi disparaissait. Dans ces cas-là, il était même possible de joindre Fonzio, mais pas Tancredi. Il se contentait d'opposer une résistance passive ; il restait introuvable, ou bien il tardait à venir, ou bien quand il arrivait, il se laissait aller à une mélancolie qui le rendait impropre aux exigences de ces moments frénétiques. Nicola l'exhortait :

« Tancredi ! Réveille-toi ! »

Il lui mettait dans les mains un gouvernail à transporter, mais Tancredi restait immobile, les yeux dans le vague, au milieu du va-et-vient de ces fourmis affolées qu'étaient les autres membres de sa famille en lutte contre les ferrailleurs rivaux. Au bout d'un moment, Nicola repassait par là et le trouvait encore l'air ahuri. Alors, il se chargeait du gouvernail, mettant à la place dans les mains de son fils quelque chose de plus léger, une clé anglaise ou une pince, que Tancredi se mettait à regarder fixement comme un objet mystérieux.

Malgré la prospérité économique à laquelle il avait accédé récemment, Nicola avait voulu conserver son rôle de chef ferrailleur essentiellement dans l'espoir de le laisser ensuite en héritage à Tancredi. Il se rendait compte qu'il fallait penser à l'avenir de la famille. Bien qu'il ait dépassé la quarantaine depuis peu, les soucis qu'il avait eus dernièrement l'avaient affaibli. Il se sentait mûr pour une vie de travailleur à la retraite. C'était à d'autres, à Tancredi surtout, que revenait maintenant le devoir de se battre, de travailler et de gagner sa vie.

Mais son fils n'était pas tout à fait prêt à prendre sa succession. Les autres membres du clan se gardaient bien de le dire à Nicola, imaginant ses réactions, mais Tancredi était manifestement inapte à ce rôle. Et même s'il ne l'aurait jamais admis devant d'autres personnes, Nicola le comprenait très bien. Un jour, deux mois avant de mourir, il l'appela pour un entretien qui dès le début eut un air solennel. Ils se trouvaient sur le môle de la Cala.

« Tancre' : nous avons à parler tous les deux.

– Je suis là.

– Nous avons à parler, parce que nous avons à parler. On ne peut pas continuer comme ça. Je suis vieux maintenant.

– Mais qu'est-ce que tu dis ? Mais jamais de la vie ! »

Nicola secoua la tête et lui fit signe de le laisser finir :

« Si, je suis vieux. L'histoire de Serenella, les problèmes avec le préfet, tout ça m'a fatigué.

– Pour le moment. Mais ça passera.

– Ça ne me passera pas, Tancre', ça ne me passera pas. Je le sais que ça ne me passera pas. »

Il fit une pause, puis le fixant dans les yeux il ajouta :

« Toi, tu es mon fils. »

Et il se tut, comme si cette constatation n'avait pas besoin de commentaires. Tancredi l'observait avec un regard où se mêlaient ingénuité et indolence.

Nicola eut envie de le secouer, mais se retenant de le faire physiquement, il essaya de le secouer verbalement :

« Trop de soucis, trop de choses, ces derniers temps. Je sens une chose là. »

« Là » était une zone comprise entre le cœur et l'estomac que Nicola frappa de son poing fermé :

« Une sensation de pesanteur, là.

– Mais tu es jeune ! »

Nicola secoua encore la tête : non seulement on n'y pouvait rien, mais ce n'était pas non plus le point central de la discussion :

« Supposons que je meure : toi, qu'est-ce que tu fais ? Ta mère, qu'est-ce qu'elle fait ? Ta grand-mère, la pauvre femme, qu'est-ce qu'elle fait ? Qui la fait vivre ? Je n'ai pas de retraite moi ; et vous ne toucherez pas de pension à ma mort : vous ne toucherez rien. Qu'est-ce que tu en penses, qu'est-ce qui te reviendra ?

– Il ne me reviendra rien ?

– Non, il ne te reviendra rien ! À personne, il ne reviendra rien. Et c'est donc pour ça… »

Tancredi avait cessé de le regarder, préférant de loin fixer l'horizon. Nicola s'en aperçut et ne put le supporter :

« Tu dois m'écouter quand je te parle, quand même ! »

Il lui prit le menton et tourna sa tête de son côté avec moins de violence qu'il aurait voulu :

« Tu dois être prêt.
– À quoi ?
– À me succéder.
– Hein ?
– À me succéder dans ce travail. »

Tancredi s'était maintenant résigné à le regarder, mais avec une expression d'étonnement, comme si son père s'était mis soudain à parler dans une langue inconnue. Nicola reprit en parlant plus généralement :

« Toi, que veux-tu faire quand tu seras grand ?
– Heu… ?
– Heu, heu… Mais on ne va pas loin avec ça. Bientôt, tu auras vingt et un ans. Moi, à vingt et un ans, tu sais que j'avais un fils. Quand j'avais vingt et un ans, tu étais déjà né. Je travaillais, j'entretenais la famille, je faisais… »

Il laissa sa phrase en suspens, car même lui n'aurait su dire quel métier il faisait quand il était jeune, comment il arrivait à nourrir femme et enfant. Et néanmoins, là était la question :

« D'une façon ou d'une autre, j'arrivais à faire vivre la famille. »

Tancredi prit l'expression la plus intéressée possible. Encouragé, Nicola se hâta de conclure :

« Tancre' : tu dois commencer à te remuer ! Ton papa ne va pas vivre éternellement ! Il ne vivra pas et ne pourra pas te faire vivre éternellement ! Regarde ton cousin : il n'a plus son père pour l'entretenir. Il se débrouille tout seul. Il a un an de moins que toi et déjà, avec le travail qu'il a trouvé, s'il veut, il peut se marier et tout. »

Entendre nommer son cousin poussa définitivement Tancredi à s'enfermer dans son monde. Il avait trop souvent entendu cette comparaison avec Masino, et il ne voulait plus l'entendre. Quoi que fasse Masino, sa famille venait aussitôt le lui raconter, le laissant en tirer les conclusions comme pour lui dire : toi, en revanche… Il ne se sentait pas à la hauteur, à côté de lui. Entendre citer son cousin en exemple poussait Tancredi à se résigner encore plus à son propre destin de médiocrité. Il ne réagissait pas. Cette fois-là aussi, comme toujours quand on le mettait au pied du mur, Tancredi s'enfermait dans le silence. C'était comme s'il lui manquait une connexion entre les problèmes qui angoissaient son père, qui pouvaient aussi le toucher, et les solutions qu'il était en mesure de lui offrir. Était-il sûr que toutes ces attentes le concernaient lui ? Il écouta son père lui lancer un dernier appel :

« Tu comprends ce que je te dis ? »

Il ne le comprenait pas. Il n'était pas capable de le comprendre. Ces discours lui glissaient dessus. Ils le touchaient, oui, ils l'ennuyaient, mais ils n'étaient pas à même de l'imprégner. S'efforçant d'être le plus expressif possible, Tancredi dit :

« Papa : c'est pas mon truc. »

Ce qui autorisa Nicola à reprendre sa harangue avec fougue :

« Et si c'est pas ton truc, alors trouve-toi autre chose. Maintenant, à la mairie, il y a ces contrats de stagiaires. On peut essayer de t'en obtenir un. Qu'est-ce que tu en dis, hein ? Je connais quelqu'un à la mairie, je peux lui parler… »

Il se laissait déjà emporter par son imagination, voyant d'abord des scénarios de recommandation, puis de travail temporaire et de régularisation qui sait quand, et si c'était vraiment intéressant. Tancredi pouvait peut-être, comme lui, trouver un emploi temporaire qui n'arrive jamais à échéance – tant de contrats d'un an étaient renouvelés automatiquement. Et il s'assurerait ainsi une bonne petite vie sans trop de contraintes d'horaire ni de présence sur le lieu de travail. Dans cette fuite vers le futur, Tancredi en était resté au point de départ :

« Mais on n'attend pas après moi, tu parles…

– Toi, tu ne dois pas t'inquiéter de ça. C'est moi qui m'en occupe. L'important pour toi, c'est de te remuer. »

Nicola entendait « se remuer » dans un sens métaphorique, mais Tancredi, physiquement aussi, restait immobile, et distant. Il s'était remis à fixer l'horizon attendant la fin du sermon, résigné à devoir l'écouter. Nicola comprit qu'il perdait son temps. Il ramassa un caillou et le lança dans la mer le plus loin possible, juste en direction du point que son fils s'entêtait à scruter. Il savait qu'il ne réussirait pas à l'atteindre, mais au moins ça lui permettait de se défouler.

Chacun partit de son côté ; le père découragé de n'avoir pas réussi à entamer la cuirasse d'indifférence de son fils et le fils barricadé derrière la cuirasse de sa propre indifférence. Il n'y avait plus rien à dire. Ils rentrèrent chez eux à dix mètres de distance, Nicola devant et Tancredi derrière, s'appliquant à ne pas trop raccourcir l'espace qui le mettait à l'abri d'autres discours, ou pire.

Arrivé chez lui, Nicola, qui était un homme avare de mots, après avoir tant parlé, s'enferma dans un mutisme presque absolu à l'égard de Tancredi. Quand il avait quelque chose à lui dire, il le faisait par l'intermédiaire de sa femme :

« Loredana : dis à ton fils qu'il faut aller payer l'électricité. »

Les files d'attente à la poste pour les factures étaient devenues la seule véritable occupation de Tancredi, qui affrontait cette tâche à contrecœur et toujours en retard. Dans ce cas-là, ensuite, toute hésitation était un motif d'impatience de la part de Nicola. Il laissa passer une minute et répéta :

« Eh ! Dis à ton fils que l'échéance a expiré. Il faut qu'on nous coupe la lumière, pour qu'il se décide à aller payer ? »

Pour éviter d'autres discussions, Tancredi finit par y aller, mais en faisant sentir son sacrifice, ce qui irrita encore plus son père. Dès que son fils fut sorti en traînant derrière lui le poids de la facture à payer, Nicola alla s'asseoir sur une chaise et souleva sa chemise :

« Loreda', j'ai le dos qui me démange. »

Loredana cessa de nettoyer la cuisine pour venir le gratter. C'était une chose que Nicola aimait énormément. Il lançait des exclamations de plaisir :

« Aah, ououh, c'est bien ! Là ! Plus bas... Plus haut... À gauche... »

Quand elle atteignit un point particulièrement sensible, il cessa de donner des indications et revint au sujet qui lui tenait le plus à cœur :

« Mais qu'est-ce que j'ai fait pour avoir un fils aussi feignant ? »

Derrière lui, il entendit la voix de la résignation :

« Qu'est-ce qu'on y peut, nous autres ? Il est jeune.

– Jeune ! Jeune ! Ce n'est pas parce qu'il est jeune qu'il peut mener cette vie-là ! Et qu'il peut nous la faire mener à nous autres. »

Loredana essayait de gratter de son mieux le dos immense de son mari, mais elle était distraite. Elle n'arrivait pas à parler et à gratter en même temps, et donc au bout d'un moment Nicola commença à se plaindre :

« Pas là, plus à droite... De l'autre côté... Plus fort, plus fort ! Quoi, tu t'es coupé les ongles ? On dirait les mains d'une morte ! Serenella y arrivait bien, elle : je m'en souviens, avec sa petite main… elle comprenait tout de suite où il fallait gratter. »

Il se laissa aller à un moment de langueur à la pensée de sa fille et de ses petits ongles perspicaces, mais il réagit aussitôt pour revenir à un présent fait uniquement de déceptions, de fils incapables et de femmes sans ongles :

« Ce petit me fait devenir fou ! Complètement fou !

– Tu es trop… »

Loredana secoua la tête, comme si les mots ne suffisaient pas à définir la sévérité de son mari. Nicola n'en revenait pas d'avoir trouvé quelqu'un qui prenne le parti de son fils de façon explicite, sans élever un mur de silence comme Tancredi le faisait habituellement. Elle, elle lui répondait, elle était un interlocuteur pour sa colère. Avec elle, il était libre de s'emporter :

« Mais tu es sûre que c'est mon fils ? Moi, je trouve qu'il ne me ressemble en rien. »

Nicola parlait naturellement par paradoxe, sa paternité ne faisant aucun doute. Pourtant, Loredana cessa de gratter afin de pouvoir mieux se défendre de l'accusation implicite dans le paradoxe :

« Mais comment peux-tu me dire une chose pareille ? À moi qui suis toujours là à nettoyer la maison et à élever notre fils ?

– Et tu l'élèves bien ! Mais vraiment bien ! On voit que tu l'as élevé comme il faut !

– Eh ! qu'est-ce que tu racontes ? Il ne s'entend pas avec toi, mais avec moi oui. Avec moi, il s'entend bien.

– Et bien sûr : toi, il te fait marcher sur la tête ! Mais me faire marcher sur la tête, moi, personne n'en est capable ! Ni toi, ni ton fils ! »

Cela dit, après avoir quand même eu dix minutes de gratte-dos, Nicola rabaissa sa chemise :

« Ça suffit comme ça, de toute façon gratter c'est pas ton truc. »

Le sentant en train de s'exciter, et sachant ce que comportait généralement l'excitation de son mari, Loredana laissa tomber la discussion, se contentant de retourner dans sa cuisine pour donner encore un coup d'éponge à un évier déjà plus que brillant. Rosa intervint en revanche. Elle était restée jusque-là dans sa chambre, mais à en juger par la pertinence de son intervention, elle n'avait pas perdu un mot de la conversation. Elle sortit au moment pile de cette première pause dans la querelle :

« Pour être étrange, le petit, il est étrange. »

En l'entendant, Loredana jeta l'éponge dans l'évier, revint dans le séjour et reprit de l'assurance :

« Quoi étrange ? Mon fils, pourquoi étrange ? Il me semble tout à fait normal à moi, mon fils. »

Après avoir prononcé un jugement, Rosa n'était pas habituée à en faire connaître les motivations. Elle s'enferma dans un silence énigmatique. Loredana, au contraire, continua à exprimer son désaccord :

« Vous êtes trop sur son dos, à ce petit, vous ne le laissez pas respirer. Il est jeune ! Il a vingt ans ! Laissez-le tranquille, le pauvre. »

Juste au moment où elle prononça ce mot, Tancredi franchit le seuil de la maison, agitant la quittance et plongeant tout le monde dans l'embarras. Ils firent semblant de parler d'autre chose, tandis qu'il annonçait :

« Là, il y a la facture payée. »

Cette phrase synthétisait le monde de queues et d'employés des postes impolis qu'il avait dû affronter. Son père et sa grand-mère n'ouvrirent pas la bouche ; le premier, fidèle à son vœu de ne pas lui adresser la parole, la seconde, par solidarité avec son propre fils. Seule Loredana manifesta son affection en prenant la quittance des mains de Tancredi pour l'examiner comme s'il s'agissait de son premier livret scolaire :

« Vous avez vu ? Il l'a payée. Il suffit de lui demander gentiment les choses, et on obtient tout par la gentillesse. Absolument tout. Tu as vu ? Bravo Tancredi, tu mérites une récompense. »

Cela dit, elle coupa une tranche de pain, l'imbiba d'huile, ajouta du sel et de l'origan :

« Là, tiens. Le pain à l'huile comme tu l'aimes. »

Vu l'heure matinale, Tancredi n'avait pas très faim. Il tenta de résister, mais sa mère insista jusqu'à ce qu'il ne pût faire autrement que d'accepter.

« C'est bon ? C'est bon ? Tu aimes ? Tu aimes ? »

Devant cette scène, Nicola se mit une main sur les yeux. Et Rosa aussi, qui pourtant se sentait mère à cent pour cent, eut un mouvement de désapprobation :

« Tsst, tsst… »

Ce fut alors que Nicola prononça les mots qu'a posteriori on aurait pu lire comme une prémonition :

« Il me fera mourir, ce gosse. »

On l'a renvoyé chez lui. Ça ne lui semble pas vrai, mais c'est vrai : du jour au lendemain, on l'a renvoyé chez lui. S'il avait su que c'était si facile, il l'aurait fait plus tôt, mais peut-être qu'avant on ne pouvait pas. Bref : il a avoué. Il a reconnu avoir tué son père. Au fond, ils le savaient déjà, eux, il ne leur manquait que certains détails, le pistolet, et précisément : ses aveux. Il a tout reconnu, comme le lui avait conseillé l'avocat, et ils ont tenu parole, au bout de quelques jours ils l'ont laissé rentrer chez lui. Assigné à résidence. C'est bien comme ça, car Tancredi n'a aucune envie de sortir de chez lui. Il est si heureux d'avoir échappé à la prison qu'il ne demande rien d'autre à la vie. Il lui suffit d'avoir tourné le dos aux bavardages du Slave, aux promenades inutiles dans la cour, à la peur d'enfreindre ou d'avoir déjà enfreint inconsciemment une règle non écrite. Si en ce moment on lui demandait de signer une résidence surveillée à vie, il signerait certainement.

Du peu qu'il a réussi à comprendre, toujours sur la base de ce que lui a expliqué l'avocat, il n'y a pas de risque qu'il puisse tuer quelqu'un d'autre, et donc il pourra rester chez lui jusqu'à la fin du procès, étant bien entendu qu'il doit se considérer comme étant à la disposition de la justice. S'il ne respecte pas ses engagements, on le ramène à l'Ucciardone. Mais lui n'a aucune raison de ne pas les respecter maintenant. Il est chez lui, où tout le monde l'aime.

Pour fêter son retour en famille, sa mère a préparé des pâtes au four. Elle le prend par la main et le conduit à la cuisine pour lui montrer ce qu'elle a fait, mais c'est sa grand-mère qui explique :

« On te les a faites sans sauce, comme tu les aimes. Une belle surprise. Tu es content ? »

Tancredi est très content. Il voudrait seulement que sa mère lâche sa main qu'elle continue à serrer pour l'obliger à contempler le plat de pâtes au four qui fume sur la table. Les pâtes au four sont belles, bonnes rien qu'à les regarder, mais il y a des petits pois. Il les voit à l'œil nu :

« Merci, merci. Mais vous avez mis des petits pois. »

Sa mère lâche enfin sa main. Elle a besoin de sa propre main pour la porter à sa bouche :

« Ouh ! J'ai oublié que tu n'aimais pas les petits pois...

– Ça ne fait rien. »

Les petits pois ne sont vraiment pas importants. Il ne les aimait pas quand il était petit, mais à présent son aversion n'est plus un problème. Néanmoins, c'est mémé Rosa qui intervient à ce moment-là :

« Mais comment ? Tu les as faites avec les petits pois ? Mais tu ne sais pas qu'il n'en mange pas avec les petits pois ? Tsst…

– T'inquiète pas. J'enlèverai les petits pois, s'il le faut. »

Mémé Rosa secoue la tête pour stigmatiser encore l'erreur de sa belle-fille, qui a déjà reconnu qu'elle s'est trompée et qui essaie de changer de sujet :

« De toute façon, ce qui est fait est fait. Et toi, mon fils, en attendant, l'important c'est que tu sois de nouveau là. Comment vas-tu ? Comment vas-tu ? Tout va bien ?

– Tout va bien. »

Mémé Rosa aussi, par amour pour Tancredi, est disposée à passer sur le problème des petits pois. Mais elle croit avoir peut-être senti un brin de mélancolie dans la voix de son petit-fils, car elle change de registre :

« Tu dois prendre courage, Tancre'. Force et courage, tout passe de toute façon. »

Sa mère est d'accord, elle met un bras autour de ses épaules et tourne la tête de l'autre côté pour ne pas montrer qu'une larme lui a échappé. Elle passe pourtant le dos de sa main sous son nez, faisant un bruit reconnaissable, et Tancredi s'en aperçoit quand même. Sa grand-mère en revanche tient bon et l'invite à en faire autant :

« Tancre', un tout petit peu de patience. Nous, ce que nous pouvons faire, nous le faisons. »

Il est ému par les prévenances de ses proches, mais il se sent vraiment très bien. Il est heureux d'être rentré chez lui. Il ne sait pas quoi espérer de plus, étant donné la situation. Mais il ne veut pas contredire sa famille. Il écarte les bras et les laisse retomber. Un geste désolé saisi par sa mère qui a hâte de le mettre au courant des derniers développements pour essayer de lui remonter le moral :

« Tu sais ce qu'a fait ton grand-père aujourd'hui ? Hein ? Il l'a apporté.

– Hein ?

– Tu es content ? Viens ici, assieds-toi. »

Il s'assied. Elles le font asseoir à table à sa place habituelle. C'est bien de retrouver sa propre chaise, et aussi la même disposition de ses proches tout autour. Les places sont restées les mêmes, à ce qu'il semble. Même celle de son père en bout de table est la même, et elle reste vide. Tancredi est content qu'elles le laissent s'asseoir, mais il ne comprend pas de quoi parle sa mère. Il se sent étourdi par toutes les attentions dont il est l'objet. Sa mère insiste :

« Tu es content ?

– Qu'est-ce qu'il a apporté ? Et à qui ? »

C'est sa mère qui dévoile le secret :

« Le pistolet. »

Et aussitôt mémé Rosa explique :

« Il l'a apporté à la police ce matin. Tu es content ? »

Franchement, Tancredi n'a pas d'opinion sur le sujet. La raison pour laquelle le pistolet est aussi important lui échappe. Et aussi pourquoi il était important que les flics ne le trouvent pas avant, et pourquoi il est si important qu'il ait réapparu maintenant. Et donc, il ne s'avance pas trop :

« Enfin : au moins ça.

– Un petit pas à la fois. En attendant, le pistolet, nous l'avons donné.

– Et les autres comment ont-ils réagi ?

– Fonzio, Tancredi veut savoir comment ils ont réagi. Pourquoi tu ne nous le dis pas ? »

Pépé Fonzio a sûrement été obligé de raconter l'histoire une ou deux fois, et il n'a pas l'air d'avoir envie de recommencer une troisième. Il est déjà inquiet d'être mis en cause et il essaie de s'en tirer avec un minimum d'informations :

« Rien : j'y suis allé et je le leur ai donné. »

Mémé Rosa s'impatiente. Elle est assise à table et attend d'être servie, tandis que Fonzio reste debout, les mains sur le dos de la chaise, méfiant. Elle lui fait signe de s'asseoir :

« Mais c'est comme ça que tu le racontes ? Raconte-le-nous vraiment bien. »

Pépé Fonzio se résigne à s'asseoir près d'elle. Il déplace sa chaise et l'arrange au-dessous de lui jusqu'à ce qu'il trouve une position satisfaisante. Il est sur le point d'ouvrir la bouche pour commencer, mais il est devancé par sa femme qui estime devoir faire un bref prologue :

« Avant tout, nous l'avons mis dans une boîte à chaussures, et nous avons enveloppé la boîte dans du papier journal. Après quoi, nous la lui avons donnée parce que c'est lui l'homme de la maison, n'est-ce pas ? Et ensuite ? »

Elle donne une petite tape sur l'épaule de son mari pour l'inciter à poursuivre :

« Après quoi, je l'ai prise et je suis parti. On m'a fait attendre dans une pièce, et je suis resté là, avec cette boîte sur les genoux, jusqu'à ce que quelqu'un vienne, celui qui était venu aussi ici à la maison… »

Ce qui intéresse Tancredi, c'est de savoir exactement de qui il parle. Il l'arrête pour demander :

« Le Chef ?

– Le Chef non, l'autre. Le Chef est venu après, mais il n'a rien dit, au début.

– Et…

– L'autre m'a demandé ce que je voulais, et moi silence : j'ai pris la boîte et je la lui ai donnée. Il voulait savoir ce que c'était. Et moi : on m'a dit que vous cherchiez le pistolet et je vous l'ai apporté.

Mais il ne l'a pas ouverte pour autant… Il voulait d'abord savoir aussi qui me l'avait dit, qu'ils le cherchaient. Moi, je n'y avais vraiment pas pensé, et ne sachant quoi dire, je me suis tu. Qu'est-ce que je devais faire ? »

C'est mémé Rosa qui répond, pour couper court aussi :

« Tu as bien fait. Quand on ne sait pas quoi dire, le mieux est de se taire. »

Elle l'a dit en regardant Tancredi. Un regard lourd de sous-entendus que Tancredi saisit jusqu'à un certain point. En attendant, son grand-père continue :

« Entre-temps, l'autre a ouvert la boîte, il a glissé un doigt dans le cercle qui entoure la gâchette, comme on dit, et il s'est mis à le regarder sous toutes ses coutures. Et entre-temps, il me posait des questions.

– Du genre ?

– Du genre : où l'avez-vous trouvé ?

– Et toi ?

– Je lui ai dit : à la maison. Et lui : où, à la maison ? Nous l'avons cherché partout. Et moi : aux toilettes. Il m'a alors regardé comme s'il n'y croyait pas : nous l'avons cherché, aux toilettes. Et moi : il faut croire que vous avez mal cherché. En fait, ça je ne l'ai pas dit, mais enfin… »

À présent, tous les trois sont pendus aux lèvres du grand-père :

« Qu'est-ce que je devais dire ? L'autre voulait savoir où il était caché... Mais moi je ne sais pas s'il était caché, il était là, c'est tout. Mais là où ? Et alors, je lui ai dit : dans la chasse d'eau. J'ai bien fait ? »

Le grand-père a prononcé ces derniers mots à voix basse, si bien que la grand-mère n'a pas entendu :

« Où ?

– Dans la chasse d'eau. Mais lui a dit qu'ils avaient aussi cherché dans la chasse d'eau... »

C'est sa mère qui a assisté à toutes les perquisitions. Tancredi observe ses réactions et elle, se sentant observée, confirme :

« Bien sûr qu'ils avaient cherché là...

– Eh ! Il s'est même mis à crier, mais moi je suis resté muet. Il dit qu'ils avaient regardé là et qu'il n'y était pas. Je ne te dis pas les cris qu'il s'est mis à pousser : on peut savoir où il était ce pistolet ? Dis-le ! Où était-il ? Mais plus il criait, plus je restais silencieux. Il fait : moi on ne m'entube pas ! Un âne bâté comme toi ne m'entube pas ! Tu crois que tu peux me rouler ? Tu ne me rouleras pas ! »

Pépé Fonzio se laisse emporter par la fougue ; il revit ces moments-là et peut-être qu'a posteriori il voudrait avoir réagi. Mais maintenant, il ne peut plus. Tancredi craint que ça lui donne plutôt un infarctus.

« Parle ! Parle ou je te casse la gueule ! Dis-moi

où se trouvait ce putain de pistolet ! C'est comme ça qu'il criait ! À un vieillard ! Si bien que finalement le Chef est intervenu et lui a dit : mais qu'est-ce que tu fais ? Mais tu es devenu fou ? D'après moi, il était vraiment en train de devenir fou. »

Ici, le grand-père s'autorise un demi-sourire, peut-être à la pensée d'avoir causé la folie d'un fonctionnaire de police.

« Assez ! Assez ! lui disait-il. Et l'autre continuait : je les connais ceux de ton espèce ! Vous êtes une sale race ! Après quoi, il a pris le pistolet et il est sorti. Il restait l'autre, le Chef, qui me fait : moi je veux vous croire, mais vous devez tout m'expliquer maintenant. Et moi : mais il n'y a pas grand-chose à expliquer, monsieur. Nous autres, ce pistolet, nous l'avons trouvé là. »

Mais à ce moment-là, une fois passé le summum de la tension narrative, mémé Rosa veut entendre les détails :

« Tu as dit qui l'avait trouvé ?

– Ma belle-fille, en nettoyant les toilettes.

– Dans la chasse d'eau.

– Eh ! Là-dedans. »

La grand-mère ne semble pas du tout satisfaite des réponses de son mari. Elle réfléchit et demande encore :

« Et lui, il t'a cru finalement ?

– Mais jamais de la vie ! Tu sais ce qu'il m'a

dit ? Et votre belle-fille, quand elle fait le ménage aux toilettes, elle nettoie aussi la chasse d'eau ? Moi, je ne savais plus quoi dire ; alors je lui ai dit : vous ne connaissez pas ma belle-fille. Elle, elle nettoie tout. Elle nettoie même ma fourchette entre deux bouchées. »

Tancredi a suivi toute la conversation avec une pointe d'appréhension. Il a besoin d'en comprendre plus.

« Mais on était forcés de faire toutes ces histoires pour le pistolet ? »

C'est une question qui concerne la stratégie défensive générale, non pas la chronique de l'interrogatoire. Son grand-père se tait. Sa mère lui répond :

« Bien obligés : ils le cherchaient partout le pistolet. Et nous, on le leur a donné. Comme ça, ils sont contents. Et toi, en attendant, tu es rentré à la maison.

– Enfin… Mais qu'est-ce qui va se passer s'ils se mettent à chercher des empreintes digitales, par exemple ?

– Mais quelles empreintes digitales ? Après tout ce temps dans l'eau, quelles empreintes peuvent-ils trouver sur le pistolet ? »

C'est le grand-père qui trouve alors quelque chose à ajouter :

« … Par-dessus le marché, tu sais ce que j'ai dit ?

Que le pistolet, Loredana l'avait lavé. Comme il était tout sale... »

Pépé Fonzio laisse la phrase en suspens. C'est la grand-mère qui dit le mot de la fin :

« Lavé comme il l'a été, ce serait bien le diable s'ils arrivent à comprendre s'il a tiré. De toute façon, le pistolet qu'ils voulaient a fait son apparition, et on n'en parle plus. »

Le grand-père se met la main sur le front. Quelque chose lui est venu à l'esprit, mais il hésite un instant à le dire :

« Au fait, tu sais qui ils ont interrogé aussi ? »

La grand-mère soupire. Elle ne semble pas approuver que son mari révèle tout ce qu'il sait en ce moment précis. Il est tard, il faut continuer le repas. Même Tancredi découvre qu'il a faim. Il voudrait entendre tout ce que son grand-père a encore à dire, mais il est pris d'une faim nerveuse. Il regarde le plat de pâtes au four avec envie. Il le mangerait bien, petits pois compris. Sa grand-mère lit dans ses pensées, car elle se met à gesticuler juste à ce moment-là en direction de sa belle-fille. À grand renfort de signes, elle lui explique qu'il faut un ustensile pour couper les pâtes et les mettre dans les assiettes. Sa mère comprend et se met en quête de la chose. Tout en fouillant dans un tiroir, elle demande :

« Qui ont-ils interrogé ?

– Masino.

– Masino ? Et pourquoi ont-ils impliqué Masino ?

– Ça, ça les regarde. Ils sont allés chez lui et lui ont dit de se présenter au commissariat. Mais sans aucune obligation, somme toute. »

Mémé Rosa s'impatiente, elle s'agite sur sa chaise. La mère a trouvé une sorte de pelle et elle s'apprête à couper des parts, mais elle reste le geste en suspens :

« Mais comment tu sais ça ? Comment se fait-il que tu ne nous aies rien dit ?

– Je l'ai rencontré là, au commissariat. Je l'avais oublié.

– Je l'avais oublié, bah ! Et tu lui as parlé ? Qu'est-ce qu'il t'a dit ? »

Elle a toujours la pelle à la main, mais on dirait qu'elle a oublié pourquoi elle l'a prise. Tancredi la regarde et son appétit augmente. Sa mère dit :

« Ils ne pensent pas maintenant que mon neveu y est pour quelque chose ? »

Pépé Fonzio voudrait à présent ne pas avoir créé de fausses alertes. Il se hâte d'expliquer :

« Nooon ! Ils ont été très gentils avec lui. Il ne manquerait plus qu'ils s'en prennent à lui… »

Mais la mère n'est pas satisfaite. Tancredi aussi voudrait en savoir plus, pourtant il ne peut s'empêcher de remarquer que personne ne s'occupe plus des pâtes au four. Il trouve qu'on pourrait très bien continuer à discuter en mangeant. Mais c'est sa mère qui doit faire les parts et qui décide du cours de la conversation :

« Et qu'est-ce qu'ils ont voulu savoir de lui ? Il te l'a dit ?

– Rien : s'il était sur les lieux au moment du drame. Et lui a dit qu'il était chez lui. Où pouvait-il bien être ? C'est vrai ?

– Tout à fait. Et puis ?

– Il a raconté ce que nous autres lui avions dit. D'autre part, qu'est-ce qu'il pouvait savoir ? Après quoi, ils se sont débarrassés de lui : vous confirmez que c'est le fils qui a tiré sur son père ? Il l'a confirmé, et fin de l'interrogatoire. »

Tancredi aurait bien quelque doute, mais il n'arrive pas à l'exprimer. La faim est le sentiment qui l'emporte sur toute autre considération. Pourtant, il trouve qu'on fait encore trop d'interrogatoires, trop de recherches, pour une affaire qui devrait sembler réglée pour tout le monde. Maintenant que lui s'est décidé à avouer, la police ne devrait plus avoir de raisons de tourmenter sa famille. Sauf que, d'après ce qu'il a compris, l'interrogatoire de Masino a eu lieu ce matin même. Après ses aveux. Qu'est-ce que les flics veulent encore de sa famille ? Qu'est-ce qu'elle a à voir là-dedans ? Sa famille doit rester en dehors. Sa grand-mère, qui jusque-là s'était tue, devine son inquiétude :

« Ne t'en fais pas. Ce qui est arrivé est arrivé.

Désormais, ton père est mort et il n'y a plus rien à faire. Nous devons décider maintenant ce qu'il faut faire, mais ne t'inquiète pas : nous le déciderons tous ensemble. »

La phrase finale a été prononcée par la grand-mère sur un ton résolu qui laisse entrevoir des développements. Il faudrait un débat et une décision à l'unanimité. En réalité, il ne se passe rien. On n'entame même pas la discussion sur ce qu'il faut faire. Ce ne sont pas les sujets à traiter qui manquent, mais le fait est qu'aucun des quatre ne se sent capable de les affronter sans crainte d'en dire trop. La mère est la mieux disposée à concéder quelque chose de plus à sa propre curiosité. Elle se retourne pour s'adresser au grand-père :

« Et puis qu'est-ce qu'il t'a dit, Masino ?

– Eh ! Ce qu'il m'a dit... Il m'a dit de saluer Tancredi, qu'il ne mérite pas d'être en prison, et que...

– Et que ?

– ... qu'on devrait élever une statue à celui qui a tué Nicola. »

La phrase est accueillie avec un certain malaise par tout le monde. Pépé Fonzio n'ajoute rien. La mère lève les yeux au ciel. Mémé Rosa les baisse à terre. Tancredi, hésitant, les fixe sur son grand-père :

« Ce n'est pas vrai, pourtant.

– Naturellement... »

La discussion s'effiloche. C'est Tancredi qui interrompt un dialogue fait plus de silences que de mots :

« Qu'est-ce qu'on fait, on mange ? »

À ce moment-là, sa mère regarde la pelle, se souvient de ce qu'elle était en train de faire et se remet à la tâche. La première part est pour Tancredi, qui trouve enfin les pâtes au four dans son assiette. Sa mère s'arrête pour observer ses réactions devant la part qu'elle lui a servie. Tancredi est content. On continue avec les autres parts. Ils se mettent à manger.

Pépé Fonzio a la bouche pleine et il en profite pour entrer dans un des tunnels de laconisme que la famille lui connaît bien. Compte tenu de son isolement volontaire et du temps de réflexion et de mastication que Tancredi s'est pris, le dialogue se poursuit entre les deux femmes. Mémé Rosa a décidé de se montrer à découvert :

« De toute façon, moi, toutes ces choses sur Masino je les savais déjà. Je dis qu'ils l'ont appelé pour l'interroger.

– Quand est-ce que tu l'as entendu ?

– Sa mère a téléphoné ce matin.

– Et qu'est-ce qu'elle dit ? Masino, qu'est-ce qu'il a dit ?

– Qu'est-ce qu'il pouvait dire ? Il a dit ce que nous lui avions dit, nous. »

La mère a pris seulement deux bouchées de son

assiette et elle n'a plus faim, semble-t-il. Elle est inquiète :

« Et puis, qu'est-ce qu'il a dit ? Qu'est-ce qu'il a dit à propos de Tancredi ?

– Eh ! Le pauvre, il l'a défendu. Mais qu'est-ce qu'il pouvait faire, lui ?

– Ça, c'est vrai aussi. »

Tancredi ne veut pas se mêler à cette discussion. Ça ne le regarde pas, il ne veut pas que ça le regarde. Il se concentre sur les pâtes. Mémé Rosa s'adresse à son mari :

« Si tu le vois, fais-toi donner un peu d'argent, qu'ici on est à sec, ou presque. Il avait dit qu'il nous en donnerait cette semaine. Il sait bien qu'on en a besoin ici. Espérons qu'il y pensera d'ici demain. Sinon, le cas échéant, tu y vas toi ; d'accord, Fonzio ? Tu y vas toi ? Eh ! On a besoin d'argent. »

Cette fois-ci, mémé Rosa met en cause Tancredi, mais en s'adressant à sa belle-fille, pour qu'il ne soit pas obligé de cesser de manger :

« Et il doit rester combien de temps en résidence surveillée, ici ? »

Comme elle le regarde lui mais en lui posant la question à elle, Tancredi se croit autorisé à déléguer la réponse à sa mère :

« Eh ! Combien de temps il doit rester…

– Que dit l'avocat ?

– Il dit qu'il faut avoir de la patience. »

Tancredi se rend compte que les deux femmes

ont cessé de manger. Son grand-père aussi. Il est le seul à continuer. Les autres se contentent de le regarder manger. Il a un moment de gêne, mais il le chasse parce qu'il vient juste de sortir de prison : ce repas est une sorte de dédommagement. Il laisse se poursuivre la conversation entre sa mère et sa grand-mère comme en son absence :

« Mais comment est-il cet avocat ? Il est bien ?

– Il me paraît bien, à moi du moins.

– Il suffit qu'il ne soit pas comme l'autre !

– Qui ? Modica ? Par pitié. »

La grand-mère baisse soudain la voix. Tancredi lui-même reste la fourchette en l'air pour mieux écouter :

« Qu'est-ce que sait l'avocat ? »

La mère était en train de jouer distraitement avec des petits pois, les poursuivant avec sa fourchette dans son assiette. Pour répondre, elle abandonne sa poursuite et lève les yeux :

« Il sait ce qu'il doit savoir, ne t'inquiète pas. Il dit que pour ce qui est de le condamner, ils le condamneront, mais si lui se repent, ensuite ils lui feront une remise.

– Et donc ?

– Donc, il dit, au grand maximum, dix ans.

– Le pauvre !

– Eh ! »

Elles sont en train de parler des dix prochaines années de sa vie. Maintenant, Tancredi a décidé de s'en foutre des petits pois, il les mange avec le reste. Il prend une bouchée telle quelle, et il écoute :

« Dix ans !

– Eh ! Il doit forcément faire de la prison. Il n'y pas grand-chose à faire. Mais toi, tu ne te plains pas. C'est vrai que tu ne te plains pas ?

– Bravo Tancredi. »

Tancredi se sent en devoir de lever la tête de son assiette et de faire un sourire. Mais il y arrive mal, parce qu'il a la bouche pleine. Il mâche et sourit. Heureusement, la conversation se poursuit même sans sa contribution :

« Et le procès ? Quand est-ce qu'ils le font ?

– Vite, espérons.

– Espérons.

– Comme ça, on n'y pense plus, le pauvre.

– Mais dans les dix années d'Ucciardone qu'il doit faire, celles qu'il fait maintenant, avant le procès, elles comptent ou elles ne comptent pas ? »

Ça, c'est un autre sujet qui l'intéresse. Malgré tous les bavardages de l'avocat, il n'a pas encore réussi à comprendre s'il a commencé à purger sa peine ou non. Mais sur ce point, les autres non plus n'ont pas les idées claires :

« Ça, je n'en sais rien.

– Il faut le demander à l'avocat, si elles comptent.

– Il faut s'en souvenir. »

Entre tout ce qui n'est pas dit et le peu qu'ils

arrivent à rassembler, le dialogue se déroule en sautant d'un sujet à l'autre. C'est mémé Rosa qui introduit un nouvel élément de discussion :

« Ensuite, nous devons décider ce qu'il faut faire de la voiture. »

La Volvo est toujours garée devant la maison, dans une position stratégique, afin que les Ciraulo puissent la voir de la fenêtre et s'assurer qu'elle est encore à sa place. Au cours des dernières semaines de sa vie, Nicola avait réussi à se faire reconnaître de façon informelle un parking semi-privé, un bout de rue le long du trottoir réservé à sa voiture. Pour ne pas se le faire piquer, quand il partait avec la voiture, il laissait deux jardinières qu'il avait subtilisées à la décoration de la place Kalsa. Le seul inconvénient en revenant, avant de se garer, était de descendre de voiture pour les déplacer sur le trottoir, effort qui ne posait aucun problème pour un homme comme lui. Il n'avait pas été difficile non plus de convaincre les voisins de lui reconnaître ce droit de parking. Quand il sentait le besoin de donner des explications, il disait que les exigences de sécurité l'obligeaient à la privatisation d'un espace juste devant la maison, à surveiller en permanence. Du reste, sa voiture donnait un certain prestige à toute la rue, sinon au quartier, et les voisins pouvaient bien lui concéder ce privilège.

Après la mort du père, la place de la voiture a été maintenue en signe de respect. Et aussi parce qu'aucun des membres de la famille ne s'était plus risqué à la conduire : la voiture n'a plus bougé et les jardinières obstruent maintenant le passage sur le trottoir. Plus il y pense et plus Tancredi est persuadé que la Volvo est le diable fait automobile. Il faudrait vendre cette voiture. La vendre et se débarrasser de tous les souvenirs funestes auxquels elle reste liée. Mémé Rosa est d'accord, il faut la vendre, mais peut-être pour des raisons différentes. À part les souvenirs liés à la Volvo, elle pense surtout au retour économique qui en découlerait. Elle dit :

« Si nous la vendons, pendant un moment nous oublierons nos problèmes d'argent. »

La mère est d'accord :

« Et nous n'oublierons peut-être pas que ceux-là. »

Les deux femmes forment une majorité relative grâce à la libre abstention du grand-père, et à ce moment-là le vote de Tancredi ne compte pas. Et pourtant, elles hésitent :

« Mais comment faire pour la vendre ? Ce n'est pas facile.

– Il faut connaître quelqu'un.

– Giovanni connaît peut-être quelqu'un qui nous la fait vendre…

– Eh ! Giovanni… »

Après le crime, les rapports avec Giovanni et en général avec les Giacalone se sont relâchés. Il faut savoir que le ciment de leurs relations était l'amitié des deux chefs de famille, dont un a disparu ; mais il existe aussi d'autres raisons qui ont contribué à ce relâchement. Les Ciraulo sont persuadés que les Giacalone n'ont pas manifesté assez de chagrin pour la mort de Nicola. Ils ne se sont pas montrés proches de la famille en deuil. Giovanni surtout : il a parlé avec la police sans consulter aucun d'entre eux. Qu'a-t-il dit aux flics ? Toutes les conjectures sont possibles, et que Giovanni ne soit même pas venu ensuite rapporter aux Ciraulo ce qu'il avait dit à la police ne fait qu'augmenter leur méfiance. Les soupçons les ont éloignés, et plus les rapports se sont refroidis plus les soupçons ont pris du poids. À un mois du crime, le cercle vicieux s'est tellement vissé sur lui-même qu'il semble impossible d'en sortir, étant donné que ni les Ciraulo ni les Giacalone ne manifestent une quelconque volonté de dissiper la brouille. Du reste, il n'y a pas eu de dispute à proprement parler, une pointe d'hostilité à éclaircir pour en finir. Il est simplement arrivé que peu à peu les rapports entre les deux familles se sont détériorés. Et donc, il est exclu de demander à Giovanni de les aider à vendre la Volvo. Ce problème aussi reste non élucidé et tombe à vide. Tancredi cesse de manger. Sa mère lui offre encore un peu de pâtes, mais il refuse. Elle le regarde en secouant la tête :

« Tu es sûr que tu n'en veux pas encore ? Tu

ne te sens pas mal ? Tu es bizarre, tu m'as l'air enrhumé…

– Qui ?

– Toi, toi, Tancredi. »

À ce propos, mémé Rosa aussi, du haut de son expérience, pense qu'elle doit intervenir pour une consultation technique :

« D'après moi, il a attrapé la crève en jouant au ballon. »

Sa mère s'informe et désapprouve déjà :

« Vous jouiez au ballon, à l'Ucciardone ? »

Tancredi se met la main sur la conscience. Il n'a pas joué au ballon et il ne pense pas non plus s'être enrhumé. Il n'a pas toussé ni même éternué. Mais avant qu'il puisse objecter quelque chose, sa grand-mère se charge d'une réponse :

« Eh ! Qu'est-ce que tu crois, qu'ils ne jouent pas ? Ils jouent comme des malades ! Et toi, tu sais comment il est : il transpire, il prend froid et il attrape la crève. »

Maintenant le débat est lancé, la supposition qu'il s'est enrhumé est un fait acquis. Il reste seulement à établir avec certitude comment il a fait pour tomber malade. Sa mère demande à sa grand-mère :

« C'est pour ça que tu dis qu'il a attrapé la crève en jouant au ballon ?

– Tu dois lui dire de mettre quelque chose de plus chaud quand il arrête. Sinon, il joue au ballon et il attrape la crève, pauvre petit.

– Tu crois que je ne lui ai pas dit ? Cent fois, je l'ai dit : tu vas attraper froid ! Tu vas attraper froid ! Mais ce n'est pas pour ça qu'il m'écoute… »

Tancredi renonce à se défendre. Il se contente d'écouter les deux femmes qui parlent d'un rhume qu'il n'a pas et, en général, de sa vie dont il a l'impression de ne plus pouvoir disposer. Du reste, toute intervention serait inutile. Comme son grand-père, lui aussi se renferme sur lui-même et écoute les propos qui le concernent avec détachement, comme s'il s'agissait de quelqu'un d'autre. Heureusement, sa mère cherche maintenant à l'excuser :

« Il a tant de soucis.

– Mais vraiment des soucis…

– Ce n'est pas de sa faute à lui.

– De sa faute à lui ? On voit bien que le Seigneur l'a voulu ainsi.

– Tsst, tsst. »

De temps en temps, les deux femmes regardent Tancredi pour voir s'il a l'intention d'intervenir. Il répond par un regard vide et elles continuent de leur côté. Il n'en demeure pas moins qu'il pourrait les interrompre n'importe quand, s'il le voulait. Mais il ne veut pas. En plus, son rhume est un sujet de conversation en voie d'épuisement. Il ne reste pas grand-chose d'autre à dire. C'est mémé Rosa qui ferme la parenthèse pour ressortir une chose déjà dite. Mais comme sa belle-fille a commencé à débarrasser la table et que d'ici peu la séance sera levée, il est important que, sur ce point du moins, les idées de tous soient claires.

« Il faut se souvenir de dire à Masino qu'il nous obtienne un peu d'argent.

– Je lui téléphonerai plus tard et on verra ce qu'il me dit.

– Eh ! N'oublie pas de le faire, qu'ici nous autres on a fait ce qu'on pouvait. »

« Il faut se souvenir de dire à Masino qu'il nous obtienne un peu d'argent.

– Je lui téléphonerai plus tard et on verra ce qu'il me dit.

– Eh ! N'oublie pas de le faire, qu'ici nous autres on a fait ce qu'on pouvait. »

Le doigt de l'Adjoint presse le bouton du magnétophone et la bande s'arrête avec un crépitement qui semble une menace d'arrêt définitif. C'est un vieux modèle de magnétophone à piles et c'est aussi – à part deux chaises, une table et une chemise en plastique – le seul objet qui se trouve dans la pièce.

On l'a convoqué de nouveau. Alors qu'il pensait que toute cette histoire était près de tirer à sa fin, on l'a convoqué de nouveau. Tancredi commence à penser qu'ils n'en finiront jamais. On l'a mis dans une pièce presque entièrement vide et éclairée au néon. On l'a fait attendre un bon moment, de telle sorte qu'il a eu le temps d'étudier attentivement les murs à la recherche d'une caméra cachée ou d'un trou dans le mur, quelque chose qui lui donne la certitude d'être observé. Dans les films, il y a toujours un de ces faux miroirs qui servent à cacher quelqu'un qui veut voir et entendre sans être vu ni entendu. Mais dans la pièce où on l'a mis, il n'y a aucun miroir, d'aucune sorte. Il n'y a pratiquement rien qu'il puisse regarder avec un quelconque intérêt. Les chaises sont des chaises très normales, ultra-légères, en plastique, comme la table. Chaises et table sont blanches. Les murs aussi sont blancs, bien que d'un ton légèrement plus opaque. Mais c'est peut-être seulement parce qu'ils auraient besoin d'être repeints. De toute façon, les murs sont parfaitement lisses, tout comme le sol et le plafond. Il a regardé aussi sous le plateau de la table, et il a exploré toute la chaise avec ses doigts, à la recherche d'un éventuel micro : rien. Au mur, il y a tout au plus une prise électrique, et sûrement rien qui fasse penser à une autre personne en train d'épier ses réactions en ce moment dans la pièce voisine.

Pendant tout le temps où il est resté seul, une demi-heure peut-être, Tancredi s'est ennuyé et inquiété. Ennuyé parce qu'il n'y avait rien à faire. Inquiété parce qu'il y avait trop de choses à penser. Ensuite, quand les deux flics sont entrés, il s'est senti un peu soulagé, mais encore plus inquiet. Soulagé parce qu'il se passait enfin quelque chose dans cette pièce. Inquiet parce que ce qui allait se passer ne lui plaisait pas du tout. Les deux flics ont un air rusé par rapport à la dernière fois. La dernière fois, ils avaient été gentils, ils l'avaient d'abord persuadé d'avouer, puis ils l'avaient aidé à le faire. Maintenant, c'est à peine s'ils l'ont salué. L'Adjoint tient un magnétophone dans sa main et le Chef porte une chemise en plastique transparent qu'il a tout de suite mise sur la table, juste entre eux deux. Tancredi n'a pas du tout aimé la façon dont il l'a fait. L'Adjoint aussi a posé le magnétophone sur la table, et le Chef s'est assis. Après quoi, ils l'ont regardé en silence, laissant parler le magnétophone :

« Il faut se souvenir de dire à Masino qu'il nous obtienne un peu d'argent.

– Je lui téléphonerai plus tard et on verra ce qu'il me dit.

– Eh ! N'oublie pas de le faire, qu'ici nous autres on a fait ce qu'on pouvait. »

Le magnétophone se tait. Tancredi ne voit pas de raison pour ouvrir la bouche. Après lui avoir fait écouter ces trois phrases, ils les lui font réécouter. Ils lui donnent tout le temps d'y réfléchir. À la fin, c'est le Chef qui parle :

« Et ça, qu'est-ce que ça veut dire ? Vous pouvez me l'expliquer ? Je vous écoute. »

Tancredi note que jusqu'ici le Chef le tutoyait. Ce n'est sûrement pas important, mais ce changement d'attitude contribue à le rendre nerveux. Ça, et le fait que les flics aient un enregistrement de ce que lui, sa mère et ses grands-parents se sont dit chez eux. À partir du moment où il s'est rendu compte du contenu de la cassette, Tancredi a essayé de se souvenir des sujets qui avaient été abordés autour de la table de la cuisine. Malgré tous ses efforts, il ne lui semble pas qu'ils aient dit rien de bien compromettant ce jour-là. Mais il doit bien y avoir une raison, s'ils l'ont convoqué et s'ils lui font réécouter ce passage pour la troisième fois :

« Il faut se souvenir de dire à Masino qu'il nous obtienne un peu d'argent.

– Je lui téléphonerai plus tard et on verra ce qu'il me dit.

– Eh ! N'oublie pas de le faire, qu'ici nous autres on a fait ce qu'on pouvait. »

Tancredi persiste à regarder ailleurs et à ne pas vouloir faire de commentaires, mais il est en train de retourner dans sa tête les mots qu'il vient de réécouter et il les trouve de plus en plus ambigus. Ils ne disent rien, mais si on les écoute avec malice, ils peuvent avoir l'air de faire référence à quelque chose d'autre.

« Et bravo Tancredi… »

Ce n'est pas avec des sarcasmes qu'ils arriveront à le faire parler. Tancredi se refuse à y prêter attention et il suit plutôt les doigts de l'Adjoint qui s'affairent de nouveau avec le magnétophone :

« Attends, je te fais écouter un autre bout. »

« … Et le procès ? Quand est-ce qu'ils le font ?

– Vite, espérons.

– Espérons. »

Pause.

« Comme ça, on n'y pense plus, le pauvre. »

L'Adjoint est contrarié : ce n'était pas ce qu'il cherchait. Il n'arrive pas à faire marcher le magnétophone comme il voudrait. Il parle pour remplir le vide qu'il a créé par sa propre inefficacité :

« Et pourtant, là aussi : que signifie cette hâte d'arriver au procès ? »

Le Chef détourne le regard, tandis que l'Adjoint revient en arrière pour faire repartir la bande. Marche arrière rapide, marche avant rapide, stop, play :

« … comment est-il cet avocat ? Il est bien ?

– Il me paraît bien, à moi du moins. »

« Non, attends… une minute… »

L'Adjoint a du mal, le Chef s'impatiente. Tancredi se sent un peu plus soulagé, mais il ne peut espérer que le magnétophone marche tellement mal qu'il risque de tout effacer, même s'il ne voit pas encore quel est le point compromettant de leur conversation de la veille. La seule chose à faire est de suivre les manipulations de l'Adjoint avec le magnétophone. Marche avant rapide, stop, play :

« … Qu'est-ce que sait l'avocat ?

– Il sait ce qu'il doit savoir, ne t'inquiète pas. »

L'Adjoint appuie fort avec le doigt et arrête l'appareil, enfin satisfait. Tancredi le regarde, et c'est comme s'il lui disait du regard : et alors ?

« Alors : que doit savoir l'avocat ? Qu'est-ce qu'il sait ? Qu'est-ce qu'il ne doit pas savoir ? »

Tancredi en est presque sûr : cette phrase ne veut rien dire. Elle ne peut rien prouver. Pour s'en débarrasser, il lui suffit d'un soupir et des yeux levés au ciel, comme pour invoquer de l'aide pour le temps qu'ils lui font perdre et en général pour le cours de sa vie ces derniers temps. Il imaginait qu'en rentrant chez lui, résidence surveillée ou pas, tout irait mieux. En fait, il se trompait. Pour commencer, la veille, Mariantonia l'avait quitté. Elle a dit que tant qu'il était à l'Ucciardone elle se sentait obligée, mais qu'ensuite, étant donné la situation, il était inutile de continuer, etc., on reste en contact, etc., pour le moment il ne vaut mieux pas, etc. Sur le moment, Tancredi n'a pas réagi, laissant Mariantonia sortir de sa vie sans difficulté, mais il doit reconnaître qu'il a pris l'idée de la séparation avec plus de tristesse qu'il aurait cru. Il voyait bien que leur relation allait mal, mais il était attaché à Mariantonia, et surtout il trouvait que ce n'était pas encore le moment. Elle aurait dû comprendre que si Tancredi était dans cette situation, c'était aussi de sa faute. Sinon, pourquoi étaient-ils ensemble le soir de l'accident ; ce qui était arrivé était arrivé pour l'emmener faire un tour en voiture. Et puis, résidence surveillée ou Ucciardone, au fond c'était la même chose : Tancredi avait encore besoin de quelqu'un près de lui. Les problèmes sont loin d'être finis, comme le prouve le fait qu'il soit là devant un flic maladroit à la recherche d'un moment précis sur la bande. L'Adjoint fait encore quelques tentatives à vide, se trompe, essaie à nouveau, et à la fin trouve ce qu'il cherche. Il annonce :

« C'est là. »

« ... dit ? Masino, qu'est-ce qu'il a dit ?

– Qu'est-ce qu'il pouvait dire ? Il a dit ce que nous lui avions dit, nous. »

L'Adjoint écrase le bouton d'arrêt.

« Tu as compris ? »

La seule chose que Tancredi semble comprendre vraiment, c'est que ce flic en a après lui. L'Adjoint se trouve dans un état obsessionnel plus grave que prévu. Ce qui conduit Tancredi à changer de comportement ; il essaie d'être gentil et coopératif, comme on fait avec les enfants ou avec les faibles d'esprit :

« Peut-être que oui, monsieur : j'ai compris. J'ai compris que vous avez mal compris.

– C'est une solution de facilité, ça !

– Quoi ? Trop facile ? Il n'y a pas de solution de facilité. Je ne sais même pas ce que c'est qu'une solution de facilité. »

L'Adjoint sourit. Il a réussi à le faire sortir de son silence. D'un point de vue de flic, c'est une victoire.

Tancredi ne se cache pas que cela rend sa position plus vulnérable. Il met les mains sous ses fesses et se renferme à nouveau sur lui-même, tout en sachant qu'une porte s'est ouverte désormais, et que c'est précisément lui qui l'a ouverte, en répondant aux accusations qui lui étaient adressées. Le Chef intervient et s'offre même le luxe d'être gentil. Ou peut-être est-il en train de se moquer de lui :

« On le réécoute ? Comme ça, je vous l'explique mieux. Le dernier passage, s'il vous plaît. »

L'Adjoint rembobine la bande, puis la fait avancer de nouveau en augmentant aussi le son. Cette fois-ci, il a chopé l'endroit qui l'intéressait :

« Il a dit ce que nous lui avions dit, nous. »

Le Chef répète en scandant presque :

« Il a dit-ce que-nous lui avions dit-nous. D'après vous, qu'est-ce que ça veut dire ?

– Qu'est-ce que j'en sais ? Pourquoi n'allez-vous pas le demander à ma grand-mère ? Ce n'est pas moi qui ai dit ça… »

L'Adjoint intervient alors. Il est beaucoup moins gentil et va tout de suite à la conclusion :

« Qu'à ton cousin aussi, vous lui avez fait dire des conneries. À ton cousin, à l'avocat, à ta petite amie… Presque les mêmes conneries que celles que vous nous avez racontées. »

Tancredi sait peut-être comment se défendre. Il se place sur le plan de l'exacte interprétation des paroles de sa grand-mère. Pour ce faire, cependant, il est obligé de sortir définitivement de l'aura de réticence qu'il avait eu tant de mal à créer autour de lui :

« Non, au contraire. Cela signifie : *ce que nous lui avions dit, nous.* C'est-à-dire les mêmes choses. Que j'avais éraflé la voiture, que nous nous étions disputés, que j'ai tiré et que mon père est mort, paix à son âme. Que viennent faire là l'avocat, Masino, Mariantonia ? Ils n'y étaient pas et ma famille leur a raconté comment ça s'était passé. Stop. C'est tout. Stop. »

Le Chef a une expression malheureuse, il secoue la tête et prend une attitude paternaliste :

« Tancredi, permettez-moi de vous dire que là vous vous foutez de nous. Vous vous foutez de nous. Je peux vous poser deux questions maintenant ? »

Encore ce *vous* affecté, encore ce *vous* si insupportable. Tancredi le prend au sérieux et s'apprête à lui accorder la permission de lui poser ses questions, mais le Chef le devance car, en effet, il n'a besoin de lui demander aucune permission :

« Commençons par votre fiancée, toute fiérote, toute je dis sans dire… »

Il s'adresse à son Adjoint :

« Comment tu l'as trouvée, toi, quand nous l'avons interrogée ? Moi, elle m'a fait l'effet d'une petite hypocrite. »

L'Adjoint n'a pas besoin de répondre, il se contente d'acquiescer et de ricaner. Tancredi n'aime pas qu'on parle de Mariantonia. Elle n'a rien à voir là-dedans. Le Chef continue :

« C'était comme si elle voulait dire des choses et qu'en même temps elle ne pouvait pas les dire. Peut-être qu'elle ne pouvait pas les dire parce que c'était nous. Parce que nous étions des flics. Mais elle les avait vraiment sur le bout de la langue. »

L'Adjoint intervient pour en rajouter, en portant un doigt à sa bouche :

« Juste là, sur le bout de sa petite langue. Si nous avions insisté, peut-être… »

Il veut dire : *si nous avions pu insister*. C'est-à-dire : s'il avait pu l'interroger à sa façon. Façon que Tancredi ne veut même pas imaginer. Il fait semblant de ne pas avoir compris, et le Chef peut continuer à faire défiler l'une après l'autre toutes ses suppositions :

« La fille aussi ne nous dit pas les choses telles qu'elles sont. Elle sait quelque chose. Sauf qu'elle ne veut pas nous le dire à nous. C'est pour ça que nous l'avons convoquée aujourd'hui, Tancredi. Voyons : qu'est-ce que votre petite amie ne peut pas nous dire ? Et surtout : *pourquoi* ne peut-elle pas nous le dire ? Qui veut-elle couvrir ? Vous, qui êtes son fiancé ? Plus mal loti que vous l'êtes, elle… »

Il fait une longue pause, pour donner à Tancredi le temps d'intervenir, s'il le souhaite. Mais au point où ils en sont, Tancredi préfère qu'ils arrivent tout seuls où ils veulent arriver. Les laisser faire, prendre son temps.

« Je me suis déjà fait mon idée, sur ce qu'elle ne veut pas dire. Et la raison, vous pouvez l'imaginer vous aussi, si vous réfléchissez une minute… »

Encore une pause, mais brève : de toute façon, ils ont compris eux aussi que Tancredi s'est enfermé dans son silence.

« … Parce qu'elle ne veut pas aller contre tout le reste de la famille. »

Tancredi émet un bruit localisé entre la langue et les dents qui manifeste un scepticisme à outrance. Il fait même vaciller sa tête pour signifier qu'ils la lui font tourner, avec tous ces discours fumeux. C'est maintenant l'Adjoint qui pousse plus loin le raisonnement :

« Mais il n'y a pas que ta fiancée : comment se fait-il que ton grand-père vienne ici et nous apporte tout à coup le pistolet ? La chose ne te paraît pas suspecte ? »

Cette fois-ci, Tancredi connaît la bonne réponse :

« Mais pourquoi suspecte ? C'est un pauvre vieux, lui ! Pas de parano maintenant, s'il vous plaît… »

Tancredi a laissé échapper cette phrase presque par mégarde. Aussi, la réaction soudaine de l'Adjoint l'effraie presque :

« Ce n'est pas de la paranoïa ! Ce n'est pas de la paranoïa ! Qui est parano ? »

Il le crie avec une telle fougue que Tancredi en est définitivement persuadé : il est parano. Cette forme de paranoïa qui, lorsqu'elle a pris de la vitesse, n'arrive plus à s'arrêter, à laquelle il est inutile de s'opposer. L'unique espoir est de réussir à l'esquiver. Apparemment, le Chef ne donne aucune importance à l'éclat de son collaborateur :

« Mais il ne s'agit pas de tel ou tel détail : c'est un ensemble. C'est tout le ton de la conversation qui ne me convainc pas. Vous dites sans dire, vous parlez sans parler. Toutes ces pauses… »

L'Adjoint intervient encore. Il a retrouvé son calme et se met en harmonie avec le ton insinuant de son supérieur. Le fait de perdre son calme et de le retrouver aussitôt est également pour Tancredi un signe de paranoïa. Décidément, il préfère que ce soit le Chef qui mène l'interrogatoire. L'Adjoint a un ton inquiétant :

« D'après moi, il se peut même qu'ils croyaient être écoutés… Et alors, ils jouaient un rôle à l'usage exclusif des micros… »

Entre-temps, l'Adjoint s'est remis à manœuvrer les touches du magnétophone. Autres faux départs, autres déroulements de bande, qui poussent Tancredi à ébaucher un sourire ironique ; mais ensuite arrive la voix de mémé Rosa :

« Et lui, il t'a cru finalement ? »

La phrase contribue à l'excitation définitive de l'Adjoint :

« Elle veut savoir si nous sommes tombés dans le panneau. Si nous avons cru à l'histoire du pistolet trouvé dans la chasse d'eau. »

La chose ne paraît pas aussi enthousiasmante à Tancredi, qui minimise :

« Ça, c'est ce qu'elle dit. Nous, nous ne sommes pas habitués à avoir affaire à la police. Nous avons peur qu'on ne nous croie pas, même si nous disons la vérité. Je dirai même plus : surtout si nous disons la vérité. Mais pouvez-vous m'expliquer quelque chose ? Si moi, ici, je vous dis que le pistolet c'est moi qui l'ai mis là, pourquoi vous ne devez pas me croire ? »

Il a bien réussi son explication. Il est peut-être parvenu à désarçonner les flics et il se sent autorisé à continuer dans ses contre-déductions :

« Et puis, excusez-moi : quelle raison a toute ma famille de m'accuser ? Quelle raison a ma mère d'accuser son propre fils ? Quelle raison ai-je, moi, d'avouer, si ce n'est pas moi le coupable ? Pour quelle raison ? Pourquoi ? »

Tout un crescendo, d'une voix affligée. Tancredi a l'impression d'avoir mis ainsi un terme à toute discussion, mais le Chef prend un air triomphant et sort une théorie qu'apparemment il gardait en réserve :

« Vous savez pourquoi ? Pour une raison très

simple. Très très simple. Une raison qui concerne justement le pistolet… »

Il fait une pause à effet que Tancredi néglige en cherchant quelque chose à regarder qui ne soit pas les yeux des flics. Mais, dans cette pièce, il n'y a vraiment rien à regarder, rien de rien. Le Chef poursuit :

« … Ce fameux pistolet. Ce matin, sont arrivés les résultats de l'expertise. Ils ont mis du temps à arriver, mais à la fin ils sont arrivés. Et que dit l'expertise ? »

Il ne se soucie même pas d'attendre une réponse. Il prend la chemise qu'il avait posée sur la table et en sort quelques feuilles qu'il lui met sous le nez pour qu'il voie de ses propres yeux. Tancredi savait qu'il n'y avait rien de bon à attendre de cette chemise.

« Ici, lisez. »

L'expertise est un labyrinthe de phrases techniques, dans lesquelles Tancredi ne saurait s'orienter, pas même dans un moment moins angoissant que celui qu'il vit. Il lui faudrait du temps, mais il n'en a pas. Il fait semblant de lire pendant un moment, mais son attention glisse sur les mots. Puis, il fait encore une fois le malin pour ne pas reconnaître qu'il est au bout du rouleau :

« Dites-le-moi vous, pour aller plus vite : ici où ? Qu'est-ce que ça dit ? »

Le Chef reprend les papiers en le regardant d'un

air de reproche, comme s'il en avait assez de devoir tout faire lui-même :

« Ici : *une fois achevés les examens dont, etc., d'après les relevés effectués, etc.* Voilà : *l'état de l'arme n'apparaît pas* – je répète n'apparaît pas ! – *compatible avec un séjour dans l'eau, qui plus est pendant plusieurs jours.* »

Un éclair se fait jour dans l'intelligence de Tancredi, mais à ce moment intervient l'Adjoint, qui n'est pas du genre à laisser des détails sous-entendus, surtout maintenant qu'il semble convaincu d'avoir trouvé le nœud de l'affaire :

« Pas d'empreintes, mais des traces de poudre oui : on en a trouvé, dans le canon. Je n'arrivais pas avaler qu'ils l'aient trouvé dans la chasse d'eau. Et en fait, ce n'était pas vrai du tout. »

Tancredi sent arriver le moment. Il savait intérieurement qu'il allait arriver, mais il sait maintenant qu'il est bien sur le point d'arriver. Le Chef renonce à s'adresser à lui, les deux flics se mettent à parler entre eux. Mais en faisant attention à ce que le sens de leurs paroles n'échappe pas à Tancredi :

« Que dis-tu ?

– Je dis que jusqu'à présent les Ciraulo racontent tout un tas de conneries. »

Tancredi médite ces mots. Peu à peu, les minutes passant, il lui est venu une crampe au creux de l'estomac. Il voudrait aller aux toilettes, même s'il sait que ce serait inutile. Ou peut-être que oui, il pourrait évacuer un peu de tension accumulée. Ce qui est sûr, c'est qu'il doit aller aux toilettes. Les deux flics le regardent parce qu'ils savent qu'ils l'ont poussé dans ses derniers retranchements. Ils s'attendent à ce qu'il dise la vérité maintenant. Et que ce soit la vraie vérité, cette fois-ci. Tancredi sent le poids de cette responsabilité et à la fin il parle. Il dit :

« Il faut que j'aille aux toilettes. »

Les deux flics se regardent quêtant une confirmation de ce qu'ils ont cru entendre. Ce ne doit pourtant pas être une demande tout à fait absurde si le Chef finit par acquiescer et si l'Adjoint l'accompagne hors de la pièce, le long du couloir. Tout en marchant, Tancredi essaie de trouver autour de lui un point d'appui, une chose sur laquelle concentrer ses propres pensées. Mais le couloir est une digne ramification de la pièce où ils l'ont interrogé. Il y a des portes, d'un côté comme de l'autre. Mais ce sont des portes fermées. On ne peut pas voir ce qu'il y a derrière. Même les toilettes ont une porte fermée. L'Adjoint l'ouvre en disant :

« Ici. »

Il n'y a pas de glace, il n'y a pas d'abattant ni de lunette de W.-C. Mais il y a un lavabo. Tancredi ouvre le robinet : il n'y a pas d'eau. Il cherche, pour parer à toute éventualité, il n'y a même pas de papier hygiénique. Des murs lisses, même pas un clou. Ce sont sûrement des toilettes de service, expressément réservées aux suspects, pour les empêcher de se faire mal. Il aurait envie de s'asseoir pour réfléchir, mais le bord de la cuvette est humide et le dégoûte. Alors, il décide de réfléchir quand même, mais debout, en levant les yeux pour voir s'il y a au moins quelque chose à découvrir au plafond.

Il se sent plus incapable que jamais. Il y a mis la meilleure volonté, mais il n'a pas réussi. Maintenant, ses parents diront qu'il n'a même pas été capable de faire ça. Il les a déçus une fois de plus. Mais Tancredi peut bien dire que ce n'est pas de sa faute. Il a joué son rôle en s'appliquant de son mieux, sans alléguer des excuses. Il s'est tu, il a été en prison et ensuite, quand le moment est venu, il a même avoué, sans chercher de circonstances atténuantes. Si les flics ont tout découvert ensuite, il n'y peut rien. Lui se sent tout au plus victime de cette situation, parce que maintenant il ne sait plus quoi inventer pour arriver à sauver la face, non seulement la sienne, mais celle de toute sa famille. Si au moins il pouvait consulter quelqu'un, si au moins il avait une personne sur qui compter. Mais à présent, sa vie est comme les toilettes où il est enfermé, comme le couloir et comme la pièce de l'interrogatoire : sans points de repère d'aucune sorte. Il avait voulu sortir pour se distraire au moins un peu, mais cet endroit est encore pire : il n'y a que lui et ses soucis. Il n'a même plus envie de pisser. À ce moment-là, il vaut mieux sortir.

Tancredi sort et craque. Il revient dans la pièce de l'interrogatoire et il craque. Il craque et raconte une histoire totalement différente de la précédente qui, aux yeux des flics, il s'en rend compte, doit paraître surprenante pas tant parce que le coupable n'est pas celui qu'on croyait – chose qu'ils avaient comprise et qui, au fond, doit leur arriver assez souvent – mais parce que le coupable est à la fois coupable et innocent. C'est-à-dire : dans un sens, Tancredi est coupable, il se sent coupable. Mais dans un autre sens, il sait qu'il ne l'est pas du tout.

Le fameux dimanche, Nicola s'était réveillé avant le reste de la famille, quand il faisait encore noir. Sa première pensée – avant de se laver la figure, avant même le café – fut de se mettre à la fenêtre pour vérifier que la voiture était à sa place. Il put ainsi contrôler que, la veille, son abruti de fils ne se l'était pas fait voler ni enlever par la fourrière. La chose le rassura, mais pas tant que ça. En réalité, depuis plusieurs semaines il cherchait plus ou moins consciemment un prétexte pour refuser à Tancredi la permission de se servir de la Volvo. En théorie, une simple constatation aurait suffi : il ne la méritait pas. Et puis, il n'était pas capable de la conduire. La grand-mère avait raison, elle qui disait toujours :

« C'est une tête en l'air. »

C'était vrai, Tancredi n'était pas fiable. Lui remettre les clés d'une voiture de cette valeur était une folie. Il s'était trompé dès le début, quand il la lui avait fait conduire la première fois. Maintenant, il fallait affronter le sujet avec lui et le mettre face à ses responsabilités : ou bien il se décidait à grandir ou bien il pouvait tirer un trait sur la Volvo. Le café de Nicola fut gâché par ces pensées. Il ajouta encore du sucre sans arriver pour autant à chasser le mauvais goût que ça lui laissait dans la bouche. Il regarda sa montre : il était six heures moins dix, et tout le monde dormait encore. Tous sauf lui. Il ne pouvait allumer la télé, parce qu'il les aurait réveillés, et surtout Tancredi, qui dormait sur le canapé-lit du séjour. Et puis, ce n'était pas une heure pour la télé. Mais au fond qui décidait ce qu'il devait ou ne devait pas faire ? Qui décrétait quelle était la bonne heure pour regarder la télé ? Il l'alluma, ne serait-ce que pour asseoir sa propre autorité. C'était lui qui décidait à la maison.

Après un tour rapide des chaînes, la chose qui l'intéressait le plus était en fait une émission sur la première chaîne, où parlait un monsieur avec des cheveux longs et des lunettes demi-lune. Le programme s'intitulait *Âme*, comme il l'apprit par le sous-titre qui passa à un certain moment en surimpression. Sur les autres chaînes, il y avait des films déjà commencés et de vieux gags comiques, mais ce fut surtout ce titre qui l'hypnotisa : *Âme*. Il y avait peut-être moyen de passer un quart d'heure à comprendre ce qu'était cette fameuse âme dont tout le monde ne cessait de parler. L'animateur était assis derrière un bureau encombré de papiers et d'objets de différentes provenances, peut-être des souvenirs de pays exotiques, et il parlait en tenant un livre à la main, y jetant un œil de temps en temps, mais fixant avant tout la caméra d'un regard pénétrant. Il était filmé en plan fixe, sans interruptions ni digressions, ce qui contribua à distraire l'attention de Nicola au bout de quelques minutes.

Ses pensées commencèrent à rebondir entre les deux sujets qui le préoccupaient : Tancredi et la Volvo. Quelques heures plus tôt, sachant que les deux étaient ensemble, il avait passé une horrible soirée, se mettant au lit trop vite, et s'en prenant à sa femme dès qu'elle était enfin venue se coucher parce que, en entrant sous la couverture, elle l'avait touché avec un pied froid. Son agitation avait duré toute la nuit, et son impatience jusqu'à l'aube. Il était obsédé par la Volvo et Tancredi. Tancredi et la Volvo. Il n'arrivait pas à sortir de ce cercle vicieux.

La Volvo : on pouvait la lui piquer.

Tancredi : c'était un bon à rien.

La Volvo pouvait lui être piquée pas tant par ceux du quartier que par les autres. Ceux qui venaient de Romagnolo ou de l'Albergheria, du Zen. Des gens qui venaient voler là où personne ne les connaissait pour avoir les mains libres. Ou bien des gitans qui avaient les mains libres dans tous les quartiers de la ville. Ou encore de simples voyous, des gens envieux capables même seulement de rayer une auto de ce genre sans la moindre raison.

Il fallait peut-être la mettre dans un garage, pour la protéger ; mais il n'y avait pas de garage dans les environs. Personne à part lui ne possédait une voiture assez précieuse pour mériter d'être conservée à l'abri.

Tancredi était un bon à rien, et sur ce point ses sentiments fluctuaient. D'un côté, dans ses moments de découragement, il pensait l'abandonner à lui-même ; qu'il fasse un peu ce que bon lui semble ; sa vie lui appartenait et tant pis pour lui s'il avait envie de la jeter par la fenêtre. De l'autre, quand il se sentait plus déterminé, Nicola décidait qu'il fallait le reprendre à tout prix. Il ne lui laissait rien passer sans intervenir de façon répressive. Ce matin-là était un matin comme ça.

Il le regarda dormir sur le canapé et désapprouva même la position qu'il avait prise, avec les couvertures à ses pieds, à plat ventre, l'oreiller par terre. Un mince filet de bave sortait d'un coin de sa bouche et coulait au point de tacher le drap. Sans parler des vêtements de la veille qu'il portait encore. Nicola monta le son de la télé dans l'intention précise de le réveiller, mais il ne parvint qu'à lui faire émettre un grognement tandis qu'il changeait de position, se mettant sur un côté.

Tel était son fils. Qui sait à quelle heure il était rentré. Tard. Sûrement pendant un des rares moments de sommeil que Nicola avait traversés dans la nuit, car il ne l'avait pas entendu. Qui sait à quelle heure il était allé se coucher. Qui sait à quelle heure il ouvrirait enfin les yeux. Le pic audio de la télé, qui n'avait pas entamé le sommeil de Tancredi, réveilla en revanche Loredana, qui se présenta dans le séjour ébouriffée et d'humeur belliqueuse :

« Mais tu n'es pas fou ?

– Fou, oui. Vous me faites devenir fou.

– Mais qu'est-ce que tu as ? Pourquoi tu ne dors pas ? »

De toutes les questions stupides que sa femme lui posait toujours, celle-ci était la plus bête :

« Pourquoi tu ne dors pas ? »

Elle le sentait se retourner dans le lit, errer comme une âme en peine d'une pièce à l'autre au cœur de la nuit, et elle lui demandait :

« Pourquoi tu ne dors pas ?

– D'après toi, pourquoi ? Parce que ça m'amuse de tourner comme un ours en cage ? Pourquoi, d'après toi ?

– Tu n'arrives pas à dormir ? »

De toutes les questions stupides que sa femme lui posait toujours, celle-ci était la deuxième plus stupide. Nicola décida qu'il en avait assez de ces bêtises. Il l'informa :

« Je vais faire un tour, va, ça vaut mieux. »

Il le fit vraiment : il s'habilla en vitesse, prit son manteau et sortit, le regrettant immédiatement. Pourquoi sortait-il à cette heure, les magasins fermés et pas un chat dans la rue ? Il fit deux pas en direction du bar Rosanero, mais il savait qu'il trouverait le rideau de fer baissé et alors il changea d'idée. Aussi parce qu'en glissant la main dans son blouson, il toucha quelque chose qui s'avéra être la clé de la Volvo. La veille, il avait donné le double à son fils, dans le cas probable où il la perdrait. Et donc, celle qu'il avait dans la main était l'Authentique et Véritable Clé de la Voiture ; belle, avec un antivol incorporé, avec son système d'ouverture automatique, un véritable concentré de technologie dans un petit rectangle de plastique.

La solution à tous ses problèmes était trouvée : un tour en voiture. Les rues étaient encore dégagées, pas de circulation, pas d'ennuis. Il pouvait faire un tour d'une petite demi-heure, en arrivant à Mondello pour prendre son deuxième, ou peut-être son premier vrai café de la matinée. Il pouvait traverser le parc de la Favorita pour faire tourner le moteur et puis, une fois arrivé sur la place, laisser la voiture en double file devant le bar Renato : et ce, non par impolitesse et paresse comme se garait la majeure partie de ses concitoyens, mais parce que la Volvo méritait d'être vue et non pas humiliée par un emplacement éloigné, cachée par une centaine d'autres voitures. La Volvo était sa contribution personnelle à la décoration urbaine, un don qu'il faisait à la ville. Nicola se voyait déjà assis à une table du bar, avec vue de la

Volvo sur fond de mer, juste pour admirer l'élégance de l'auto.

Mais il ne se rendit jamais chez Renato. Et à Mondello non plus. Il ne lança pas l'auto le long des allées de la Favorita. Il n'alla nulle part car il arriva devant la Volvo et toute fantaisie s'évanouit d'un coup, le laissant stupéfait pendant quelques instants. L'auto était là, devant ses yeux, rayée d'une manière peut-être irrémédiable, abîmée par une éraflure multiple sur la portière du côté du passager. Il était impossible de ne pas la voir. Nicola ferma les yeux avec l'absurde espoir qu'au moment de les rouvrir l'éraflure ne serait plus là. Mais ce n'était pas une illusion d'optique : un instant après l'éraflure y était encore. Alors que la veille non : elle n'y était pas du tout.

En l'espace de quelques secondes, la découverte devint la justification a posteriori de la nuit d'insomnie qu'il avait passée, de la nervosité qui l'agitait depuis la veille. Brusquement, il crut comprendre un tas de choses. Maintenant oui, il avait une bonne raison d'aller réveiller son imbécile de fils.

Il monta l'escalier quatre à quatre, laissant l'adrénaline courir dans ses veines librement. Arrivé chez lui, il était en sueur et furieux comme il se sentait en devoir de l'être. Sa femme entrevit peut-être son ombre passer à toute vitesse devant la porte de la cuisine et pressentit de funestes conséquences, car elle cessa de préparer le petit déjeuner et s'approcha de la porte pour comprendre ce qui se passait.

Tancredi était toujours dans la position où il l'avait laissé, signe qu'il dormait profondément. La chose rendit Nicola encore plus furieux, car cela montrait qu'il se fichait des dégâts de la voiture. Son fils rêvait paisiblement tout en sachant le désastre qu'il avait causé, alors que lui, qui n'en avait eu que le pressentiment, avait passé une nuit blanche. En un instant, il fut près du canapé et l'instant suivant Tancredi se trouva projeté sur le sol. Après avoir réussi à lui faire ouvrir les yeux, Nicola ne le toucha plus, se contentant de rester penché sur lui, sa figure violacée tout près de la sienne, pour que son réveil soit encore plus traumatisant que la volée de bois vert qu'il aurait méritée. Celle-là ensuite, si besoin. En attendant, il se mit à hurler :

« Qu'est-ce que tu as fabriqué ? Qu'est-ce que tu as fabriqué, hein ? Réveille-toi ! Réveille-toi, grand tas de choses inutiles que tu es ! »

Il fit tout très violemment, pour précipiter Tancredi dans un univers de cauchemar, ne sachant plus qui il était ni où il était. Il ne se souvenait probablement pas non plus des faits du soir précédent. Mais ça, il penserait à les lui rappeler en lui frottant la gueule sur la carrosserie rayée de la Volvo, comme avec les chats quand ils pissent au mauvais endroit. Du reste, en le voyant dans cet état, même un crétin comme son fils aurait dû comprendre de quoi il s'agissait : seule une chose concernant la voiture pouvait l'avoir irrité à ce point.

Tancredi essaya de se dégager afin d'avoir une meilleure position pour se défendre, mais les bras de son père de chaque côté de sa tête étaient deux barrières infranchissables. Ce n'est qu'après s'être défoulé que Nicola arrêta d'aboyer et le laissa essayer de se lever, mais sans cesser de l'insulter :

« Bouche inutile ! Pique-assiette ! »

Le sommeil de Tancredi remontait à une minute à peine, mais il lui semblait très loin. Nicola l'obligea à sauter les phases de flottement de la conscience pour que la situation lui soit aussitôt claire ; dramatique mais claire. Malgré la brutalité du traitement, son fils parvint à se mettre debout et essaya péniblement de prendre un air normal, avant de mettre au point une ligne de défense quelconque :

« Mais qu'est-ce que tu as ? »

Et s'adressant à sa mère qui se tordait les mains, clouée sur le seuil de la cuisine :

« Qu'est-ce qu'il a ? Il est devenu fou ? »

Tancredi arrangea sa chemise en essayant de trouver l'attitude convenable qui lui permettrait peut-être de placer la discussion sur le plan des bonnes manières. Mais Nicola tenait à montrer clairement qu'il s'agissait d'une agression et que la victime, Tancredi, l'avait bien méritée.

« Tu ne sais pas ce que j'ai ? Tu ne le sais pas, hein ? Qu'est-ce que tu as fabriqué avec la voiture, hier soir ? Qu'est-ce que tu as fait ? »

Peut-être qu'en allant se coucher Tancredi avait espéré pouvoir compter sur quelques heures de calme, avant que son père s'aperçoive des dégâts. Peut-être que le soir précédent il lui a semblé qu'avec la lumière du soleil et un peu de pâte abrasive, il pourrait reprendre le contrôle de la situation. Peut-être que le soir précédent il avait bu, et peut-être était-ce la raison pour laquelle la vie lui était apparue beaucoup plus amicale que maintenant qu'il était un peu plus de sept heures et que son père savait déjà tout :

« Qu'est-ce que tu as fabriqué ? Qu'est-ce que tu as fabriqué ? Qu'est-ce que tu as fabriqué ? »

Nicola s'était enrayé sur cette phrase et la répétait sans arrêt, crescendo, tout en avançant vers son fils. Tancredi à son tour reculait et s'embrouillait en quête d'une excuse. Son silence eut pour effet d'exciter son père, exaspéré justement par son absence de réaction :

« Eh ! Réponds-moi ! Dis-moi au moins quelque chose ! Une de tes conneries : que tu ne l'as pas fait exprès ! Que tu regrettes ! Dis-le ! Parle, abruti ! »

Tancredi ne trouva rien de mieux que de répondre effectivement :

« Je ne l'ai pas fait exprès. »

Mauvaise réponse. Son père prit un ton sarcastique, toujours sans cesser de le harceler :

« *Je ne l'ai pas fait exprès !* Pauvre petit ! Tu vas m'emboutir quatre-vingt millions de voiture et : *je ne l'ai pas fait exprès* ! Mais tu me prends pour un imbécile ? Mais tu crois que nous sommes tous des imbéciles ici ? Il bousille ma voiture, il ne l'a pas fait exprès et pour lui la question est réglée. Non, elle n'est pas réglée du tout !

– Mais comment bousillée ? Une petite éraflure ! Un ami m'a dit que ça s'enlevait facilement.

– Ils sont bien tes amis ! Qu'est-ce qu'ils y connaissent tes amis, en matière de voiture ? Quand est-ce qu'ils ont vu une voiture comme ça, dans leur vie ? Avant de parler de ma voiture, tes amis doivent se rincer la bouche à l'eau de Javel !

– C'est bon… »

Toutes les excuses que trouvait Tancredi ne faisaient qu'aggraver la situation. Ce « c'est bon » à peine soupiré amena son père à ajouter à son avancée des petits coups sur la poitrine. Petits mais significatifs : Tancredi ne reculait pas assez vite à son goût. Et pourtant, en quelques secondes, le garçon se trouva le dos contre la fenêtre. Nicola lui intima :

« Regarde ! »

Tancredi se retourna, mais pas complètement pour rester sur ses gardes, craignant qu'une distraction d'un instant puisse lui faire perdre de vue son père et ses excès de violence. De toute façon, l'éraflure n'était pas visible d'où ils étaient. La Volvo semblait radieuse comme d'habitude. Mais Tancredi savait que la rayure existait bel et bien et que son père aussi le savait.

« Tu as abîmé ma voiture !

– Pour une petite éraflure, comment peux-tu…

– Une *petite éraflure* ! Une *petite éraflure* ! »

Nicola se tourna vers sa femme :

« Enlève-le d'ici ou je le tue ! »

Mais Loredana avait disparu, et Nicola pensa que donner une baffe à son fils était un bon compromis entre le laisser partir et essayer de l'étrangler, comme il était tenté de le faire. Ce fut une gifle sonore, nette, sans aucune tentative de l'esquiver, de la part du destinataire, pour amortir le choc. La trajectoire de l'impact entre la main et la joue surprit Nicola lui-même par sa perfection.

Tancredi encaissa mal. L'effet de brûlure et d'humiliation à la fois lui fit perdre tout contrôle et il réagit par une tempête de petits coups de poing tout à fait disproportionnés par rapport à la taille de son père et à la puissance de son unique gifle. Il fut aisé pour Nicola de bloquer ses deux poignets. Tout en l'immobilisant, il sourit chagriné devant la confirmation de l'incapacité de son fils à se comporter en homme.

Ce fut à ce moment-là que Nicola entendit des pas derrière lui. Loredana était allée chercher de l'aide et le premier qu'elle avait pu trouver était son neveu Masino, pêché Dieu sait où. Dans le séjour, Fonzio et Rosa s'étaient matérialisés également, réveillés par le vacarme. La grand-mère se mit à crier :

« Assez ! Assez ! Maintenant ça suffit ! »

Loredana à son tour implorait :

« Arrêtez ! Arrêtez ! Vous allez arrêter ? S'il vous plaît… »

Fonzio regardait la scène, hébété. Masino, plus efficace, s'approcha des deux adversaires en pacificateur.

« Oh ! Oh ! »

Il était clair que son but était plus de maintenir Nicola éloigné de son fils que l'inverse. Mais pour y parvenir, Masino devait forcément tourner le dos à Tancredi, et le résultat fut qu'il encaissa une série de petits coups de poing destinés à Nicola. Il continua donc à insister pour ramener tout le monde à la raison, y compris son cousin en lui demandant de regarder où il frappait :

« Oh ! Oh ! »

En cherchant à améliorer les prestations de ses propres poings, Tancredi se mit à frapper avec les jointures de ses doigts, de haut en bas, selon le système connu à l'école sous le nom de *pignatello*. C'étaient des coups de poing douloureux uniquement s'ils atteignaient la partie supérieure du crâne de l'adversaire, et dans ce cas-là tout à fait inutiles puisque Nicola était hors de portée de son fils. Les *pignatelli* de Tancredi frappaient à vide pour la plupart. Pourtant, à un certain moment, l'un d'eux toucha exactement le sommet du crâne de Masino, qui lança un dernier très perçant :

« Oooh ! »

Et il se retourna pour lui donner une consistance intimidante. Il lança à son cousin un regard qui voulait dire : tu ne vois pas que je travaille pour toi et que j'essaie de persuader ton père de ne pas te massacrer à coups de poing, alors fais un peu attention où tu cognes. Un regard chargé d'intentions qui correspondit à un instant de distraction de la part de Masino. Nicola choisit juste ce moment-là pour asséner un coup sur la tête de son neveu. Un vrai coup de poing, pas comme ceux de Tancredi. Il le frappa mal et lâchement, presque par-derrière, l'atteignant en plein sur l'oreille. C'était un coup de poing si fort qu'à lui seul il suffit à convaincre le négociateur de changer de métier pour devenir partie en cause. D'abord, Masino liquida Tancredi en lui donnant un coup plus technique que violent, qui le fit reculer jusqu'à heurter le bras du canapé où il finit allongé malgré lui. Cela donna à Masino le temps de se concentrer sur son oncle, adversaire beaucoup plus dangereux.

Contrairement à la réaction de Tancredi, quelques instants plus tôt, celle de Masino fut pleine de dignité. Il tenta le meilleur coup de son répertoire : le coup de tête à la racine du nez. Dans le cas présent, néanmoins, le ventre et la haute taille de Nicola l'empêchaient d'arriver à la bonne distance pour déployer la puissance nécessaire. Il fit plusieurs tentatives à vide et essaya ensuite une approche mieux adaptée aux circonstances. Il visa les testicules par une série de coups de pied imitant la technique des arts martiaux. Il essaya à plusieurs reprises, et à chaque fois Nicola réussit à dévier ses pieds avec ses mains. Aussi parce qu'il savait que son neveu ne pratiquait aucun art martial et que ces coups de pied ne cherchaient qu'à l'impressionner lui et sa famille.

Il faut savoir que Masino était pour Nicola à la fois un modèle idéal et un objet d'envie. Il avait grandi parallèlement à son fils, mais en montrant un caractère tout à fait différent. Tancredi était doux, Masino au contraire était rusé et entreprenant. Il aurait voulu que Tancredi soit comme Masino. Il aurait volontiers accepté de faire l'échange. Même dans ce défi qui se limitait maintenant à eux deux, son neveu faisait preuve de courage : Nicola était beaucoup plus gros, mais comme il pouvait compter sur une plus grande agilité, Masino l'attaquait sans arrêt, l'empêchant de s'approcher et de l'affronter dans un corps à corps, terrain sur lequel Nicola aurait aisément réussi à le battre. De fait, l'agressivité de son neveu le forçait à se contenter de grandes tapes avec lesquelles il évitait les coups de pied qui arrivaient. La série dura : coup de pied, tape, coup de pied, tape, coup de pied, tape. Pendant ces coups répétés, Nicola put réfléchir sur l'idéc d'avoir enfin trouvé un adversaire à sa hauteur, à la place de ce mollasson de fils. Il pouvait se défouler et en même temps donner une leçon à Masino : il apprenait ainsi à ne pas être Tancredi et qui plus est à être bien meilleur que Tancredi. Arrivé à cette conclusion, il transforma une tape apparemment identique aux autres en une prise de fer. Il s'empara d'une jambe de son adversaire et la souleva jusqu'à lui faire perdre l'équilibre. Masino tomba par terre sans parvenir à contrôler sa chute. Un des ses coudes toucha en premier le sol. Mais ce n'était pas de son coude qu'il devait s'inquiéter : maintenant Nicola était sur lui et, pendant que Masino essayait de recomposer la diaspora de ses jambes et de ses bras, il réussit à lui asséner avec une brutale simplicité le coup que son neveu avait en vain essayé de lui infliger un moment plus tôt. Ce fut un seul coup de pied, mais précis et puissant, exactement à l'entrejambe.

Nicola s'arrêta pour lire dans ses yeux les pensées qui lui traversaient l'esprit : ça ne m'a rien fait. Puis : c'est bizarre, ça ne m'a rien fait. Et encore : et pourtant il m'a bien frappé là. Ce devait être des instants de soulagement pour son neveu. Mais justement : ce n'était que des instants. Dans ces cas-là, le mal arrive en différé, comme le tonnerre fait suite à l'éclair. Parfois, on se dit que le retard n'est qu'exceptionnel, mais ce n'est jamais comme ça ; l'éclair est de toute façon suivi par le tonnerre. Il scruta le visage de Masino jusqu'à ce qu'il eût la certitude que le grondement de la douleur était arrivé avec tout son élan, atteignant son sommet après un moment encore.

Nicola se contenta de l'observer sans s'acharner sur lui. Masino avait le souffle coupé. Une légende veut que le seul remède dans ces cas-là soit de taper très fortement des talons. Masino se remit debout et essaya, sans obtenir aucun résultat ; au contraire, les secondes passant, la douleur augmenta en dépit de toutes ses tentatives. Nicola se sentait très correct de ne pas profiter de l'état de prostration de son adversaire pour lui asséner des coups, il s'était même arrêté pour le regarder. Masino aussi le regarda et vit qu'il souriait. Son oncle était en train de sourire de lui.

La chose sembla le jeter dans une vaine fureur, d'autant que, n'ayant même pas la force d'ouvrir la bouche, il employa le langage des gestes. Il glissa une main dans la banane qu'il portait à la ceinture et l'en sortit avec ce qui, pour Nicola et tous les présents, était la nouvelle du jour : Masino avait un pistolet.

Le premier résultat de cette apparition fut le rétablissement immédiat de son autorité aux yeux du public. La famille semblait impressionnée par cette nouveauté. Tous sauf Nicola, qui ne cessa de sourire et le défia même :

« Alors, tu veux me tuer, hein ? Tu veux tuer l'oncle Nicola ? Tue-moi, allez ! Je suis là ! »

Ce fut un moment très long, mais à la fin Masino ne tira pas. Nicola s'y attendait parce qu'il savait que Masino utilisait le pistolet uniquement pour rétablir les hiérarchies de respect dans cette situation malheureuse pour lui. En effet, après avoir laissé passer quelques secondes pour les intimider, son neveu baissa l'arme et la remit dans sa banane. Alors Nicola transforma son sourire en un franc éclat de rire, une série d'éclats de rire au milieu desquels il dit :

« Masino a un petit pistolet ! »

Loredana aussi, et Rosa, et Fonzio, et même Tancredi, tous se mirent à rire. C'était un rire de libération, parce que ces deux-là avaient enfin cessé de se battre et cette plaisanterie de Nicola avait été interprétée comme la fin des hostilités. Mais Masino ne se joignit pas au rire général. Dans la fraction de seconde cruciale qui mettait un terme à l'affaire, Nicola répéta sa phrase qui, d'après tout le monde, devait servir à dédramatiser :

« Masino a un petit pistolet ! »

Tout le monde rit de plus belle et encore une fois Masino ne partagea pas l'hilarité générale. Nicola eut le temps de réaliser que son neveu avait mal compris : il ne voulait pas le blesser, car il savait que l'offense aurait été grave. Il le lui aurait probablement expliqué s'il en avait eu le temps. Mais ce fut précisément à cet instant-là, juste avant que Nicola cesse de rire pour lui expliquer, que Masino sortit de nouveau le pistolet et qu'il tira trois fois.

Les derniers mots prononcés par son père sont : « Mais qu'est-ce que tu fais, tu plaisantes ? »

Même s'il voulait en prononcer d'autres, Nicola ne le pourrait pas, car pendant les derniers instants de sa vie il est occupé à tomber, et malgré l'application qu'il semble y mettre, il tombe mal. Tancredi voit le corps de cent dix kilos de son père basculer par terre sans contrôle, s'efforçant chaotiquement de trouver un appui pour finir par se servir d'une petite table achetée au supermarché comme étape intermédiaire, renversant tous les bibelots qui s'y trouvaient sans qu'aucun des présents puisse rien y faire. Son père tombe face contre terre et se met aussitôt à respirer avec difficulté. C'est une respiration caverneuse qu'il émet en concentrant manifestement toutes les forces qui lui restent. Mais il n'en a plus beaucoup, elles ne lui servent qu'à survivre quelques secondes. Le peu d'air qu'il parvient à inspirer reste dans ses poumons et s'interrompt à moitié.

Pour voir s'il veut terminer sa respiration, et aussi par une sorte de respect, la mère attend un instant avant de faire entendre son cri :

« Hiiii ! »

Après quoi, elle se jette sur le corps et essaie de le soulever, sans y parvenir. Alors elle le prend par un bras, en le tordant d'une façon qui n'est pas naturelle :

« Nico' ! Nico' ! Qu'est-ce que tu as fait ? Qu'est-ce que tu as fait ? »

Tancredi réfléchit. Logiquement, la question devrait être adressée à Masino plutôt, mais il est clair que l'horizon de sa mère est limité en ce moment au cadavre de son mari ; toute chose disparaît devant lui, lui est tout ; lui ne répond pas, et personne ne répond.

Les trois coups résonnant dans la pièce ont mis quelques secondes avant de s'éteindre complètement, laissant Masino le pistolet à la main et en proie à une agitation délirante : il saute, marche comme un tigre en cage pour évacuer sa nervosité. Et il parle tout seul, lui aussi en s'adressant au mort :

« Ça t'apprendra ! Tu m'as donné un coup de pied dans les couilles ? Et ça t'apprendra ! Moi, on ne me donne pas de coups de pied dans les couilles ! On ne m'en donne pas ! »

Après ce cycle d'invectives, il en recommence un autre identique qui admet de petites variantes. À un certain moment, il semble ressentir un besoin instinctif de bourrer le cadavre de coups de pied, il fait deux pas dans cette direction espérant peut-être qu'on le retiendra, mais comme personne ne le retient, finalement il se retient tout seul. Personne ne s'occupe de Masino en ce moment. Mémé Rosa se précipite elle aussi sur le cadavre et, plus forte que sa belle-fille, essaie de le soulever à bras-le-corps. Mais elle non plus n'arrive pas à porter le poids de Nicola, et elle pleure en se contentant de soulever sa tête pour qu'elle ne touche pas le sol. Un détail qui à ce moment-là paraît très important même à Tancredi. Mais il en reste bien d'autres à régler.

Le désastre plane sur eux tous. Bientôt, un univers de choses à faire, d'urgences à affronter, d'obstacles à franchir s'abattra sur la famille. Mémé Rosa le sait, elle qui reste interdite quelques secondes, et Loredana le sait, elle qui au contraire se lève de sa place près de son mari pour aller vers Masino et lui prendre le pistolet des mains avec toutes sortes de précautions, en disant :

« Malheureux ! Il vaut mieux que je le garde moi. »

Bien qu'il semble encore très tendu, Masino se laisse désarmer sans opposer de résistance, et en même temps que le pistolet il perd aussi l'envie de marcher de long en large. Rosa lève les yeux sur lui :

« Qu'est-ce que tu as fabriqué ? »

Masino répond sans la regarder, en tentant de rassembler toutes les bribes de son arrogance :

« Demande-le-lui.

– Un peu de respect peut-être, Masino. Tu te rends compte de ce que tu as fait ? Qu'est-ce qu'on va faire maintenant ? »

Loredana s'associe à sa question. Son désespoir s'adresse au passé, c'est-à-dire aux années avec son mari, au présent, c'est-à-dire à son mari mort, mais aussi au futur, qui se profile sans aucun mari pour veiller sur elle :

« Eh ! Qu'est-ce que je vais faire ? »

Tancredi n'a pas encore trouvé la force ni le courage de se lever du canapé sur lequel il a atterri au cours de la bagarre. S'il pouvait, il ne bougerait plus de là, mais il se sent capable de dire une chose :

« Il l'a bien cherché. »

Masino se met de son côté, essayant de créer une coalition toute jeune et masculine, fondée sur le cousinage et portée au désenchantement :

« Il l'a bien cherché. »

Les deux femmes ne peuvent pas laisser passer cette attitude. La grand-mère émet une interjection réprobatrice :

« Tsst, tsst. »

Elle n'ajoute rien de plus, et Loredana ne dit rien. La situation est trop accablante pour se mettre en plus à se disputer. Au milieu des deux coalitions, pépé Fonzio intervient pour donner exceptionnellement sa propre opinion :

« Le pauvre : paix à son âme. »

La pensée du grand-père représente une sorte de motion de compromis sur laquelle tout le monde tombe d'accord. En signe de dévotion, ils répètent en chœur, les uns à voix plus haute, les autres en murmurant presque :

« Paix à son âme. »

Se sentant encouragé par ce consensus, le grand-père fouille encore en lui-même, trouve une deuxième opinion et risque :

« Il ne méritait pas ça. »

Cette fois-ci, il y a un instant de silence de trop, signe de désaccord latent. On devine que deux des présents au moins auraient quelque chose à redire, mais même Masino préfère se taire. De toute façon, avant que quelqu'un puisse donner forme à ce désaccord, la mère intervient :

« Le Seigneur a voulu nous punir encore une fois. Encore une fois ! Et que pouvons-nous y faire, nous autres ? Nous ne pouvons rien y faire. Nous sommes des malheureux. Les desseins du Seigneur sont… »

La suite lui manque et elle ne termine pas sa phrase, remplaçant le dernier mot par un éclat de sanglots. Elle regarde le pistolet et décide de le confier à mémé Rosa, puis essaie de mettre le bras de son mari dans une position qui lui semble peut-être moins dramatique. Une tache de sang s'étale peu à peu sous le cadavre. La grand-mère s'en aperçoit elle aussi, et elle désapprouve aussi bicn la tache que toute la situation dans laquelle ils ont été mis :

« Tsst, tsst. »

Elle aussi pleure et essuie ses larmes avec un mouchoir qu'elle enroule et sort sans arrêt de la manche de sa veste en laine. On voit qu'elle est partagée entre plusieurs sentiments, ne sachant auquel donner la priorité. Elle essaie cependant de rationaliser à sa façon :

« Nicola est mort, Masino va sûrement être arrêté, et nous sommes là. »

Elle écarte les bras pour souligner la désolation ambiante. Se sentant mis en cause, Masino se rebiffe contre le destin qu'on lui annonce :

« Quoi ? Ils vont m'arrêter ? Moi, même mort, je ne me laisse pas arrêter.

– Et comment tu fais ?

– Comment je fais ? Je m'enfuis. Il n'est pas question qu'on m'attrape.

– Et ta mère ? Tu ne penses pas à ta mère ? Elle est déjà veuve, elle n'a que toi : comment tu la fais vivre ta mère ? »

Entendant sa belle-mère s'inquiéter pour la mère de Masino, Loredana se révolte :

« Et nous alors ? Qui nous fait vivre, nous autres ? Moi, qu'est-ce que je vais faire sans Nicola ?

Qu'est-ce que je vais faire ? On attend toujours la pension du grand-père… Tancredi, il vaut mieux ne pas en parler… »

La mère laisse couler ses larmes sans nullement chercher à les arrêter. Et en même temps que les larmes, les paroles. Un fleuve de paroles qui est peut-être, à sa façon, un soulagement :

« Tant qu'il y avait mon mari, tant qu'il y était encore, peut-être bien qu'on pouvait donner un coup de main, mais maintenant… »

Elle se tait, pour montrer qu'elle n'arrive pas à aller au-delà de ce présent bien sombre. Néanmoins, étant donné qu'il s'agit de trouver les mots pour vaincre le côté tragique du moment, mémé Rosa intervient :

« Masino : mais comment t'est-il venu l'idée de tirer ? Vous étiez en train de discuter et tout à coup tu tires ?

– C'est de sa faute ! Il m'a manqué de respect !

– Mais qu'est-ce que tu dis ? Mais quel manque de respect ?

– … Et de toute façon, désormais ce qui est fait est fait. Il est mort, et amen. Plutôt : vous autres faites ce que vous voulez, moi maintenant je me tire.

– Mais tu ne peux pas t'en aller, tu es le seul qui apporte un salaire chez toi. Il faut bien un salaire sûr pour ta mère. Si tu t'enfuis…

– Si je ne m'enfuis pas, on m'arrête, donc de toute façon… »

Mémé Rosa répète toujours la même chose, la langue entre les dents et le palais, et qui veut dire cette fois : tais-toi, laisse-moi le temps de finir.

« Tsst. On t'arrête si nous décidons qu'on doit t'arrêter. »

Pendant un instant, elle n'ajoute rien d'autre et Masino se croit autorisé à lui répondre avec un sourire sceptique et malhonnête qu'elle saisit au vol et retourne à l'envoyeur avec sa force de raisonnement :

« Quoi ? Le mort est à nous, oui ou non. Les autres n'ont rien à y voir. Même s'ils veulent t'arrêter, de quoi ils se mêlent les autres ? Il ne suffit pas que mon fils soit mort, la prunelle de mes yeux ? Mais il faut aussi qu'ils jettent à la rue toute la famille ? Vous trouvez ça juste ? »

Le sourire de Masino s'éteint. Tancredi remarque que le reste de la famille est devenu attentif aux mots par lesquels la grand-mère a commencé à donner forme à une pensée que tous, d'une façon ou d'une autre, ont formulé dans leur cœur, mais à laquelle il est difficile de donner une dignité publique. Mémé Rosa, en revanche, y arrive. Elle a trouvé par où commencer et il s'agit maintenant de pousser le raisonnement jusqu'à ses dernières limites :

« Je dis c'est juste ou non ? Moi je dis si par hasard le mort était quelqu'un d'autre, d'une autre famille, ou si quelqu'un d'autre, d'une autre famille, l'avait tué, alors je serais la première à dire arrêtez-le et bonsoir. Mais comme tout ce qui est arrivé s'est passé entre nous, il me paraît juste de régler cette affaire entre nous. »

La théorie est dure et peut-être même risquée, d'autant plus dans un moment comme celui-ci. C'est pourquoi mémé Rosa leur donne à tous la possibilité de réfléchir et de laisser déposer les éventuelles impuretés sur le fond de leurs consciences respectives. À tout moment, n'importe lequel d'entre eux peut s'insurger et dénoncer publiquement l'absurdité de ce raisonnement. Dans ce cas-là, mémé Rosa est disposée à en prendre acte et à retirer sa proposition :

« Dites-moi si je me trompe. »

Du regard, Tancredi fait le tour des visages des présents. C'est surtout sa mère, en tant que veuve, qui a un droit de veto. En quelques secondes, tous les regards se tournent vers elle, qui semble tourmentée à l'idée de devoir décider seule, maintenant que son mari n'est plus là. Elle se mord la lèvre inférieure, essuie une larme, ouvre la bouche et prononce les mots qui débloquent la situation en donnant une brusque accélération à toute l'histoire :

« Il faut faire vite, cependant… »

La phrase a pour effet de ranimer les présents, qui se sentent plus entreprenants. Tancredi lui-même se sent déterminé à donner sa contribution. Pendant un moment, tout le monde s'agite, on échange des regards entendus, on serre les poings et on murmure des mots de réaction. Et pourtant, une fois convenu qu'il faut faire quelque chose, un point fondamental reste à éclaircir : quoi exactement ? Mémé Rosa est la seule à ne pas se laisser gagner par l'anxiété :

« Bien sûr, ils vont venir. Il y a toujours un minable pour appeler les flics. »

Masino l'interrompt pour mettre à sa disposition son expérience sur les moyens de réaction des forces de l'ordre :

« Ce qui est sûr, c'est qu'on a dû entendre les coups de feu.

– C'est pour ça qu'il faut essayer de nous dépêcher. Masino, tu comprends ce que nous faisons pour toi ?

– Si je ne le comprends pas ? Bien sûr que je le comprends.

– Tu comprends que c'est un gros sacrifice, ça ?

– Je le comprends, même si je ne…

– Tsst, tsst. Attends. Si tu le comprends, comprends aussi que tu dois t'engager. Moi, je te donne un coup de main et toi tu m'en donnes un. Jusque-là, tu me suis ?

– Tout ce qu'il faut faire, dites-le-moi vous autres, et nous le ferons.

– Oh ! Je crois que nous y sommes. »

Loredana intervient, apparemment hors de propos :

« Sainte Mère… qu'est-ce que je dois faire ? D'abord ma fille, puis mon mari. Mais qu'est-ce que j'ai fait au Seigneur pour qu'il me traite comme ça ? Qu'est-ce que j'ai fait ? »

Tout le monde prend son intervention comme une parenthèse d'affliction tout à fait compréhensible, dans le contexte. Mais elle l'a dit elle aussi : il faut faire vite. Mémé Rosa attend que Loredana termine, puis elle recommence son discours, mais en s'adressant à Tancredi cette fois-ci :

« Tancre' : toi, tu le sais, au fond, pourquoi tout ça est arrivé ? »

C'était une tragédie qui le touchait, certes. Mais il était justement en train de se faire à l'idée que la scène le concernait seulement en tant que fils de la victime. Se sentant mis en cause, il a un sursaut :

« Pourquoi ?

– Eh ! par ta faute.

– Moi ? Qui est-ce qui a levé les mains ? Mon père ! Moi, j'étais là en train de dormir et lui m'a attrapé.

– Mais la voiture qui est-ce qui est allé la tamponner ? »

Tancredi baisse les yeux, mais il se rend compte presque aussitôt que c'est une erreur : sa grand-mère se sent autorisée à retourner le couteau du souvenir dans la plaie de la culpabilité :

« Si tu ne l'avais pas tamponnée, à cette heure rien ne serait arrivé. Après quoi, Masino est venu ici parce que ta mère est allée l'appeler. Pas pour autre chose. Au fond, en quoi ça le regardait ? Il était bien tranquille à s'occuper de ses affaires. Si ton père et toi ne vous étiez pas mis à vous disputer, à cette heure il serait encore chez lui. Ce n'est pas juste de lui faire porter le chapeau à lui seulement, eh ! »

Tancredi ne comprend pas où les propos de sa grand-mère veulent l'amener. Et ça le met mal à l'aise. Il sent un poids peser de plus en plus sur ses épaules. Pour s'en débarrasser, il lève les yeux et quitte le canapé. Il se place au milieu du séjour, attirant l'attention de tous sur lui, rivalisant avec le cadavre de son père qui, à ce moment-là, passe carrément au deuxième plan.

« Vous n'allez pas me faire un procès à moi, maintenant ! Moi, la seule chose que j'ai faite, c'est une petite éraflure sur la voiture. À tout prendre, la faute revient à mon père qui m'est tombé dessus à bras raccourcis. Bientôt, on va dire que c'est moi qui ai tiré. »

À l'embarras général qui suit, Tancredi comprend qu'il a touché le point sensible de toute la question : ce n'est pas lui qui a tiré, mais pour tout un tas de raisons il aurait mieux valu que ce soit lui. La situation serait beaucoup plus simple maintenant. L'ordre de la tragédie prévoit que ce soit le fils qui tue le père, sans entremise. Toute symétrie a été brisée par son incapacité à être à la hauteur. Son rôle dans le débat est ramené à de justes proportions par cette constatation : il n'est qu'un détail. Un détail hors sujet, qui plus est. Mémé Rosa lui donne encore un coup de pouce pour qu'il entre dans l'ordre d'idées qu'elle essaie de tracer :

« Ton père, le pauvre, a déjà payé. Il avait ses torts, mais il a payé, et comment ! Paix à son âme. »

Fonzio ouvre la bouche pour s'associer à l'invocation, mais sa femme le fait taire d'un geste. Il faut aller vite :

« Maintenant, nous devons essayer de trouver comment joindre les deux bouts. Si Masino va à l'Ucciardone, nous sommes tous à la rue, sa mère et nous aussi. À propos, ta mère le sait que tu es ici ?

– Mais jamais de la vie !

– Qui le sait ?

– Qui doit le savoir ? Personne.

– Ça vaut mieux. Tancredi, maintenant tu dois bien m'écouter : tu es capable de nous faire vivre tous les quatre plus sa mère, cinq personnes ? Parce qu'il faut aussi ajouter sa mère, la pauvre, car sans toi, son fils ne serait pas mêlé à cette histoire. »

À ces mots, Masino fait oui de la tête, et pour Tancredi c'est le signe qu'un pacte d'alliance entre jeunes cousins de sexe masculin, tacitement stipulé un moment plus tôt, doit être à présent considéré comme rompu : chacun pour soi. Du moins jusqu'à ce qu'un nouveau pacte soit conclu. Tancredi se trouve seul. Appelé à signer une hypothèque sur son propre futur, il ne sait rien faire d'autre qu'une tête incrédule, qui pourrait se rapporter soit à la situation en général, soit à la question précise que sa grand-mère lui a adressée : se sent-il en mesure de faire vivre toute sa famille ? Malgré tous ses efforts, il n'arrive pas à se voir en chef de famille. Et non seulement ça : il faut évaluer la situation dans son ensemble. Sa grand-mère lui fait un résumé :

« De nos jours, pour faire vivre une famille de cinq personnes il faut… tu le sais ce qu'il faut ? Il faut un vrai travail. Pas un travail précaire : un vrai, avec un salaire à la fin du mois et tout. Et qui te le donne, aujourd'hui, un vrai travail à quelqu'un comme toi ? Avec toute l'affection que j'ai pour toi, ou plutôt que nous avons pour toi… »

Tancredi regarde alternativement sa grand-mère et sa mère. D'abord sa grand-mère et puis sa mère ; mais il ne reçoit d'aucune des deux la solidarité espérée. Il a la nette sensation d'être sur le point de céder. Son extrême rempart de défense est :

« Nous pouvons vendre la voiture. »

Rosa sourit de l'ingénuité d'une telle hypothèse et de la facilité avec laquelle on peut la réfuter :

« Tsst. Et quand bien même ? Toi, tu la vends, et qu'est-ce qu'on te donne ? Pas même la moitié de ce qu'elle a coûté. Masino, dis-le toi : combien on les reprend ces voitures d'occasion, même si elles sont presque neuves ? »

Il s'agit d'une question rhétorique, par conséquent

Masino n'a pas le temps de se concentrer, elle continue déjà :

« Rien, on te donne. Combien de temps tu peux tenir, même si on te donne quarante millions ? Mais on ne te les donne même pas ! Et puis, il y a les obsèques, l'avocat… Tu voudras bien payer un avocat à ton cousin ? Le moins cher, il te reviendra à je ne sais combien. Et ce sont des frais. Écoute-moi : pour la voiture on te donne vingt millions ; si on te les donne, maintenant qu'en plus elle est abîmée. »

Tancredi intervient avec toute la force du désespoir :

« Elle n'est pas si abîmée… »

Sa grand-mère ferme les yeux un instant. Elle les rouvre, et c'est la seule concession qu'elle fait à la réplique de Tancredi. Elle reprend là où elle a été interrompue :

« … Et pour nous, vingt millions s'en vont en un mois. Disons deux mois. Six mois grand maximum. Et après ça, on se retrouve au point de départ. »

Elle laisse démocratiquement la place à une réponse qui ne vient pas. Entre-temps, la mère va s'asseoir sur le canapé pour être près de Tancredi qui est à nouveau pris de découragement :

« Viens ici. Embrasse ta mère. »

Elle le prend dans ses bras en le serrant, et ce réconfort permet à Tancredi de se résigner aux conclusions de sa grand-mère :

« Je ne dis pas que Masino apporte un salaire chez lui, mais de l'argent c'est sûr. N'est-ce pas, Masi' ? Combien gagnes-tu ?

– Bah ! Plus ou moins…

– Ce sera ce que ce sera. Je ne veux même pas le savoir. Dis-moi autre chose, et c'est d'ailleurs ce qui nous intéresse : ça nous suffit pour vivre toi, ta mère et nous autres aussi ? »

Masino fait semblant de réfléchir, mais on comprend qu'il fait semblant car il répond presque immédiatement :

« D'après moi, ça suffit.

– D'après toi, ou ça suffit ?

– Ça suffit, ça suffit.

– Et toi, vrai de vrai, tu t'engages à ce que nous ne manquions de rien nous autres ? »

Masino doit avoir deviné depuis un moment où elle voulait en venir, et il commence à présent à voir une issue inespérée à ses ennuis. Il est rassurant :

« Comment donc ? Moi, chaque mois, je peux vous faire vivre tous autant que vous êtes. Il n'y a pas de problème.

– L'avocat, l'enterrement : tout ça payé par toi ?

– Il n'y a pas de problème.

– Mais un bel enterrement.

– Très beau.

– Un bon avocat.

– Très bon.

– Parole d'honneur ?

– Parole d'honneur.

– Jure-le sur ton défunt de père.

– Je le jure. »

Là, il n'y a plus grand-chose à ajouter. Il faut maintenant l'accord de tous, et surtout de Tancredi. S'il fait marche arrière, tout capote. Tout a été dit, la situation est claire désormais et il faut décider tout de suite. Encore une fois, il sent peser sur ses épaules le silence lourd d'attente de la famille tout entière. C'est à lui de décider non seulement de son avenir, mais aussi de celui de tous ses proches. Il se rend compte qu'y réfléchir ne peut qu'augmenter son angoisse et le mettre en danger : la police arrivera d'un moment à l'autre, et à ce moment-là il sera trop tard pour changer d'avis. Quelques secondes de flottement s'écoulent, qui aux yeux de tous doivent lui servir à prendre la décision la plus importante de sa vie. Mais, pendant ces secondes, Tancredi sait qu'il a déjà décidé. Il ne peut compter sur une véritable alternative. Il impliquerait trop de personnes par son refus, il ruinerait trop d'existences. La responsabilité qu'il est en train de prendre est moins terrible que celle qu'il assumerait en refusant, dans un tel moment. Vautré comme il l'est dans les bras de sa mère, sa voix sort avec difficulté :

« Qu'est-ce que je dois faire ? »

Mémé Rosa paraît tout à coup épuisée par l'effort qu'elle a fait pour le convaincre, et elle se retire pour prier devant le corps de son fils. Elle passe la parole à Loredana qui caresse la tête de Tancredi et se charge de lui expliquer le rôle qu'il devra affronter dans quelques instants. Le plus difficile était de se décider ; mais ensuite, il reste à espérer que le reste soit facile, pour lui :

« Tu ne dois rien faire. Rien. Tu te tais, et c'est tout.

– Mais comment ça, je me tais ?

– Tu te tais. Ne t'inquiète pas. Ne t'inquiète pas. Fais tout ce qu'ils te disent de faire. Mais ne dis rien. Ne dis rien. Ne dis rien de ce qu'ils te diront de dire. »

En disant cela, Loredana montre qu'elle craint que le maillon faible du plan de mémé Rosa ne soit justement Tancredi. Sans pouvoir l'avouer ouvertement, elle se rend compte que son fils n'est pas fait pour le rôle de bouc émissaire. Tancredi devine ces choses-là, comme il devine que désormais il n'y a plus grand-chose à faire, ils doivent avoir confiance en lui. Les choses sont ainsi : il faut se résigner. Lui doit se résigner, mais eux aussi doivent se résigner. Dans la voix de sa mère, l'objectif est clair maintenant, elle cherche à le rassurer :

« Tancre' : tu dois rester tranquille. Tranquille.

– Moi, je suis tranquille. Mais qu'est-ce qu'ils vont me faire ? »

Masino se gratte la tête : en l'espace de quelques minutes, il semble être redevenu la fripouille de toujours. Il répond parce qu'il faut se dépêcher et parce qu'il doit être sûr qu'ils ne se sont pas mal compris :

« Ils t'emmènent à l'Ucciardone. »

Loredana désapprouve du regard la brutalité de l'information, mais elle se remet aussitôt à consoler son fils :

« De toute façon, ils ne peuvent pas te garder trop longtemps. Il y a des circonstances atténuantes. N'est-ce pas ? »

Toute la famille en convient : il y a des circonstances atténuantes.

« Nous te défendrons, nous autres, n'est-ce pas ? »

Encore à l'unanimité : ils le défendront.

« Nous l'expliquerons, nous, au juge, que tu ne voulais pas le tuer. Nous pouvons dire que c'était de la légitime défense. Légitime défense. Qu'en dis-tu Masi', toi qui t'y connais : ce n'était pas de la légitime défense ? »

Masino hausse les épaules pour qu'on comprenne qu'il ne veut pas être celui qui a créé de faux espoirs. Il peut s'agir de légitime défense ou pas. Tout dépend comment la chose est racontée ; tout dépend de l'avocat et du juge. Le moment n'est pas à certaines finesses. Rosa termine ses prières et revient s'occuper de la situation. Elle dit :

« Je crois que nous sommes d'accord. Masi' : tu sais ce que tu as à faire. Je t'en prie. Souviens-toi que nous comptons sur toi. Maintenant rentre chez toi et ne bouge plus de là. »

Masino ne se fait pas prier et se précipite vers la porte. Mais Rosa l'arrête encore sur le seuil :

« Masi' ! »

Le cousin se tourne, exaspéré par cette perte de temps précieux. Rosa tient le pistolet par deux doigts et le lui tend :

« Ça, qu'est-ce que tu en fais, tu le laisses ici ? »

Masino revient le prendre en courant et dit seulement :

« Merci. »

Il cache le pistolet dans sa banane et se jette à nouveau sur la porte, disparaissant de leur vue. Tancredi, sa mère, mémé Rosa et pépé Fonzio écoutent ses pas se perdre dans l'escalier. Ils sont restés seuls, avec le corps du chef de famille au milieu du séjour. Maintenant encore, sa masse est impressionnante, même si Tancredi trouve qu'une fois mort il a commencé à se dégonfler pour reprendre une dimension plus inoffensive. La tache de sang a cessé de s'étendre sous lui, elle est devenue rouge sombre. Il s'agit seulement d'un détail, mais qui donne à la scène le sens du temps qui est passé, qui passe et qui passera toujours.

Maintenant que Masino est sorti, la grand-mère va prendre son petit-fils :

« Viens… »

Tancredi se dégage de l'étreinte de sa mère pour

être accueilli par celle de sa grand-mère, moins affectueuse et plus technique, qui le conduit pas à pas jusqu'à la porte de la salle de bains :

« Toi, tu te mets là et tu t'enfermes à l'intérieur. Et surtout : n'ouvre à personne. Quoi que tu entendes, tu te tais et tu n'ouvres pas. »

Tancredi obéit docilement. Au fond, c'est la première responsabilité qu'il lui arrive d'assumer dans sa vie. Par chance, il peut se limiter à un comportement passif, et ça le console. Il n'a rien d'autre à faire qu'attendre que le destin suive son cours. Le sacrifice se présente en quelque sorte comme une véritable charge de travail. Il y a ceux qui vivent en surveillant les maisons de campagne des autres, il y a les gardiens de parking illégaux, qui surveillent les voitures des autres. Lui va maintenant avoir l'occasion d'expérimenter une nouvelle activité : la prison pour le compte d'un tiers. Ce n'est pas un travail qui lui plaît, au contraire, mais au point où il en est, un travail en vaut un autre. Il devrait se réjouir dans un sens : il peut enfin arriver à être utile à sa famille. Paradoxalement, même son père serait fier de lui.

Bien que tout se soit passé très vite, Tancredi a accepté intérieurement l'intrigue imaginée par sa famille presque au point de la considérer comme réelle. Dans l'ordre naturel des choses, c'est lui qui aurait dû tuer son père, il aurait mieux valu que ce soit lui, donc c'est lui. Encore un peu et il s'en convaincra totalement.

Il cherche une phrase intéressante à dire avant de s'enfermer à l'intérieur, mais aucune ne lui vient à l'esprit. Ou peut-être une :

« Nous nous étions mis d'accord avec Mariantonia pour nous voir ce matin… »

La grand-mère regarde les autres, puis elle prend le téléphone portable et le donne à son petit-fils :

« Tiens. Passe un coup de fil. Mais surtout… »

Tancredi compose le numéro en regardant à la fois l'appareil et sa famille, qui l'observe à son tour. Il attend quelques secondes, jusqu'à ce que sa fiancée réponde à l'autre bout, puis il dit :

« Marianto'… Ciao… Écoute, écoute : on ne peut pas se voir ce matin… Il est arrivé quelque chose… »

Conjuguant hâte et discrétion, mémé Rosa pousse la porte et la ferme. Une seconde plus tard, Tancredi tourne la clé dans la serrure, en s'enfermant à l'intérieur. De l'autre côté, il entend sa grand-mère qui s'adresse à lui :

« On s'est bien compris ? »

Dix minutes seulement se sont écoulées depuis les trois coups de feu. Cinq autres passent encore et on entend dans le lointain, doucement d'abord, puis de plus en plus fort, le son de la sirène. L'histoire peut commencer.

Composition et mise en pages : FACOMPO, LISIEUX